AF306867

Thorid Larsson, Jahrgang 1990, lebt mit ihrem Mann und ihrem Katzenkind im Bergischen Land. Wenn sie sich nicht gerade beim Schreiben ans Meer träumt, backt und verspeist sie für ihr Leben gerne süße Naschereien.

Thorid Larsson

NIGHTS on Ice

Erstausgabe Oktober 2024

Copyright © 2024 dp Verlag, ein Imprint der
dp DIGITAL PUBLISHERS GmbH
Made in Stuttgart with ♥
Alle Rechte vorbehalten

Nights on Ice

ISBN 978-3-98998-631-2
E-Book-ISBN 978-3-98998-385-4

Covergestaltung: Verena Kern
Umschlaggestaltung: ARTC.ore Design
Unter Verwendung von Abbildungen von
shutterstock.com: © Hakase_420, © vi73, © Jacob Lund,
© Master1305, © Volodymyr
TVERDOKHLIB, © e-salamander, © Ruslan Shevchenko,
© Shariq Bukhari,© Krakenimages.com
Lektorat: Kerstin Ruhkieck
Satz: dp DIGITAL PUBLISHERS GmbH
Druck und Bindung: Books on Demand GmbH, Norderstedt

*The power of finding beauty in the humblest things
makes home happy and life lovely.
(Louisa May Alcott)*

Prolog

Penny

Argwöhnisch drehte ich mich vor dem Spiegel hin und her. Meine rabenschwarzen Haare waren auf der linken Seite lose nach hinten geflochten, während sich der Rest meiner dicken Haarpracht lockig über meine nackten Schultern ergoss. Einzelne Strähnen umrahmten mein rundliches Gesicht und gaben ihm die nötige Kontur. Mein Kleid saß eng am Dekolleté und brachte meine Vorzüge durch den herzförmigen Ausschnitt zur Geltung.

Der roséfarbene Stoff, der über und über mit kleinen silbernen Schneeflocken bestickt war, passend zum Motto *Nights On Ice*, harmonierte perfekt mit meinem dunklen Haar. Das tellerförmige Rockteil, welches mit mehreren Lagen von glitzerndem Tüll unterlegt war, kaschierte meine runden Hüften und die für meinen Geschmack zu wenig festen Oberschenkel.

Ich drehte mich im Kreis, sodass der ausladende Rock wie der einer Ballerina – nein, wie der einer Prinzessin – mitschwang. Es saß perfekt. Eine winzige Träne stahl sich aus meinem Augenwinkel, weil ich selbst kaum glauben konnte, dass ich das Mädchen im Spiegel war.

Ich, Penny Fernandez, das leicht pummelige Mädchen, das einfach da war, für das sich aber niemand sonderlich interessierte. Das Mädchen, das von den meisten nur als mäßig helle, aber dafür als umso seltsamer mit ihren selbstgenähten Klamotten und dem verträumten Blick abgestempelt wurde. Doch ausgerechnet Jonah Bennett hatte bemerkt, dass ich mehr als das war. Aus einer Partnerarbeit im Chemieunterricht war eine kurze Unterhaltung in der Pause geworden. Aus der Unterhaltung wurde eine gemeinsame Recherche in der Bibliothek zu einem Geschichtsprojekt, bei der wir mehr quatschten, als arbeiteten. Es waren Belanglosigkeiten, doch sie zeigten mir, dass Jonah auch nur ein Mensch war. Ein verdammt netter sogar. Ein knappes Lächeln hier, ein paar freundliche Worte dort, es war nicht viel, doch das sollte sich ändern. Denn niemand Geringeres als Jonah Bennet hatte mich auf den Winterball eingeladen. Also na ja, eingeladen war vielleicht übertrieben, aber er hatte gesagt: »Hey Penny, kommst du mit zum Winterball?«

Und ich hatte in coolster Manier geantwortet, obwohl ich kurz davor gewesen war, mir in die Hose zu machen: »Klar, warum nicht.« Er hatte mir sein umwerfendes Jonah-Lächeln geschenkt und gesagt: »Cool, dann um sieben im *Marshmolly*.« Und ich hatte genickt, vielleicht nicht mehr ganz so cool wie zuvor.

Jetzt stand ich hier, in meinem selbst genähten Promkleid, mit kirschroter Farbe auf den Lippen, die nicht nur im krassen Gegensatz zu meinem hellen Kleid stand, sondern mich außerdem zu einer unwiderstehlichen Femme fatale machte, darauf wartend, dass meine Mamá mich und meine beste Freundin Kim ins örtliche Diner fuhr, wo Jonah mich abholen wollte. Die Zeiten, in denen der junge Mann in einer Limo vorfuhr und die Tochter samt Blumenanstecker abholte, waren von gestern. Heutzutage traf man sich eben ganz locker im Diner, um von dort aus gemeinsam den Weg anzutreten.

Mamá schien sichtlich überrascht ob dieser Entwicklung, ich hatte es ihr genau angesehen, auch wenn sie versucht hatte, es zu verbergen, doch das war mir egal. Denn Jonah Bennett, Star der U-18 *Silver Crows*, wollte, dass ich mit ihm und seinen Freunden auf den diesjährigen Winterball ging. Und das war schließlich alles, was zählte.

Papa pfiff anerkennend, als er mich sah. »Himmel steh mir bei, ob ich mein kleines Mädchen so gehen lassen kann?«

Ich rollte mit den Augen, bevor ich ihm einen Kuss auf die Wange gab. Er zwinkerte mir zu und ich konnte ihm einfach nicht böse darüber sein, dass er manchmal vergaß, dass ich nicht mehr sein kleines Mädchen war.

»Wo sind denn dein Mantel und deine Mütze?«, fragte er noch, doch da war ich schon zur Tür hinaus. Bestimmt würde ich mein hübsches Kleid nicht mit meinem dicken Daunenmantel verschandeln. Das kurze Lederjäckchen mit Kunstpelzkragen musste leider reichen.

Darauf bedacht, den zarten, empfindlichen Tüll nicht in der Tür einzuklemmen, stieg ich in unseren alten Ford. Bereits jetzt merkte ich, dass es beachtlich kühl in meinem offenherzigen Dekolleté wurde, dabei war es für Dezember dieses Jahr erstaunlich mild. Hieß, das Thermometer war noch kein einziges Mal unter die Null Grad gefallen, sondern stets knapp darüber geblieben. Immerhin waren meine Füße warm, die in robusten *Dr. Martens* steckten.

Die klobigen schwarzen Stiefel warteten schon seit einigen Monaten darauf, von mir ausgeführt zu werden, und ich hatte beinahe mein gesamtes Erspartes dafür ausgegeben, aber bisher hatte ich nicht den Mut gehabt, solch auffälliges Schuhwerk zur Schau zu tragen. Doch nun war der richtige Tag gekommen. Sie gaben meinem verträumten Outfit den allerletzten Schliff. Denn heute war ich nicht die seltsame, mollige Penny, sondern Penny, die verruchte Sexbombe.

Mamá, der ich mein Aussehen aufgrund ihrer spanischen Herkunft zu verdanken hatte, nur dass sie im Gegensatz zu mir nicht klein und rundlich war, sondern mittelgroß mit Kurven an den richtigen Stellen, bremste abrupt vor dem großen Einfamilienhaus ab, in dem meine Freundin Kim wohnte.

Kim war zwar äußerlich das krasse Gegenteil von mir und besaß keinerlei Rundungen, doch da sie genauso eigenbrötlerisch war wie ich, was bedeutete, dass sie sich nicht in den Vordergrund drängte wie die meisten unserer Mitschülerinnen, hatten wir eine Art Zweckgemeinschaft gebildet.

Aus der Zweckgemeinschaft war Freundschaft geworden, obwohl wir nicht unterschiedlicher als Tag und Nacht hätten sein können. Während ich sämtliche Kommentare meiner Mitschüler über mich ergehen ließ, hatte Kim für jeden eine selbstbewusste Antwort parat. Während ich mir wünschte dazuzugehören, war es ihr völlig egal, eine Einzelgängerin zu sein. Während ich alles liebte, was kreativ war, blätterte Kim in ihrer Freizeit lieber in unendlich dicken Wälzern. Trockene Themen vom Gesetzestext bis hin zu geschichtlichen ellenlangen Abhandlungen waren genau ihr Ding. Und trotzdem. Wir verstanden uns beinahe wortlos.

Auch jetzt brauchte sie nur zu grinsen und ich wusste ganz genau, dass dieses anerkennende Lächeln mir und meinem Ballkleid galt. Sie trug wie immer enge Jeans und darüber einen ausladenden Parka. Mein Versuch, sie zu überreden, mit auf den diesjährigen Winterball zu kommen, der erste und letzte unseres Senior Years, war kläglich gescheitert. Aber immerhin hatte sie sich erbarmt, mit mir im Diner zu warten, bis ich abgeholt werden würde.

Kims nussbraunes Haar war zu zwei Zöpfen geflochten, die unter einer putzigen Pudelmütze hervorlugten. Sie sah süß und arglos aus und man vermutete hinter ihrem unschuldigen Äußeren definitiv keinen messerscharfen Verstand oder gar eine spitze Zunge.

Glücklicherweise wären wir die Horde an selbstverliebten Muskelprotzen und perfekt frisierten und maniкürten Cheerleadern bald los, da es nicht mehr lange dauerte, bis der Ernst des Lebens anfing. Noch gut ein halbes Jahr und wir hätten den Abschluss in der Tasche. Dann würde die Zeit anbrechen, in der Beliebtheit hoffentlich nicht danach definiert wurde, wie viele Kilos die Waage anzeigte oder ob man seine Freizeit lieber mit alten staubigen Büchern oder einer Nähmaschine verbrachte, die älter als man selbst war, anstatt mit dem Strom zu schwimmen.

Meine Mutter grinste in den Rückspiegel zu Kim. »Gut siehst du aus, Querida.« Dafür liebte ich meine Mamá. Sie war keine dieser steifen Mütter, die sich von den Freundinnen ihrer Tochter mit dem Nachnamen ansprechen ließ, sondern behandelte Kim wie meine Schwester. Für den konservativen Part war mein Dad zuständig, auch wenn er im Inneren genauso verrückt wie meine Mamá war. Er konnte es nur besser verstecken und hervorragend den steifen Bankangestellten mimen.

Kim lächelte zurück, winkte jedoch mit ihren schlanken langen Händen lässig ab. »Gracias, Carmen, aber an Penny komme ich heute nicht ran.« Grinsend wackelte sie mit dem Bommel ihrer violetten Mütze. »Sie sieht zum Anbeißen aus.«

Sie wippte mit den Augenbrauen und ich lief rot an, da ich mir im Vergleich zu meiner winterlich gekleideten Freundin beinahe etwas freizügig vorkam. Wie immer ließ ich mich viel zu schnell verunsichern, dabei hatte ich eben noch stolz in den Spiegel geblickt.

Gegen halb sieben bremste meine Mutter schließlich vor Mollys Diner, aus dem auch heute ein warmer Lichtschein und der unvergleichliche Geruch von gerösteten Marshmallows und saftigen Burgern drang. Da die zwei einzigen Parkplätze vor dem Diner belegt waren, hielt Mamá einfach mitten auf der Straße, unbeeindruckt davon, dass die anderen Fahrer und Fahrerinnen hinter uns bereits genervt hupten. Sie hatte sogar noch die Nerven, mir einen Kuss auf die Wange zu hauchen und eine kleine Folienverpackung zuzustecken. Oh Gott, Mamá, wirklich?

»Hier, mein Schatz, denk immer daran, ich liebe dich von ganzem Herzen und ich habe nie bereut, dich bekommen zu haben, aber trotzdem musst du es deiner alten Mamá nicht nachtun und noch vor der Hochzeit schwanger werden.«

Komplett verstört verstaute ich das mir dargereichte Kondompäckchen in meiner ledernen herzförmigen Umhängetasche, als Kim endlich die Beifahrertür aufriss und mich aus der peinlichen Situation befreite. Das Rouge hätte ich mir definitiv sparen können, denn ich war mir sicher, dass mein Gesicht krebsrot angelaufen war.

Schnell schnallte ich mich ab und sprang aus dem Auto. Den gut gemeinten Ermahnungen meiner Mutter setzte ich mit dem schnellen Knallen der Autotür ein vorzeitiges Ende. Bevor sie das Fenster herunterlassen konnte, um mich in aller Öffentlichkeit zu blamieren, griff ich nach Kims Hand und zerrte sie hinter mir her ins rettende Innere vom Marshmolly.

Außer ein paar Jugendlicher, die in einer der bequemen ledernen Sitznischen saßen und Milchshakes tranken, war nicht viel los. An Tagen wie heute, wenn die Highschool ihr Winterwunderland für den Ball präsentierte, war halb Mount Silver auf den Beinen, um mit anzupacken. Nicht nur zahlreiche Eltern und größere Geschwister hatten sich angeboten, als Aufsicht zu fungieren – meine zum Glück nicht –, sondern auch der lokale Handel unterstützte den Ball durch Spenden von Essen und Getränken.

Kim und ich rutschten in eine der Sitzbänke, von der wir nicht nur die Straße, sondern auch die Tür perfekt im Blick hatten. Molly höchstpersönlich kam an unseren Tisch, um unsere Bestellung aufzunehmen. Sie lächelte uns warmherzig an und murmelte etwas wie: »Was würde ich doch dafür geben, noch einmal jung zu sein ...«

Kim bestellte Mollys berühmten Popcorn-Milchshake, der noch mit kandierten Haselnüssen und Salted-Caramell-Soße getoppt wurde. Fragend schaute Molly mich an, doch ich schüttelte nur ermattet den Kopf. Ich war einfach viel zu aufgeregt, um irgendwas herunterzukriegen. Außerdem hatte ich viel zu große Angst, dass ich im letzten Moment mein Kleid bekleckern würde.

Der kleine Zeiger der Uhr wanderte immer weiter Richtung sieben, während Kim unter lautem Schlürfen an ihrem Milchshake nuckelte. Zehn vor sieben, fünf vor sieben. Draußen in der schwachen Beleuchtung der Straßenlaternen liefen bereits Grüppchen an kichernden, aufgerüschten Teenagern vorbei, von denen mir das ein oder andere Gesicht bekannt vorkam. Doch Jonah und seine Freunde waren nicht dabei.

Kim, die bereits genüsslich ihren zweiten Milchshake inhalierte, schob mir nur wortlos ihr Glas hinüber und ich nahm nun doch einen Schluck des eisgekühlten süß-salzigen Getränks. Der Zucker, der sogleich durch meine Venen rauschte, sorgte jedoch nur dafür, dass ich noch nervöser wurde. Sieben Uhr. Nichts passierte, kein Jonah weit und breit. Fünf nach sieben, zehn nach sieben. Kims zweiter Milchshake war beinahe bis auf einen letzten Rest Schaum leer. Nervös rutschte ich neben ihr auf der dunkelroten abgewetzten Bank hin und her. Und dann ging die Tür auf.

Ich hob meinen Blick – und sah ihn. Ich schaute mitten in seine grünen Augen, in denen kleine goldene Sprenkel leuchteten, wie in den Iriden einer geheimnisvollen Katze. Sein Mund verzog sich zu einem zaghaften Lächeln, während er mit seiner Hand durch das etwas längere blonde Haar strich, das so kunstvoll verstrubbelt war, dass ich mir nicht sicher war, ob er es stundenlang in Form gebracht hatte, oder ob es einfach von selbst so dermaßen natürlich und doch systematisch zerzaust war.

Neben ihm lief ein Typ, der im Vergleich zu Jonah wie ein riesiger Schrank aussah und den ich noch nie gesehen hatte – wahrscheinlich ein Kumpel vom Eishockey. Als ich die zwei Mädels dahinter erblickte, wurde mir schlagartig schlecht.

Eine von ihnen war ausgerechnet Harlow Collins. Sie trug ein bronzefarbenes Kleid, das sich wie eine zweite Haut an ihren Körper schmiegte. Ihr braunes Haar mit den blonden Strähnen war lang und seidenglatt und schien im Luftzug zu flattern, den sie von draußen mitgebracht hatten. Und damit nicht genug. Sie war nicht nur wunderhübsch, ich wusste, dass sie auch in jedem Fach gute Noten schrieb. Obwohl ich stets den Eindruck hatte, dass sie alles andere als eine Streberin war – im Gegenteil, sie nahm an zahlreichen außerschulischen Aktivitäten teil und mit einem Buch in der Hand hatte ich sie noch nie angetroffen –, war sie eine absolute Musterschülerin. Die Lehrer und Lehrerinnen liebten es, sie in ihren Kursen zu haben. Ich hingegen konnte sie nicht ausstehen – und das lag nicht daran, dass ich vielleicht manchmal ein wenig neidisch darauf war, dass für sie alles so mühelos erschien.

Das andere Mädchen kam mir nur vage bekannt vor und ich glaubte, sie in der Schule schonmal gesehen zu haben. Danebenn lief noch ein Typ, den ich nicht kannte, sowie Noel und Joel, Zwillinge und unsere Stufenclowns, vor denen niemand sicher war. Vor denen *ich* nicht sicher war. Ausgerechnet die beiden.

Ich straffte die Schultern und warf Kim einen fragenden Blick zu, die sowohl von Harlows als auch von der Anwesenheit der Zwillinge nicht sonderlich begeistert wirkte. Verständlich. Wann immer sich die Gelegenheit bot, die drei ließen kein gutes Haar an uns. Doch heute, wenn sie erst einmal sahen, dass Jonah mich eingeladen hatte, hätte alles ein Ende.

Er sah in dem dunkelblauen, eng sitzenden Anzug und dem weißen Hemd einfach zum Anbeißen aus. Jeder einzelne seiner Muskeln kam perfekt zur Geltung, ohne dass der Stoff angeberisch spannte. Und dann hob er den Kopf und sah mir mitten in die Augen.

Jonah

Da war sie, Penny Fernandez. Und sie sah einfach umwerfend aus. Im Gegensatz zu sonst hatte sie sich nicht unter übergroßen Klamotten versteckt, nein, sie funkelte wie ein Eiskristall. Ich verstand nicht, warum sie sich in der Schule so abschottete, denn es gab wahrlich nichts zu verbergen. Sie war liebenswürdig, kreativ und verdammt wunderhübsch war sie auch noch. Konnte denn nur ich das sehen?

Auch jetzt schaute sie beschämt zur Seite und flüsterte ihrer besten Freundin Kim etwas ins Ohr. Ich war bereits drauf und dran, auf die beiden zuzustürmen, als ich aus dem Augenwinkel ein hämisches Grinsen auf dem Mund von Noel sah. Er beugte sich zu Joel und gerade noch rechtzeitig erhaschte ich den Blick auf eine unauffällige Braunglasflasche, die er mit den Worten »... damit schafft sie es definitiv nicht rechtzeitig bis zur Toilette ...« zurück in seine Anzugtasche gleiten ließ.

Harlow war beschäftigt damit, sich an mich zu drängen. Viel zu eng, dafür dass wir lediglich als Freunde hier waren. Gleichzeitig fragte ich mich, wie sie wohl reagieren würde, wenn sie mitbekam, dass ich für heute schon ein Date hatte. Eigentlich, denn als ich mich erneut zu den Zwillingen drehte, die dreinschauten, als könnte sie kein Wässerchen trüben, dabei jedoch Penny ungeniert musterten, machte es Klick. Die Zahnrädchen in meinem Kopf rasteten so laut ein, dass ich mir sicher war, dass das knackende Geräusch im ganzen Diner zu hören wäre. Holy Shit. Was hatte ich mir nur dabei gedacht, die Zwillinge in meinen Plan einzuweihen? Wie war ich bloß darauf gekommen, dass sie es einfach akzeptieren würden, wenn Penny mit uns käme? Mein Herz begann wie verrückt zu wummern und ein feuchter Film bildete sich unter meinem maßgeschneiderten Anzug. Der Kragen meines perfekt sitzenden Hemdes war plötzlich viel zu eng und schnürte mir die Luft ab. Panik machte sich in mir breit. Nein, es war die nackte Angst, weil ich keine Ahnung hatte, wie ich auf die Schnelle verhindern könnte, dass Penny zum Opfer von Noels und Joels Streichen wurde.

Harlow trippelte unruhig auf der Stelle und zog eine Schnute. »Was machen wir hier überhaupt? Und wieso winkt Fettnandez dir?«

Und Joel – oder war es Noel – ergänzte: »Wahrscheinlich will sie ihm ihr XXL-Tutu präsentieren!«

Harlows Kichern und das ihrer Freundin gellte in meinen Ohren und auch Alaric, mein Kumpel vom Eishockey, musste sich ganz offensichtlich ein Lachen verkneifen. Am liebsten hätte ich erst Alaric und dann Harlow am Kragen aus dem Diner geschleift, um anschließend den Zwillingen ihr Abführmittel selbst zu verabreichen. Da sie jedoch die Söhne unseres Hauptsponsors waren, war dies keine Option. Um ihnen die Freundschaft zu kündigen, war es zu spät. Ich hatte nicht nur mich, sondern auch Penny in die Scheiße geritten – im wahrsten Sinne des Wortes.

Die Zwillinge liefen bereits mit einem diebischen Grinsen in den unschuldigen Gesichtern auf Penny und Kim zu, während ich immer noch da stand wie zu Eis erstarrt. Mir blieben wahrscheinlich nicht einmal mehr fünf Sekunden, um zu handeln. Um Penny vor den Menschen zu beschützen, die ich meine Freunde nannte. Und das tat ich.

»Wer hat denn die beiden Freaks hierher bestellt?« Der ungläubige Blick auf Pennys Gesicht brannte sich in meinem Kopf ein und der schmerzvolle Ausdruck in ihren schönen dunklen Augen bohrte sich direkt in mein Herz. »Und vielleicht sagt ihnen mal jemand, dass das hier ein Dorf-Diner und nicht Disneyworld ist.«

Jetzt gab es kein Zurück mehr. Beinahe konnte ich sehen, wie ihr schönes rosarotes Herz aus ihrer Brust purzelte, auf den Boden knallte und zu tausenden Splittern zerschellte. Ich hasste mich für meine Worte und noch mehr hasste ich mich dafür, dass ich schuld daran war, dass es so weit hatte kommen müssen. Kim schaute mich fassungslos an, Hass loderte in ihren sonst so gelassenen Augen.

Dann hörte ich Mollys Stimme, die nichts mehr von der Wärme bereithielt, die sie normalerweise ihren Gästen entgegenbrachte. »Wenn ihr nichts essen oder trinken wollt, dann geht ihr besser. Wie ihr gerade selbst festgestellt habt, ist das hier ein Diner.«

Harlow warf den beiden Mädchen einen letzten abschätzigen Blick zu, ehe sie sich bei mir einhakte. »Komm, Jonah«, flötete sie, »lass uns endlich hier abhauen.« Und ich, ich spielte das Spiel mit und marschierte hoch erhobenen Hauptes aus dem Laden. Ich ignorierte Noels lautstarkes Gemecker, dass ich ihnen den Spaß verdorben hatte, und tat so, als wäre das hier von Anfang an mein scheiß Plan gewesen. Die Tür des Diners fiel krachend ins Schloss, doch ich hatte nicht nur meine Würde, sondern auch mein Herz in den hellerleuchteten vier Wänden des Marshmollys zurückgelassen.

Kapitel 1

Jonah

Da war ich wieder. Back in der Walachei, in good old Mount Silver. Nun ja, ob es gut war, die Frage stellte sich mir noch.

Jahrelang hatte ich mir den Arsch aufgerissen, hatte nach einer Saison die Silver Crows verlassen, um mein Glück an der Ostküste zu finden. Ich hatte große Pläne gehabt, nein, nicht große, überambitionierte würde es wohl eher treffen, und ich hatte tatsächlich geglaubt, meine Ziele erreichen zu können. Die NHL war mein Traum gewesen, für den ich einen großen Teil meiner Jugend, so manche Freundschaft und ein normales Leben geopfert hatte.

Im Alter von zarten zwanzig Jahren hatte ich Mount Silver den Rücken gekehrt und war nach Boston gegangen, um in einem Farmteam ausgebildet zu werden und Spielerfahrung zu sammeln. Bei den *Bruins* hatte ich auf meine große Chance gewartet, entdeckt zu werden, aber das war nicht passiert. Weder bei den *Boston*

Bruins noch bei den *New York Islanders*, geschweige denn bei den *Detroit Red Wings*.

Über die *American Hockey League* war ich nicht hinausgekommen. Die *National Hockey League* war ein Traum geblieben, die wie eine zu groß geratene Seifenblase zerplatzt war, obwohl ich natürlich überzeugt gewesen war, ihn realisieren zu können.

Ganz vielleicht hatte ich mich damals, jung und dumm, wie ich gewesen war, dazu hinreißen lassen, der Presse zu erzählen, dass ich für Höheres als die *ECHL*, die *East Coast Hockey League* – zwar eine professionelle, aber dennoch drittklassige Liga – bestimmt war. Und möglicherweise war ich dementsprechend auch den Fans nicht in allzu guter Erinnerung geblieben, als ich die Ü-18 der Silver Crows nach nur einer Saison verlassen hatte.

Ich war gut gewesen – das war ich immer noch –, doch möglicherweise war mein Verhalten auch mindestens genauso arrogant gewesen. Während meine Kollegen Trikots signiert und Autogramme gegeben hatten, war ich mit Sonnenbrille an ihnen vorbeistolziert und hatte im besten Falle mal ein Foto mit einer wohlproportionierten Blondine gemacht, obwohl die eigentlich so null mein Fall waren, doch der junge, naive Jonah hatte geglaubt, so mit den ganz Großen mitspielen zu können.

Doch diese Starallüren hatten mir leider keinen Zutritt zur NHL verschafft. Ich war es leid gewesen, diverse Ausbildungsteams in der AHL zu durchlaufen, in denen ich nur einer von vielen war. Ich wollte wieder regelmäßig spielen, feiern und gefeiert werden. Und das war der Grund gewesen, warum ich zugesagt hatte, als ich hörte, dass Julien Decoup, der Mann, der mich schon in der Jugend trainierte, nun das Trainerteam des heimischen A-Kaders anführte.

Schnell waren wir uns einig geworden und ich hatte mein Ticket zurück nach Mount Silver gebucht. Und da war ich nun. Bereit für die kommende Saison mit den Silver Crows.

Das Vorbereitungstraining hatte ich zum größten Teil verpasst, worüber ich jedoch nicht allzu unglücklich war. Meinen neuen Mannschaftskollegen würde ich noch früh genug über den Weg laufen. Ausgenommen Mikkel Ingemarsson, ein Schwede, mit dem ich kurze Zeit in Boston gespielt hatte, kannte ich keinen meiner zukünftigen Mitspieler persönlich – vielleicht erinnerte ich mich auch einfach nicht an sie.

Doch immerhin hatten Mikkel und ich damals beinahe so etwas wie Freundschaft geschlossen und er war ein lustiger Zeitgenosse, der mir keine Probleme bereiten würde. Also konnte ich nur hoffen, dass die Einwohner und Einwohnerinnen Mount Silvers mein Verhalten von damals vergessen hatten und meine neuen Kollegen mir eine Chance geben würden. Das Wichtigste war schließlich nicht mein Charakter, sondern mein Talent, den Puck ins Tor zu befördern.

Heute aber würde ich den letzten freien Tag genießen. Um den Rest konnte ich mir morgen Gedanken machen, wenn es so weit war. Ich schaute hoch in die Sonnenstrahlen, blickte dann zu den Ausläufern der Rocky Mountains, bevor ich auf die Fußgängerzone zusteuerte, um mir ein leckeres Frühstück auswärts zu genehmigen.

Obwohl meine Wohnung unweit der Silverena war, die sich am Rande meines Heimatstädtchens befand, also etwa zwanzig Minuten Fußweg in die Innenstadt, hatte ich die wenigen Meter mit meinem Jeep zurückgelegt, um nicht schon auf dem Weg auf alte Bekannte zu treffen. Zwar waren nach der Highschool die meisten meiner ehemaligen Mitschüler erstmal zum Studieren weggezogen, weil Mount Silver ja »soooo ein verschlafenes Kuhkaff« war, doch ich glaubte, einige von ihnen waren inzwischen zu ihren Familien zurückgekehrt.

Irgendwie war man halt doch mit seiner Heimat verwurzelt. Selbst ich musste mir eingestehen, dass es sich seltsam vertraut anfühlte, wieder an dem Ort zu sein, an dem ich aufgewachsen war. Dabei hatten selbst meine Eltern die Flucht ergriffen und waren nach Florida gezogen, sobald ich die Exams in der Tasche gehabt hatte ...

***

Getarnt mit Sonnenbrille und Basecap schlenderte ich durch die gemütliche Innenstadt, in der sich nicht wirklich etwas verändert hatte. Beim Verlassen des Parkplatzes hatte ich bereits das Diner der guten alten Molly passiert. Bis heute schämte ich mich, ihr in die Augen zu sehen. Deshalb hatte ich einen neuen stylishen Coffeeshop im Internet ausfindig gemacht.

Das *Cosy Coffee* bot alle möglichen Leckereien von Rühreiern bis hin zu Pancakes an. Die Bildergalerie auf der Homepage versprach ein gemütliches Ambiente im Industrialstyle mit viel Holz und Metall, das durch zahlreiche Pflanzen verschönert wurde und genau nach meinem Geschmack war. Schließlich fand ich den etwas versteckten Eingang direkt neben der Dorfkirche. Interessante Wahl.

Auch wenn draußen auf dem Kirchplatz eine Reihe verschnörkelter Tischchen mit furchtbar unbequem wirkenden Klappstühlen standen, beschloss ich trotz der milden Herbsttemperaturen im Inneren Platz zu nehmen. Schließlich wollte ich ungestört sein. Ich drückte die rustikale Holztür auf und steuerte auf direktem Wege einen leicht abgenutzten braunen Ledersessel, auf dem ich es mir bequem machte.

Nachdem ich einen Iced Coffee mit Pistazientopping sowie eine doppelte Portion Pancakes bestellt hatte, blätterte ich in den Zeitungen, die verstreut auf dem Tisch lagen. Die neuste *Vogue*, eine *People* und die aktuelle *Mount Daily*.

Mit Mode hatte ich nicht wirklich etwas am Hut und auf Promitratsch konnte ich ebenfalls gut verzichten. Deshalb entschied ich mich kurzerhand für die Lokalzeitung und blätterte lustlos durch die Seiten, als die Kellnerin einen unfassbar lecker aussehenden Kaffee vor mir abstellte.

Ich bedankte mich und wandte mich wieder der Zeitung zu, nahm genießerisch einen Schluck des eisgekühlten Getränks, als mich plötzlich ein Bild meiner Wenigkeit wütend anstarrte.

Genau in diesem Moment kam die Kellnerin zurück, um meine doppelte Portion Pfannkuchen zu bringen. Schnell schlug ich die Zeitung zu, bevor sie das Bild, das mich im Trikot der Red Wings mit wütendem Blick auf der Bank zeigte, entdecken konnte. Ihr skeptischer Blick entging mir jedoch nicht.

»Alles in Ordnung bei dir?«

Ich nickte, wollte antworten, hatte jedoch vor lauter Aufregung noch immer einen großen Schluck Eiskaffee im Mund. Hastig würgte ich ihn herunter, bevor ich der armen Bedienung die Brühe auf den Tisch spuckte, wobei ich mich natürlich verschluckte und einen filmreifen Erstickungsanfall hinlegte.

Besorgt klopfte die junge Frau, bestimmt eine Studentin des Community Colleges, auf meinen Rücken, während ich wie ein Sterbender vor mich hin röchelte. Oh Mann, ich war noch keine zwei Tage hier und gab jetzt schon mein Bestes, erneut in der Zeitung zu landen.

Nachdem die Kellnerin sich versichert hatte, dass ich noch lebte, suchte sie das Weite. Unauffällig drehte ich mich um und checkte, dass mich niemand beobachtete, bevor ich die Zeitung erneut öffnete.

Wieder zuckte ich bei meinem Anblick zusammen, bevor ich die Überschrift las.

Fluch und Segen – Jonah Bennett ist zurück.

Auch wenn die Überschrift schon nicht besonders schmeichelhaft war, so war sie auch kein völliges Desaster. Was man von dem Artikel allerdings nicht behaupten konnte. Während ich las, schob ich mir einen meiner Buttermilch-Pancakes quer in den Mund, bevor mir noch der Appetit vollständig vergehen würde.

Die Silver Crows präsentieren ein neues Gesicht für die Saison 24/25. Jonah Bennett, der bereits in seiner Jugend von den Crows aufgebaut wurde, ist zurück in der Stadt und hat sich dazu bereit erklärt, das Team mit seinem Talent zu verstärken, da es für die NHL nicht gereicht hat.

Nachdem er vor rund fünf Jahren sein Heimatteam nicht schnell genug verlassen konnte, ist er jetzt wieder da. Ein ehemaliger Teamkollege verrät, dass Bennett sich mehr von seinem Ausflug in die AHL erhofft hatte, da er »für Größeres als die ECHfL bestimmt« sei. Da dies anscheinend nicht der Fall ist, begrüßen wir den inzwischen Fünfundzwanzigjährigen zurück in Mount Silver.

Das Team der Crows klagte zuletzt über fehlenden Nachwuchs, den auch die Kooperation mit dem Community College nicht bringen konnte. Julien Decoup ließ verlauten, dass er sich mit Bennett nicht nur einen starken Angreifer gesichert habe, sondern auf diese Weise auch für Zuwachs aus den eigenen Reihen sorgen möchte. Wir jedenfalls wünschen ihm viel Glück dabei.

Auf eine erfolgreiche Saison bei den Silver Crows!

Ich stopfte einen weiteren Pancake in meinen Mund und kaute so wütend, dass die Gebissschiene, die ich während des Spiels trug, wahrscheinlich auch jetzt von Vorteil gewesen wäre. Was dachte sich dieses Schmierenblättchen bloß dabei, mich dermaßen durch den Dreck zu ziehen?

Wollten sie die Fans der Crows schon aus der Arena vertreiben, noch bevor die Saison überhaupt begonnen hatte? Mount Silver war eh nicht unbedingt bekannt für sein Eishockeyteam und wie ich nun gelesen hatte, war es auch ganz offensichtlich schwierig, den Betrieb am Laufen zu halten und neue Spieler zu gewinnen.

Mit Werbung dieser Art würde man bestimmt weder Fans, die das nötige Kleingeld brachten, noch neue Spieler anlocken. Die Silver Crows könnten ihre Tore dicht machen, bevor die Saison überhaupt angefangen hätte, und ich stünde wieder mal auf der Straße. Und das alles nur wegen einer Aussage, die ich als hirnloser Jungspund gemacht hatte.

Ich musste mir schnellstens etwas überlegen, damit ich nicht in Ungnade bei meinen neuen Kollegen fiel. Vielleicht war es nicht sonderlich förderlich gewesen, sämtliche Teambuildingmaßnahmen zu verpassen und das Sommeraufbautraining in Detroit zu absolvieren, bevor ich beschlossen hatte, zu den Silver Crows zurückzukehren.

Ich schob mir ein weiteres Stück des fluffig-fettigen Gebäcks in den Mund, doch der Appetit war mir gründlich vergangen.

Nachdem ich mich prüfend vergewissert hatte, dass mich niemand beobachtete, stopfte ich die Mount Daily in meinen Rucksack. So gab es zumindest schonmal ein Exemplar weniger. Ich spülte den Pfannkuchen, der in meinem Mund immer mehr zu werden schien, mit einem Schluck Kaffee hinunter und beschloss, das Weite zu suchen.

Vielleicht würde es mich aufmuntern, ein bisschen Deko für meine zwar möblierte, aber dennoch karge und langweilige Wohnung zu besorgen. Für Einrichtung hatte ich schon immer ein Händchen, auch wenn die wenigsten von meiner Leidenschaft für Interior Design wussten. Cleane, leere Männerwohnungen waren nämlich so gar nicht mein Fall, ich mochte es gemütlich, wenn nicht sogar ein bisschen plüschig, aber das war mein ganz persönliches kleines Geheimnis.

Abrupt sprang ich auf und bezahlte an der Theke, wobei ich mir dreimal so viele Gedanken über das Trinkgeld machte wie normalerweise, da dieses leider nicht wie üblich in der Rechnung enthalten war. Falls die Bedienung mich erkannt hatte, wollte ich weder knickerig noch großkotzig erscheinen.

Nachdem ich mich viel schneller als geplant verabschiedet hatte, schob ich mir meine braungoldene Sonnenbrille auf die Nase und holte meine Basecap aus dem Rucksack, unter der meine inzwischen lang gewordenen Haare kringelig hervorlugten. Mit meinem Hoodie und meiner Baggyhose sah ich aus wie jeder zweite Student hier. Die Tarnung saß.

***

Als Erstes steuerte ich einen Laden an, den es zwar früher schon gegeben hatte, der heute jedoch in neuem Glanz erstrahlte. Allein das Schaufenster versprach allen möglichen hyggeligen Krimskrams. Auch wenn ich in den USA lebte, gefiel mir das skandinavische Flair und ich hatte nichts dagegen, etwas dänische Gemütlichkeit in meine Wohnung zu bringen.

Neben einem Sisalteppich, den ich mir kurzerhand unter den Arm klemmte, erstand ich noch zwei farbenfrohe Bilder in rustikalen Holzrahmen und eine Ladung Kerzen mit Düften von Vanille bis Meersalz. Außerdem landeten zwei Kaffeebecher ohne Henkel, die wie handgetöpfert aussahen, in meinem Korb sowie eine hängende Kunstpflanze, die meinen nicht vorhandenen grünen Daumen hoffentlich überleben würde.

Zufrieden mit meiner Ausbeute machte ich mich auf den Heimweg, um nun meine Wohnung ein bisschen aufzuhübschen und ein wenig zu zocken, bevor morgen der Ernst des Lebens anfangen würde. Vielleicht sollte ich später schonmal Mikkel eine Nachricht bei Insta schicken – seine Handynummer hatte ich leider nicht –, um mir den ersten Verbündeten für das morgige Training zu sichern. Morgen würden wir das erste Mal zusammen als Team in neuer Konstellation aufs Eis gehen. Das durfte ich nicht versauen, doch jetzt würde ich den restlichen Tag genießen.

Wenigstens konnten der Strafzettel, der hinter der Scheibe meines Jeeps klebte, und die Taube, die just in diesem Moment mitten auf die Frontscheibe kackte, mir nicht mehr die Laune verderben. Das hatte der gottverdammte Zeitungsartikel bereits ganz alleine geschafft. Mit röhrendem Motor und quietschenden Reifen schoss ich aus der Parklücke und brauste in Richtung Stadtrand davon.

Die Gegend, in der ich wohnte, wurde von schicken Neubauten dominiert und passte so gar nicht zu dem lauschigen Ortskern von Mount Silver. Da jedoch auch hier trotz der geringen Einwohnerzahlen chronischer Wohnraummangel herrschte, war der neu entstandene Lebensraum insbesondere bei den wenigen, oft besser situierten Zugezogenen beliebt.

Fast fühlte ich mich ein bisschen schlecht, dass ich nun mir-nichts-dir-nichts eine Wohnung in einem teuren Neubau beziehen konnte, doch dafür hatte ich auch einige Opfer gebracht.

Ich ließ die Fenster hinunter, um mir den lauen Bergwind um die Nase wehen zu lassen, in der Hoffnung, dass er meine nagenden Gedanken und Ängste hinfort pusten würde.

Kapitel 2

Penny

»Pénélopéeeeeeeeeee!« Ich rollte mit den Augen, als Madame Hiver mal wieder mit dramatischer Stimme nach mir rief. Nicht nur, dass sie mich immer bei einem Namen rief, der nicht meiner war, verschönert mit diversen Accent aigus, sie behandelte mich außerdem wie ihre Leibeigene. Nun gut, im Grunde genommen war ich das ja – zumindest so etwas in der Art.

Nach meiner Ausbildung zur Maßschneiderin, die ich nach der Highschool gemacht hatte, hatte ich einen der wenigen Jobs ergattert, die man mit diesem Beruf erlangen konnte, wenn man nicht ein eigenes Atelier eröffnen wollte.

Wollen tat ich das schon, aber es war gar nicht so einfach, dies zu tun, wenn man sein Tagesgeschäft nicht größtenteils mit dem Kürzen von Hosen und Brautkleidern fristen wollte. Es brauchte nicht nur eine Menge Kapital, um überhaupt ein solches Geschäft zu eröffnen, es brauchte viel mehr die entsprechenden Kunden, die bereit wären, ein kleines Vermögen für ein selbstgenähtes Kleidungsstück auszugeben, anstatt dieses einfach bei *Target* oder *TJ Maxx* zu erstehen. Ich selbst musste schließlich mit vierundzwanzig Jahren noch bei meinen Eltern wohnen, da mein Gehalt kaum ausreichte, um eine Miete zu finanzieren.

Umso glücklicher war ich damals gewesen, als ich die Stellenanzeige bei *Silverstuff*, der Abendmodeboutique schlechthin, entdeckt hatte. Silverstuff war ein traditionelles heimisches Unternehmen, das es schon gegeben hatte, als ich noch zur Schule ging. Damals war es von einem älteren Herren geführt worden, der sein Geschäft jedoch verkauft hatte, als es Zeit für die Rente wurde.

Heute waren Marguerite Hiver und ihr Sohn William Kopf des Unternehmens. Madame Hiver selbst war Designerin, während William sich um den Einkauf von Stoffen und die anfallenden betriebswirtschaftlichen Tätigkeiten kümmerte.

Man munkelte, dass Marguerite Hiver schon als junges Mädchen in Mount Silver gelebt hatte, damals jedoch noch Maggy Winter hieß. Sie selbst stritt dies jedoch vehement ab und behauptete steif und fest, in Paris aufgewachsen zu sein, bevor ihr Weg sie ganz rein zufällig nach Mount Silver geführt hatte. Wer es glaubte ...

Die Näherei, in der Marguerites Träume aus Tüll und Seide gefertigt wurden, lag ein wenig außerhalb von Mount Silver und beschäftigte eine Handvoll Modenäherinnen.

Meine Aufgabe hingegen war es, im Atelier Musterstücke anzufertigen oder auch Änderungen für unsere Kunden und Kundinnen an Anzügen und Kleidern vorzunehmen. Hatte ich bei Antritt der Stelle geglaubt, selbst Ideen – und waren es noch so minimale – beim

Design beisteuern zu dürfen, so hatte ich mich getäuscht. Ich durfte nicht mal die Farbe einer Schleife ändern, geschweige denn einen originellen Vorschlag bezüglich des Schnittes machen.

Madame Hivers Vorstellungen eines Abendkleides waren nämlich traditionell. Sehr traditionell. Und auch wenn ihre Designs wunderschön waren, so waren sie ein wenig langweilig und nur für Menschen mit Standardmaßen gemacht – zu denen ich schonmal nicht gehörte. Dabei gab es kaum ein Kleidungsstück, das Vorzüge auch bei einer etwas kurvigeren Figur besser zur Geltung brachte als ein rauschendes Abendkleid.

Marguerite Hivers Stimme wurde schriller. »Pénélopéeeeeeeee, wir brauchen hier deine Hilfe!«

Schnell legte ich die Bundfaltenhose, an der ich arbeitete, zur Seite und lief in Richtung Verkaufsraum, wo meine Chefin gerade eine Kundin beriet. Mrs Hobbs. Oh no. Die hatte mir gerade noch gefehlt. Trotzdem kleisterte ich mir ein professionelles Lächeln ins Gesicht, als ich auf die beiden zumarschierte. Ariana Hobbs, die nur wenige Häuser von uns entfernt wohnte, musterte mich von oben bis unten, als wollte sie sagen: *Was will denn dieses impertinente Frauenzimmer hier?* Dabei trug ich ein neues Kleid im *Chanel*-Stil, das bis zum Knie reichte, und eine schwarze Strumpfhose, sodass ihre gelifteten Augen nicht von meinen Oberschenkeln gequält werden konnten, die wahrscheinlich doppelt so dick waren wie ihre. Vielleicht lag es auch an meinen klobigen Mary-Janes, die zwar absolut im Trend waren, ihr jedoch nicht zusagten.

Das hellblaue Satinkleid schien auch nicht sonderlich begeistert von Mrs Hobbs, denn es hing undefinierbar an ihrem Körper herab. Meine Chefin hingegen wirkte völlig verliebt ob des grausigen Anblicks.

»Pénélopéeeeeeeee, da bist du ja, würdest du bitte das Kleid an der Taille abstecken, es ist einfach viel zu weit für Madame Hobbs traumhafte Figur.« Ich war kurz davor, mich mitten in den Showroom zu übergeben. »Außerdem soll es an der Seite geschlitzt werden, damit Arianas langen Beine besser zur Geltung kommen.«

An ihre Bekannte gewandt ergänzte sie: »Man wird dich auf dem Winterball kaum von den Schülern unterscheiden können. Nicht, dass du deiner *Fille* noch die Show stielst!«

Madame Hiver kicherte affektiert, während Mrs Hobbs sich gespielt überrascht an den aufgespritzten und trotzdem verkniffenen Mund fasste. »Ach, Marguerite, du Goldschatz, alles harte Arbeit.«

Ist klar … Ich unterdrückter ein genervtes Stöhnen, während ich mich mit meinem Nadelkissen an dem eigentlich schönen Traum aus Satin zu schaffen machte. Kurz war ich versucht, Mrs Hobbs einer der Stecknadeln *versehentlich* in die Seite zu rammen, aber da mir mein Job wichtig war, ließ ich dies lieber bleiben.

Nachdem ich das Kleid fertig abgesteckt hatte, fragte ich mich ernsthaft, ob noch etwas davon übrig bleiben würde. Ariana Hobbs verschwand in die Kabine, die durch schwere bordeauxrote Samtvorhänge verschlossen wurde, während meine Chefin wie ein aufgeregtes Kaninchen davor auf und ab hoppelte.

Schließlich kam ihre liebste Kundin in einem Etuikleid, zu dem sie Ugg-Boots mit einem riesigen Pelzumschlag trug, wieder hervorgestakst und drückte mir das Kleid in die Hand mit einem Blick, der mir sagte, dass ich mich lieber früher als später ans Werk machen sollte.

»Es soll ja rechtzeitig zum Winterball fertig sein!« Bis dahin waren es noch fast zwei Monate. Vielleicht konnte die arme Edison Hobbs, ein unauffälliges schüchternes Mädchen, ihre Mutter noch überzeugen, den Posten als Aufsichtskraft abzugeben. Sonst würde der Ball mit Sicherheit keine Freude für die Sechzehnjährige werden.

Bevor weitere Bilder, wie Mrs Hobbs ungeniert mit den Mitschülern ihrer Tochter flirtete, meinen Kopf fluteten, suchte ich das Weite.

Auch wenn das Anpassen von Kleidern nicht zu meinen liebsten Tätigkeiten gehörte, ging mir die Arbeit leicht von der Hand und um Punkt siebzehn Uhr ließ ich Nadel und Faden sinken, um in meinen wohlverdienten Feierabend zu starten.

Ich schlüpfte in meine Jeansjacke und schnappte mir das Kleid, um mich von meiner Chefin und William zu verabschieden. Marguerite Hiver prüfte mit Argusaugen jede Naht, die ich gesetzt hatte, doch schließlich nickte sie zufrieden. »Du hast wie immer gute Arbeit geleistet, Pénélopéeeee.«

Sie lächelte mich mit ihren schmalen rot bemalten Lippen an. Das musste man ihr lassen. Sie war zwar manchmal etwas seltsam und engstirnig, jedoch eine faire Chefin, die mich bei gutgetaner Arbeit lobte. Das war der Grund, warum ich immer noch für sie arbeitete, obwohl ich mir anfangs unter der Stelle eine etwas andere Tätigkeit vorgestellt hatte. Aber ich war nun mal Schneiderin und keine Designerin und man konnte es definitiv schlechter treffen.

Höflich winkte ich zum Abschied, ehe ich hinaus trat und die letzten Strahlen der Sonne an diesem Tag auf mich wirken ließ. Ich zog meine dünne Jeansjacke enger um mich und machte mich auf den Weg Richtung Diner, wo ich mit Kim verabredet war.

Das Atelier lag mitten in der Fußgängerzone und ich beschloss, noch einen kleinen Schaufensterbummel zu machen, um mir die Zeit zu vertreiben. Im Cosy Coffee gönnte ich mir einen Salty- Hazlenut-Latte für unterwegs. An meinem Kaffee nippend passierte ich die kleinen Geschäftchen, von denen es die meisten schon ewig gab. Doch auch wenn Mount Silver keine Metropole war, so ging man trotzdem mit der Zeit und auch hier entdeckte ich die neusten Trends in den Schaufenstern.

In *Barb's Corner* fand ich ein paar coole knallpinke Wildledersneaker, in die ich mich auf der Stelle verliebte. Da Barb in ihrem Vintageshop nur gebrauchte Kleidung verkaufte, konnte sogar ich mir hier ab und an ein neues Teil leisten, um meinen Kleiderschrank aufzupeppen. Früher hatte ich viele meiner Klamotten selbstgenäht, doch dafür fehlte mir inzwischen oft die Zeit und Muße, seit ich selbst im Berufsleben stand.

Außerdem versuchte ich, meine Eltern so gut es ging daheim zu unterstützen, da auch sie dem Zahn der Zeit nicht entgehen konnten. Mamá war oft völlig ausgelaugt, wenn sie aus der Nursery School nach Hause kam, und auch wenn sie ihren Job mochte, so merkte ich doch, dass es sie mit den Jahren immer mehr anstrengte.

Ursprünglich hatte meine aus Europa stammende Mutter Spanisch und Kunst studiert, doch da ihr Studium in den Staaten nicht anerkannt worden war, hatte sie nicht wie geplant an der Highschool arbeiten können, sondern war in einer Kindertagesstätte gelandet.

Dad schob eine Überstunde nach der nächsten, um seinen Posten in der Bank zu halten, da immer mehr Filialen geschlossen und Mitarbeiter entlassen wurden. Doch auch wenn wir nie reich gewesen und die Zeiten nicht einfach waren, so waren wir glücklich, weil wir uns hatten. Das hätte ich für kein Geld dieser Welt eingetauscht.

Außerdem hatte ich Kim, die beste Freundin, die man sich vorstellen konnte, und die ich bereits seit der Schulzeit kannte. Obwohl wir nach dem Abschluss der Highschool völlig unterschiedliche Wege eingeschlagen hatten, konnte unsere Freundschaft nichts entzweien.

***

Eine gute halbe Stunde später stand ich vorm Marshmolly und wartete auf Kims Ankunft. Wie meist kam sie fünf Minuten zu spät mit wehendem Haar angehetzt. Während ich mich seit der Seniorzeit nicht wirklich verändert hatte, außer dass ich ein paar Jährchen älter geworden war, war aus Kim eine erwachsene Businessfrau geworden.

Nachdem sie ihr Jurastudium in Rekordzeit beendet hatte, hatte sie begonnen, in der Kanzlei ihrer Mutter zu arbeiten. Auch heute schrie ihr ganzes Auftreten förmlich Juristin. Sie trug einen todschicken royalblauen Anzug mit engen Slacks und einem oversized geschnittenen Blazer. Ihr mittellanges rötlichbraunes Haar glänzte kerngesund und ihre mandelförmigen Augen wurden von zartem grauen Lidschatten umrahmt. Sie winkte stürmisch, als sie mich entdeckte, und schnitt eine Grimasse, die so viel hieß wie: *Sorry, ich wurde aufgehalten.*

Ihre schneeweißen Sneaker blitzten bei jedem Schritt unter der Hose hervor und rundeten das edle Outfit perfekt ab. Wäre da nicht die rote Socke gewesen, die unauffällig aus dem einen Schuh herauslugte, während die auf der anderen Seite eindeutig schwarz war.

Und deswegen war sie meine beste Freundin. Sie war vielleicht eine erfolgreiche Anwältin, aber tief im Inneren war sie immer noch Kim, die leicht verpeilte Siebzehnjährige, die ihre Nase den ganzen Tag in Büchern vergrub und diesen mehr abgewinnen konnte als den meisten Menschen.

Stürmisch umarmte sie mich und stieß einen anerkennenden Pfiff aus. »Hola Chica!«

Ich grinste bei ihrem Versuch, mit spanischem Akzent zu sprechen, und drückte ihr einen fetten Schmatzer auf die Wange.

Einig betraten wir das klassische American Diner, winkten Molly zu, die gerade ihren Kopf aus der Küche reckte, und ließen uns in einer gemütlichen Sitznische am Fenster nieder. Kim bestellte sich ein Light Beer, wohingegen ich mich für einen Eistee entschied, bevor wir uns in die Speisekarten vertieften.

Kim rutschte unablässig auf dem abgenutzten Leder hin und her und schließlich hielt ich es nicht mehr aus.

Ich kannte meine Freundin und sie benahm sich wirklich etwas seltsam.

»Kimmi«, ich schaute sie fragend an, »irgendwas ist doch, also los, rück schon raus damit.«

Sie nahm einen langen, genüsslichen Schluck ihres Hopfengetränks und versuchte eindeutig, Zeit zu schinden. Mein tadelnder Blick war ausreichend, sodass sie schließlich resignierend die Hände hob und begann, in ihrer Tasche zu wühlen.

»Na schön, du hast es nicht anders gewollt.« Sie fischte ein Exemplar der Mount Daily hervor und legte es zwischen uns auf den Tisch.

»Jaaa? Das ist eine Mount Daily. Und was soll ich damit?« Oh Mann, sie sprach in Rätseln.

»Seite siebzehn«, nuschelte sie, während sie erneut an ihrem Bier nippte.

Nervös blätterte ich durch die Seiten, bis ich schließlich entdeckte, worauf sie hinauswollte. Erschrocken riss ich die Augen auf, als ER mir entgegenschaute. Der Junge, von dem ich damals gedacht hatte, dass er anders als die anderen wäre, und der sich als noch schlimmer entpuppt hatte.

Schnell klappte ich das Blättchen zu, atmete tief durch und schaute dann mit festem Blick zu Kim. »Und, was ist mit ihm? Hat er das Tor nicht getroffen und heult jetzt? Hat eines seiner kleinen, treuen Anhängsel ihn verlassen?«

Kim schüttelte den Kopf und starrte auf den Tisch. Dann richtete sie sich auf und fixierte mich, ehe sie mit dramatischer Stimme flüsterte: »Er ist zurück. Jonah spielt ab dieser Saison wieder für die Crows.«

Halleluja, ich hatte mit vielem gerechnet, aber nicht damit. Und überhaupt, warum begann mein verräterisches Herz schon bei der Erwähnung seines Namens schneller zu schlagen?

Ich hatte ihn das letzte Mal kurz nach der Highschool gesehen, auf dem Eis, als ich bei einem Spiel der Silver Crows gewesen war. Normalerweise vertraute ich Kim alles an, doch dass ich dort gewesen war, hatte ich ihr bis heute nicht erzählt, nachdem er mich damals so schmählich hatte stehen lassen. Wüsste Kim, dass ich ihm trotz allem noch hinterhergelaufen war, hätte sie mich wahrscheinlich auf direktem Wege entmündigen lassen ...

Auf einem der billigen Plätze hatte ich ihn von Weitem bewundert. War bei dem Tor, das er erzielt hatte, jubelnd aufgesprungen und hatte meinen schwarzen, mit kleinen Krähen bestickten Schal geschwungen. Und dann war er fortgegangen und meine Selbstachtung war zurückgekehrt. Ich hatte ihn beinahe vergessen. Fast. Und jetzt war er wieder da und mein Herz machte diesen seltsamen aufgeregten Hüpfer angesichts Kims Worte.

Ich nahm einen Schluck meines Pfirsicheistees und vertiefte mich erneut in die Speisekarte, die ich eigentlich in- und auswendig kannte.

»Na und, dann ist er halt wieder da.« Ich war so eine verdammt schlechte Lügnerin.

***

Wie die gute Freundin, die Kim war, hatte sie das Thema auf sich beruhen lassen, doch als ich abends im

Bett meines Kinderzimmers lag, wollte ich partout nicht in den Schlaf finden. Ich rollte mich von links nach rechts und wieder zurück, bis ich schließlich aufstand.

Im diesigen Licht meiner Nachttischlampe tapste ich zu meinem Kleiderschrank, dem Inbegriff von kreativem Chaos. Ich wühlte mich auf dem Schrankboden zwischen Stapeln an Schuhkartons und Bergen an Handtaschen hindurch, bemüht, möglichst kein Geräusch zu machen, um meine Eltern, die im Raum darunter schliefen, nicht zu wecken.

Und dann sah ich ihn. Verborgen unter einem hinuntergefallenen Mantel, ganz hinten im Schatten der Dunkelheit lugte er hervor. Der Crows-Schal. Ich zog ihn aus dem Schrank, dachte an das Gefühl von Freudentaumel und Zusammenhalt, das er in mir hervorrief. Und die Erinnerung an Jonah.

Irgendwie konnte ich bis jetzt nicht glauben, dass er der arrogante, selbstverliebte Kerl war, der er vorgegeben hatte zu sein und für den die Leute ihn hielten, denn ich hatte ihn von einer anderen Seite erlebt. Doch ich würde es wohl nie herausfinden ...

Kapitel 3

Jonah

Als mein Wecker klingelte, war ich nicht nur bereits wach, ich hatte sogar schon einen kleinen Dauerlauf um den Block hingelegt. Ab vier Uhr war an Schlaf nicht mehr zu denken gewesen und nachdem ich mich mehr oder minder erfolglos hin- und hergewälzt hatte, hatte ich beschlossen, eine kurze Sporteinheit noch vor dem offiziellen Training einzulegen.

Ich wollte fit bleiben und wer wusste schon, ob das Training bei den Silver Crows anspruchsvoll genug war, damit ich in Form bliebe. Man wusste schließlich nie, welche Tore sich vielleicht noch öffnen würden. Ich konnte den kleinen Gnom, der sich neuerdings ständig in meine Gedanken einmischte, förmlich auf meiner Schulter sitzen und mich auslachen sehen. *Man durfte ja wohl noch träumen ...*

Bevor ich zum Training losmusste, das nicht nur für mich, sondern auch für meine Teamkollegen heute zum ersten Mal auf dem Eis stattfinden würde, blieben mir noch gut zwei Stunden. Obwohl ich gleich wieder schwitzen würde, duschte ich ausgiebig, damit mir wenigstens nur mein Ruf und nicht mein Duft vorauseilte.

Da ich noch keine offizielle Teamkleidung bekommen hatte, schlüpfte ich in eine enge Jogginghose und ein schlichtes Shirt. Mein Haar rubbelte ich nur kurz mit dem Handtuch ab, der Rest konnte an der Luft trocknen.

***

Noch immer waren es fünfundvierzig Minuten, bis ich aufbrechen musste. Ich lief in meine Küche, die direkt ans Wohnzimmer angeschlossen war, und schüttete etwas Schokomüsli und Milch in eine Schüssel. Genüsslich verschlang ich die Kohlenhydrate und trank auch noch den Rest Schokomilch aus der Schale.

Natürlich wurde von einem Sportler erwartet, dass er sich einigermaßen gesund ernährte, aber zum Glück war es auch wichtig, Muskeln aufzubauen und Kraft zu haben, anstatt als Leichtgewicht übers Eis zu schweben. Am Anfang meiner Karriere hatte ich mich noch an einen strengen Diätplan gehalten, auf Süßigkeiten verzichtet, auf Alkohol. Mein ganzes Leben hatte sich nur ums Eishockeyspielen gedreht.

Das hatte es schon, als ich zum ersten Mal die Silver Crows in Action erlebt hatte. Von da an hatte ich gewusst: Das ist es, das will ich machen – und ich hatte hart dafür gearbeitet. Meine Familie war mir fremd geworden, wirkliche Freunde hatte ich auch nicht gehabt, außer denen, die hofften, sich in meinem Ruhm sonnen zu können. Ich hatte nie die Erfahrung gemacht zu studieren, geschweige denn zu arbeiten. Ich hatte keine Zeit verlieren wollen. Und wofür? Für nichts, wie mir jetzt bewusst wurde. Dafür, dass ich wieder genau dort angekommen war, wo ich angefangen hatte.

Seufzend stellte ich die leere Müslischale in die Spüle und machte mich daran, meine Sachen zu packen. Die Schlittschuhe standen in ihrer Tasche bereit und meine Hockeyschläger hatte ich erst gar nicht aus dem Auto geholt. Ein Blick nach draußen verriet mir, dass sich die Sonne heute noch nicht hervorgewagt hatte. Stattdessen zierten hellgraue Wolken den ansonsten klaren Himmel. Ich schlüpfte in meine Sweatjacke, strubbelte ein letztes Mal durch meine Haare und trat hinaus in den Flur. Alles oder nichts.

****

Nur wenig später parkte ich meinen dunklen Jeep vor der Arena. Obwohl es nur wenige Meter zu Fuß waren, hatte ich den Wagen genommen. Zum einen, weil ich nicht in der Laune war, meine komplette Ausrüstung zu schleppen, zum anderen, weil ich sicherheitshalber ein Fluchtfahrzeug in der Nähe haben wollte.

Bewusst langsam stellte ich den Motor ab und zog den Schlüssel aus dem Zündschloss. Meine Hände waren klebrig, beinahe ein bisschen feucht, und ich hörte mein Herz pochen. Neben mir kamen weitere Autos zum Stillstand. Den schwarz-grauen Trainingsoutfits der Fahrer nach zu urteilen, die aus den Fahrzeugen stiegen, handelte es sich dabei um meine Teamkollegen.

Während manch einer von ihnen aussah, als gehöre er eher ins Altenheim anstatt aufs Spielfeld, waren auch einige wenige dabei, die so jung wirkten, dass ich ihr Vater hätte sein können. Nun ja, beinahe, zuminoder der große Bruder.

Ein Klopfen an der Scheibe riss mich aus meinen Gedanken und ich zuckte zusammen. Mein Herz galoppierte und vor lauter Schreck ließ ich meine Hände auf das Lenkrad fallen, sodass ein lautes Hupen durch die noch relativ stille Morgenluft drang. Na Klasse, jetzt wusste auch der Letzte, der es noch nicht mitbekommen hatte, dass ich hier war.

Ein mir nur allzu bekanntes Gesicht grinste durch das Fenster. Mikkel. Sein nahezu weißblondes Haar fiel ihm bis über die Schultern und auch wenn seine Frisur eher der eines Engels glich, wusste ich, dass er definitiv keiner war. Seine kräftige Statur stand im krassen Gegensatz zu seinem jungenhaften Gesicht, das neuerdings ein Bart zierte, der ihm ein reiferes Aussehen verlieh.

Ermattet öffnete ich die Tür und ließ mich geradezu aus dem Auto plumpsen. Mikkel grinste mich noch immer an, als hätte er nie etwas Schöneres als meinen Anblick gesehen. Sogleich klopfte er mir auf die Schulter und zog mich in eine kumpelhafte Umarmung. Immerhin freute sich irgendjemand über meine Anwesenheit, anders als die restlichen Gesichter, die nicht gerade Freude, sondern bestenfalls Neugier ausdrückten …

»Mann, Jonah, dass wir uns hier wiedertreffen! Hat es bei dir auch nicht gereicht?« In seiner Stimme klang keinerlei Spott mit, vielmehr taxierte er mich mit seinen blauen Augen, als wäre er einfach nur glücklich, mich zu sehen und mit mir einen Verbündeten an seiner Seite zu haben. Ich rappelte mich auf und verzog

meine Lippen zu etwas, das sowas wie ein Lächeln dar-
stellen sollte.

»Mikkel, wie schön!« Etwas Sinnvolleres wollte nicht
aus meinem Mund kommen, obwohl ich mich wirklich
freute, ein bekanntes Gesicht zu sehen. Glücklicherweise war Mikkel ein hilfsbereiter Typ, der sich kurzerhand über die Ladefläche beugte und sich einen Teil
meines Gepäcks unter den Arm klemmte.

»Dann stell ich dir mal die anderen vor.«

Die »anderen« warteten vor dem Eingang, als hätten
sie auf Mikkels Zeichen gewartet. Er war nur wenige
Wochen vor mir gestartet, doch schon jetzt wirkte es,
als hätte er nie woanders gespielt.

Bereits nachdem ich die ersten fünf Jungs kennengelernt hatte, rauchte mir der Kopf. Obwohl ich mich natürlich vorher mit meinem neuen Team vertraut gemacht hatte, war ich es nicht gewohnt, mir neue Namen zu merken, da die Spieler in den Farmteams kamen und gingen. Doch jetzt waren wir wie eine Familie – nur dass ich dabei sowas wie das ungeplante Kind
oder, noch passender, die Schwiegermutter war, die
keiner da haben wollte. Ich schluckte.

Einer der Typen kam mir vage bekannt vor und ich
war mir ziemlich sicher, dass wir in der Jugend zusammen bei den Crows gespielt hatten. Er tat jedoch so, als
würde er mich nicht kennen, auch wenn ich überzeugt
war, den Namen *Danny* früher schon einmal gehört zu
haben. Wahrscheinlich hatte ich bei ihm damals
ebenso keinen sonderlich guten Eindruck hinter-
lassen ...

»Und das ist Henri«, beendete Mikkel schließlich
seine Ausführungen. Ein Typ mit dunkelbraunen, fast

schwarzen Haaren nickte mir zu. Sein Bart und seine Augenbrauen waren dicht. Über seine Arme bis zu den Händen und selbst am Hals wanden sich schwarze Linien bis in seinen Bart hinein. Er schien tätowiert von oben bis unten, denn jedes Stück Haut, das irgendwo hervorlugte, war von dunklen Mustern überzogen. Er machte einen leicht gruseligen Eindruck, was durch sein Nicken, bei dem er es schaffte, nicht ein einziges Mal zu blinzeln, während er mich unverhohlen musterte, noch verstärkt wurde. Doch sein Mund blieb versiegelt.

Als wir nach und nach das Innere der Arena betraten, blieb Henri stumm stehen und starrte gen Himmel. Mikkel drehte sich unauffällig zu mir und raunte: »Henri ist auch erst seit dieser Saison am Start. Keiner weiß so genau, woher er kommt ... anscheinend aus einer kleinen Stadt in Kanada, aber man muss ihm lassen, dass er wirklich gut ist. Auch wenn er bisher, glaube ich, nicht mehr als zehn Worte gesagt hat. Und die waren auf Französisch.«

Ich lupfte meine Augenbrauen, während ich den Erzählungen von Mikkel lauschte. Er war wirklich ein herzensguter Typ, aber eben auch eine absolute Quasselstrippe.

Gerade als wir unseren Krempel in der Umkleide abgestellt hatten, trat Coach Decoup ein. Seine Mundwinkel zogen sich nach oben und er strahlte mich an, als wäre sein verloren geglaubter Sohn zurückgekehrt, was ich in weitestem Sinne ja auch war. Also nicht wirklich, aber er hatte mich schon trainiert, als meine Karriere noch in den Kinderschuhen gesteckt hatte.

Er eilte auf mich zu, umarmte mich kurz und tätschelte meinen Rücken. »Dass du irgendwann wieder bei uns bist, Junge. Damit habe ich nicht gerechnet.« Sein ursprünglich französischer Akzent war kaum noch hörbar, er war ein paar Jährchen älter geworden, aber an unserem Verhältnis hatte sich nichts geändert. Es fühlte sich gut an, für ihn nicht nur eine Nummer zu sein.

Danny hingegen schien es gar nicht zu freuen, dass Decoup mich begrüßte, als wäre ich nie weg gewesen. Er nuschelte irgendetwas zu dem kleinen Rothaarigen, von dem ich vergessen hatte, wie er hieß, und machte Anstalten, die Kabine zu verlassen.

»Jungs, wir treffen uns draußen, kleines Fußballmatch zum Aufwärmen.« Julien Decoup klatschte motiviert in die Hände und die ersten folgten ihm sogleich bereitwillig.

Ich hatte damit gerechnet, und auch wenn ich auf Kufen am sichersten stand, mochte ich es trotzdem, ein paar Bälle hin und her zu kicken, doch heute fühlte sich alles wie eine Prüfung an. Dabei sollte das Ganze ein Leichtes für mich sein.

***

Wenig später standen wir auf dem Rasen vor der Arena und spielten uns die ersten Bälle zu. Wie von selbst formierten sich innerhalb kürzester Zeit zwei Mannschaften und Decoup warf den Jungs auf meiner Hälfte je ein farbiges Band zu.

Na toll, Mikkel und ich waren nicht im selben Team. Dafür trugen nun Danny und Henri das gleiche rote

Band wie ich. Henri blieb zwar still, schien jedoch durchaus teamfähig, wohingegen Danny das genaue Gegenteil darstellte.

»Hierüber, Danny!« Ich wedelte mit den Armen, tänzelte auf der Stelle, während Danny von einem Kerl mit kurzgeschorenen Haaren, den ich bisher überhaupt nicht bemerkt hatte, umkreist wurde. Doch anstatt zu mir zu spielen, versuchte Danny, den Ball an dem muskulösen Surferboy mit Militärhaarschnitt vorbeizubefördern – natürlich erfolglos.

Ich verkniff mir jeglichen Kommentar und spielte einfach weiter. Danny schien durchaus in seinem Element, vermied es aber strikt, den Ball zu mir zu passen. Er schrie lieber quer übers ganze Spielfeld, um einen anderen Mitspieler auf sich aufmerksam zu machen. Hauptsache, er musste den Ball nicht an mich abgeben. So ein Kindergarten.

Ich hoffte, das würde sich auf dem Eis ändern, denn wenn ich mich recht erinnerte, war Danny genau wie ich im Sturm, während Mikkel die Abwehr verstärkte. Vielleicht hatte die AHL mir nichts für meine Karriere gebracht, aber wenn ich eines gelernt hatte, dann dass es nichts brachte, die besten Spieler zu haben, wenn alle Einzelkämpfer waren.

Lieber ein funktionierendes Team mit mittelmäßigen Spielern, als die tollsten Spieler, die nicht dazu in der Lage waren, ihr Ego hintanzustellen. Ich konnte nur hoffen, dass Danny einfach mit dem falschen Fuß aufgestanden war.

Ein lautes Pfeifen durchbrach meine Gedanken. Ich blieb nicht abrupt stehen, sondern lief langsam aus, während der kleine Rothaarige förmlich neben mir zusammenbrach. Danny schlenderte betont cool übers Feld, obwohl es ihm offensichtlich Mühe bereitete. Sein hochrotes Gesicht und die zitternden Hände verrieten ihn. Nur Henri wirkte völlig unbeeindruckt und lehnte lässig am Zaun, als käme er gerade von einer Wellnessbehandlung. Komischer Kauz.

Mikkel kam neben mich gejoggt und zusammen fielen wir in ein gemächliches Schritttempo.

»Bennett!« Ein Typ in den Fünfzigern, bekleidet mit einem Trainingsanzug und akkurat gescheitelter Frisur, kam auf uns zu. Ein bisschen zu braungebrannt, ein bisschen zu glattrasiert – das musste Ewan Carter, der Sportdirektor sein. »Klamotten holen!«

Er brüllte, als wären wir bei der Army, und unwillkürlich fragte ich mich, ob er wohl immer solch einen Ton an den Tag legte. Da er schon auf dem Weg nach drinnen war, blieb mir nicht viel anderes übrig, als ihm im Stechschritt hinterherzueilen. Ich sah noch Dannys befriedigtes Grinsen und Mikkel, der mit den Augen rollte und anschließend eine aufmunternde Grimasse zog.

Drinnen empfingen mich grau verkleidete Wände und diesiges Licht trotz heller Neonröhren. Selbst die Arena hatte sich kaum verändert und war trostlos wie eh und je, und doch stahl sich ein Lächeln auf meine Lippen. Ich war zu Hause.

»Wird's bald!«, bellte Carter und ich beeilte mich, mit ihm Schritt zu halten, bevor ich noch zur Strafe Liegestützen oder Hampelmänner machen musste. Denkbar wäre es jedenfalls. Ich folgte ihm ins Büro, an das sich ein winziger Lagerraum anschloss, aus dem er nun einen Berg in Folie verpackte Sportklamotten hervorholte.

»Da, deine Trainingskleidung, Heimtrikot, Auswärtstrikot.« Er pfefferte mir mehr oder weniger alles in die Arme. Am Schluss legte er noch meinen Helm, der nach meinen Maßen angefertigt worden war, auf das wackelige Konstrukt und wartete darauf, dass ich den Rückzug antrat.

Als ich schließlich in die Umkleide kam, fehlte von den meisten meiner Teamkollegen bereits jede Spur. Nur der frisch geschorene Sunnyboy war noch dabei, seine Beinschoner anzulegen. Das war also unser Goalie.

Er grinste mich an und entblößte dabei eine riesige Lücke, in der ein Schneidezahn fehlte, was irgendwie so gar nicht zu seinem restlichen Auftreten passte. »Ich bin übrigens Marc. Marc Gregory.«

Ich schlug in die große Pranke ein, die er mir hinhielt, und ohne, dass ich ihn darum gebeten hatte, wartete er geduldig, bis ich mich umgezogen hatte. Dann machten wir uns zusammen auf den Weg Richtung Eis.

Auf dem blankpolierten Spielfeld tummelten sich bereits die anderen, die sich gegenseitig die Pucks zuspielten, um diese ins Tor zu schießen. Das Eis glänzte und man hörte lediglich das Schleifen der Kufen, die über die kalte Fläche glitten. Ein Rest Sonnenlicht fiel durch die schmalen Luken an der Decke und brachte die aufwirbelnden Kristalle zum Glitzern. Vielleicht würde doch noch alles gut werden. Eigentlich war es das schon beinahe, dachte ich, als Mikkel mir einen Puck zuspielte, den ich auf direktem Wege im Tor versenkte.

Kapitel 4

Penny

»Querida, seit wann interessierst du dich so für diese Zeitung?« Ertappt schlug ich die Mount Daily zu, warf sie auf den Küchentisch und blickte meine Mamá unschuldig an.

»Ich?« Es klang piepsig, zwar hatte ich keine übermäßig tiefe Stimme, aber wie ein Zwölfjähriger im Stimmbruch klang ich normalerweise nicht.

»Natürlich du, geht es dir nicht gut, meine Süße?« Meine Mutter schaute mich besorgt an und am liebsten hätte ich mir für meine blöde Antwort gegen die Stirn geschlagen.

»Nein, nein, alles gut, die Woche war nur ziemlich anstrengend.« Mamá schaute immer noch skeptisch.

»Schatz, du arbeitest zu viel. Ohne dich hätte die alte Winter schon längst zumachen müssen.« Sie zog ihre geschwungenen Augenbrauen zusammen und grummelte: »Kein Wunder, dass du so gestresst wirkst.«

Oh ja, gestresst war ich. Allerdings nicht, weil Madame Hiver mich zu hart rannahm, sondern viel mehr, weil ein gewisser Eishockeyspieler, an den ich vor vielen Jahren mein jugendliches Herz verschenkt hatte, wieder zurück in Mount Silver war.

Nur mit Mühe hatte ich die Scherben wieder zu einem Ganzen zusammengesetzt. Anfangs war das Konstrukt nicht sonderlich stabil gewesen, doch inzwischen war es robuster als je zuvor. Ich wollte mich nie wieder klein fühlen, so wie ich es damals zu Schulzeiten getan hatte. Zeiten, in denen ich jede Pommes zweimal umgedreht und morgens stundenlang vor dem Spiegel gestanden hatte, um mein rundliches Gesicht zu konturieren. Um zu überlegen, wie ich meine Oberschenkel, zwischen denen selbstverständlich keine Lücke war, am besten kaschieren konnte. Eine Zeit, in der ich mir jeden Spruch über meine Kurven, meinen nicht ganz flachen Bauch oder meine wild gelockten dunklen Haare zu Herzen genommen hatte.

Doch diese Zeit war vorbei. Ich war gereift. Wobei … falsch. Ich war einfach zufrieden mit mir.

Natürlich war es mir nicht egal, was die Leute von mir dachten, und natürlich verletzte es mich, wenn ich abfällige Blicke auf mir spürte, weil ich genau wie Kim einen Burger verspeiste, aber es führte nicht mehr dazu, dass ich an mir selbst zweifelte. Und ich konnte niemanden gebrauchen, der mich vom Gegenteil überzeugen wollte.

Meine Mamá schaute mich erwartungsvoll an. »Oje, Querida, du solltest dir heute dringend einen schönen Tag machen. Triff dich doch mit Kimmi!«

Sie lächelte mich aufmunternd an, während sie einen weiteren Kaffee vor mir abstellte. In der Hoffnung, dass er nicht nur neue Lebensgeister in mir wecken, sondern auch mein Gehirn reaktivieren würde, nahm ich einen großen Schluck.

»Kim muss arbeiten.« Ich verdrehte die Augen. »Seitdem sie in der Kanzlei ist, ist es nicht so einfach, sie zu Gesicht zu bekommen. Aber ich wollte gleich mal bei Barb vorbei.«

Meine Mutter grinste zufrieden und nickte erleichtert darüber, dass ich mein Wochenende nicht alleine verbringen würde. Auch wenn die High-School-Zeit beendet war, fiel es mir immer noch nicht ganz leicht, neue Freundschaften zu knüpfen.

Umso schöner war es, dass ich in der Besitzerin des Vintagelädchens eine wirklich gute Bekannte gefunden hatte. Barb war zwar etwas älter als ich, ich schätzte sie auf Mitte dreißig, aber wir hatten uns sofort verstanden. Wahrscheinlich war es unsere Liebe zu Mode – nein, unsere Liebe zu *ausgefallener* Mode –, die uns verband.

Nachdem die Besitzerin des früheren Kurzwarengeschäfts zu ihrem Sohn nach Calgary gezogen war, hatte das Ladenlokal einige Zeit leer gestanden, bis Barb nach Mount Silver gekommen war. Sie war eine der wenigen Zugezogenen hier. Ihr Mann unterrichtete an der örtlichen Highschool und sie selbst hatte ihren Traum wahrgemacht und einen eigenen Secondhand-Mode-Store eröffnet. Wir waren also beinahe so etwas wie Kolleginnen.

Als ich mich beim ersten Besuch in ihrem Geschäft auf Anhieb in eine kurze Latzhose aus Cord verliebt hatte, waren wir ins Gespräch gekommen. Auf das Gespräch waren Kaffee und Kuchen gefolgt und eine Unterhaltung über die Modebranche bis spät in die Nacht.

Seitdem waren wir Verbündete, wenn mal wieder unhöfliche Kunden und Kundinnen uns den Tag vermiest hatten.

Ich leerte meinen Kaffee in wenigen Zügen und streckte mich noch einmal ausgiebig. Mamá und ich waren Frühaufsteher, wohingegen Dad am Wochenende schlief, so lang es ging. Erst jetzt kam er in die Küche geschlurft und drückte zunächst mir und dann meiner Mutter einen Kuss auf die Wange.

Früher war es mir peinlich gewesen, wenn die beiden händchenhaltend wie zwei verliebte Teenager durch die Stadt gelaufen waren. Jetzt war ich unheimlich stolz, dass sie sich trotz aller Widrigkeiten des Lebens nie auseinandergelebt hatten. Obwohl sie grundverschieden waren. Dasselbe wünschte ich mir auch eines Tages.

***

Da es noch nicht endgültig Herbst geworden, sondern immer noch verhältnismäßig warm draußen war, nutzte ich die Gelegenheit, um eines meiner zahlreichen Kleider auszuführen.

Zu Schulzeiten war ich noch nicht ganz so wagemutig gewesen und hatte eine Jeans allenfalls mal mit einem ausgefallenen Oberteil kombiniert oder bunte Pluderhosen getragen, doch seit ich meine Leidenschaft auch lebte, trug ich das, was mir gefiel.

Heute hatte ich mich für ein kurzes Trägerkleid entschieden, dass ich ebenfalls in Barb's Corner erstanden hatte, unter dem ich eine geblümte hochgeschlossene Bluse sowie dünne schwarze Strumpfhosen trug. Wie immer schlüpfte ich dazu in meine *Dr. Martens*, die mich schon seit der Schulzeit begleiteten. Nun war mein Haar dran.

Obwohl ich mir schon zehntausend TikToks angeschaut hatte, wie ich meine lockigen Babyhaare sleeky an den Kopf klebte, sah die Frisur bei mir einfach nur aus, als trüge ich eine Perücke. Genervt probierte ich schließlich doch die Unmengen an Haarspray aus dem Ansatz zu kämmen und bändigte die Haare am Oberkopf zu einem lockeren Dutt.

Letztendlich doch einigermaßen zufrieden musterte ich mich in dem antiken Standspiegel, der mein Kinderzimmer seit einigen Monaten aufhübschte, und schnappte mir meine Umhängetasche. Meine Jeansjacke warf ich mir einfach über den Arm, da mir beim Frisieren, Föhnen und Haare in Form bringen ganz schön warm geworden war.

»Adios!« Ich streckte kurz meinen Kopf in die Küche, wo meine Eltern einträchtig schweigend ihren Kaffee tranken, und trat anschließend hinaus in die warme Morgensonne. Es war gerade mal halb elf und ich hoffte, dass der größte Ansturm in Barb's Corner noch auf sich warten ließ, damit ich gemütlich mit meiner neuen Freundin einen Kaffee trinken konnte.

Zwar besaß ich kein Auto, doch in die Stadt waren es nur ein paar Minuten zu Fuß, die ich mir so oder so nicht hätte entgehen lassen wollen. Ich saugte die frische Luft durch meine Nase, roch das sich orangefärbende Laub der Bäume und bewunderte die Dampfschwaden, die zu jeder Zeit über den Ausläufern der Rocky Mountains schwebten. Dem dichten Nebel, der die Berge in silbernes Licht hüllte, war auch der Name unserer Kleinstadt zu verdanken.

Ich genoss jeden Meter und je näher ich der Fußgängerzone kam, umso belebter wurde es. Das Marshmolly am Rande der Innenstadt war wie jedes Wochenende bereits gut besucht und auch dem neuen Café, das Cosy Coffee, war es zu verdanken, dass bereits am frühen Morgen die wenigen Einwohner Mount Silvers durch die Straßen spazierten.

Um mich an einer großen Gruppe Frauen vorbeizudrängen, die ihrem Gespräch nach zu urteilen auf direktem Weg in den Coffeeshop waren, ging ich einen Schritt schneller.

Wie immer bestellte ich für mich einen Salty-Hazlenut-Latte und für Barbara das Äquivalent mit Sojamilch. Dazu wählte ich noch zwei White-Chocolate-Caramel-Cookies, deren Duft betörend aus der Papiertüte drang. Bepackt wie ein Esel drehte ich mich in Richtung Ausgang, als die Tür aufschwang. Meine eben noch gute Laune war auf dem absteigenden Ast. Harlow.

Sie gehörte zu den wenigen meiner Mitschüler, die nach Mount Silver zurückgekehrt waren. Nachdem sie in Yale Journalismus studiert hatte, arbeitete sie nun für eine Lokalzeitung – das zumindest hatte mir Dad erzählt, der Harlows Vater kürzlich getroffen hatte. Ich hätte mir einen Job bei der *Vogue* für sie gewünscht, wenn ich dafür ihre Visage nie wieder sehen müsste. Doch das schien mir nicht vergönnt.

Sie musterte mich abschätzig von oben bis unten, ehe sie ihren kleinen Schmollmund zu einem übertriebenen Lächeln verzog. »Bonnie, wie schön, dass wir uns mal wieder sehen.« Sie kicherte affektiert, während ich kurz davor war, ihr den guten Hazlenut Latte ins Gesicht zu kippen. Als ob sie nicht mehr wüsste, wie ich hieß.

Doch anstatt sie zurechtzuweisen, schenkte ich ihr ein ebenso süßes Lächeln. »Holly, wie schön!«

Das Grinsen auf ihrem perfekt geschminkten Gesicht verrutschte und ich konnte förmlich hören, wie es in ihr brodelte. Bevor sie jedoch die Chance hatte, etwas zu erwidern, drängte ich mich an ihr vorbei. »War schön, dich wiederzusehen, Holly!«, rief ich und verkniff mir ein Lachen. Dann eilte ich über die Straße, um rettenden Unterschlupf bei Barb zu suchen.

Barbs kupferfarbenes Haar leuchtete mir schon durch das Schaufenster entgegen. Heute hatte sie ihren Longbob in kunstvolle Wellen gelegt und trug eine große schwarz gerahmte Brille, die ihr feinzügiges Gesicht ein bisschen wie ein Picasso-Gemälde erscheinen ließ. Ich war mir ziemlich sicher, dass die Brille keine echten Gläser besaß und Barb sie aus ihrem eigenen Sortiment gefischt hatte.

Als sie mich entdeckte, strahlte sie über das ganze Gesicht, sodass ihre Brille auf die Nasenspitze rutschte. »Penny! Bist du hier, um mich zu besuchen, oder brauchst du mal wieder Abwechslung im Kleiderschrank?«

»Ganz klar Letzteres.« Ich zuckte nicht mal mit der Wimper. »Und den Kaffee habe ich auch nur dabei, damit du mal riechen kannst, bevor ich mit vollen Taschen wieder verschwinde.«

»Dann kann ich mir danach zumindest meinen Kaffee leisten.« Wie begannen zu lachen und meine ältere Freundin zog mich in eine herzliche Umarmung.

Zusammen ließen wir uns auf den niedrigen Höcker-
chen hinter dem Kassentresen nieder und ich reichte
Barbara ihren Kaffee, den sie auch sogleich dankbar
entgegennahm.

»Hach, ich sollte dich als meine persönliche Kaffee-
und Cookielieferantin anstellen«, nuschelte sie, während Kekskrümel auf ihre dunkelgrünen Momjeans
fielen.

»Sorry, ich hab schon einen Job, den ich an sich ziemlich mag. Außerdem habe ich Sorge, dass ich Harlow
dann noch öfter über den Weg laufe.« Ich zuckte mit
den Schultern.

»Harlow?« Für die Geschichte, dass meine ehemalige
Mitschülerin in der Highschool kein gutes Haar an mir
gelassen hatte, brauchte ich erst einen Keks.

Ich erzählte, während Barb mir aufmerksam zuhörte.
»Bist du dir sicher, dass sie immer noch so eine blöde
Kuh wie damals ist? Schließlich … ihr seid doch inzwi-
schen erwachsen.«

Frustriert nickte ich und Barb schaute mich fragend
an. »Ja, leider wirkte sie so, als hätte sie sich um keinen
Deut verändert. Ich glaube eher, sie ist noch schlimmer
geworden.«

»Na und, dann ist sie das halt. Davon lässt du, lassen
wir uns doch nicht unterkriegen. Und jetzt erzählst du
mir erstmal, was aus diesem heißen Eishockeyspieler
von damals geworden ist.« Mein Seufzen sagte wohl alles. Was hatte ich da nur losgetreten?

***

Als die Neugierde meiner Freundin schließlich befriedigt war, war nicht nur der Kaffee geleert und die Cookies verspeist, sondern die Türklingel kündigte auch die erste Kundschaft des Tages an.

Jetzt hatte ich Zeit, meine Gedanken zu sortieren und endlich die pinken Wildledersneaker anzuprobieren. Sie waren zu groß und verwandelten meine Füße in die eines Clowns. So ein Mist. Heute wollte mich wirklich jemand ärgern.

Lustlos wühlte ich mich durch die Klamotten, doch mir wollte nichts mehr so richtig gefallen. Barb verabschiedete die Kundin und gesellte sich wieder zu mir. Mit mitleidigem Blick deutete sie auf die Sneaker. »Die müssen Bigfoot gehört haben. Aber ich habe da noch was im Lager, was dir gefallen könnte.«

Sie verschwand nach hinten und ich hörte das Rascheln von Kartons, die von Schnaufen und Fluchen begleitet wurden. Dann wurde es still und Schritte näherten sich.

»Tadaaaaa!« Sie streckte mir ein paar fragile Riemchenpumps entgegen, die über und über mit kleinen Edelsteinen verziert waren. Sie sahen wunderschön aus, aber ... »Wann soll ich die denn anziehen?«

Skeptisch beäugte ich die filigranen Schuhe, doch meine Freundin ließ sich nicht irritieren. »Bitteeeee, zieh sie mal an, tu es für mich!«

Seufzend streckte ich die Hand aus und nahm den edlen Schuh entgegen. Wie von selbst rutschte mein Fuß in den Schuh. Er saß wie angegossen. Ein Grinsen breitete sich auf meinen Lippen aus. Wahrscheinlich würde ich sie niemals tragen, aber als ich an mir herunterschaute, fühlte ich mich wie Cinderella höchstpersönlich. »Ich nehme sie.«

Kapitel 5

Jonah

In den letzten Tagen hatte ich meine eigene Routine entwickelt. Bevor ich am Vormittag zum Training aufbrach, lief ich eine kleine Runde um den Block. Wie sich herausgestellt hatte, lebte nicht nur Mikkel ein paar Häuser weiter, sondern auch Marc, sodass mich beide manchmal bei meiner morgendlichen Joggingrunde begleiteten. Selbst Henri hatte sich uns eines Tages angeschlossen, wobei er jedoch konsequent schwieg, während wir anderen nach ein paar Metern mehr quatschten als liefen.

Ich würde beinahe so weit gehen und behaupten, dass wir Freunde geworden waren. Es war zwar nicht so, dass wir uns unsere tiefsten Geheimnisse anvertrauten, aber manchmal saßen wir nach dem Training noch zusammen, zockten GTA, bestellten Pizza oder schauten einen hirnlosen Actionfilm.

Auch wenn die Jungs es nicht zugaben, hatte es ihnen meine gemütliche Wohnung definitiv am meisten angetan, weshalb die Treffen bei mir stattfanden. Kein Wunder. In Mikkels Wohnung herrschte bodenloses Chaos wie eben bei einem waschechten Junggesellen. Marc wohnte zwar mit seiner Freundin zusammen, diese hatte jedoch viel für die Uni zu tun und war deshalb nicht sonderlich scharf auf lärmenden Besuch ihres Freundes. Und Henri, ich war mir nicht mal sicher, ob er wirklich eine Wohnung hatte oder vielleicht heimlich in einem Auto hauste.

Er hielt sich bedeckt und sprach so wenig, dass ich mich manchmal fragte, ob es wirklich an mangelnden Englischkenntnissen lag oder daran, dass er einfach nichts sagen wollte. Trotzdem schien er mehr uns zugehörig als dem Clan, der sich um Danny geschart hatte.

Die Silver Crows hatten sich langsam, aber sicher in zwei Lager gespalten. Keiner sprach darüber und mich wunderte es, dass Coach Decoup es noch nicht angesprochen hatte. Da waren einmal wir und dann Danny mit seinen Gefolgsleuten. Dazu gehörten der kleine rothaarige Brad, der ebenfalls im Sturm spielte und wie ein Kind an seinem Rockzipfel hing, und Lester Thompson, der Reserve-Goalie, der sich auf seine Seite geschlagen hatte, da er es mit Marc nicht aufnehmen konnte.

Wenn es nach mir gegangen wäre, wären wir alle ein großes Team, und es war definitiv nicht in meinem Sinn, die Mannschaft in zwei Hälften zu teilen. Von Rivalitäten hatte ich genug in meinem Leben, doch irgendwie war es trotzdem geschehen.

Hoffentlich wäre es heute anders. Denn heute war unser erstes Spiel. Nun gut, es handelte sich nur um ein Testspiel gegen die *Idaho Steelheads*, aber es würde darüber entscheiden, mit welchem Gefühl wir übernächste Woche in die Saison starteten. Mit welchem Gefühl *ich* in die Saison starten würde. Darüber, ob ich endgültig versagt hatte oder ob ich dem kleinen Team einer weniger bekannten Eishockeymannschaft zu neuem Aufschwung verhalf – ob ich mir und meinem Selbstwertgefühl zu neuem Aufschwung verhalf.

Obwohl die letzte Saison für die Silver Crows eher mau verlaufen war und sie sich keinen Platz auf dem Treppchen hatten sichern können, war Leonard Ustavovich völlig begeistert in die Kabine gestürmt, um uns mitzuteilen, dass das Testspiel daheim doch tatsächlich bis auf den letzten Platz ausverkauft war. Der Öffentlichkeitsreferent hatte so gewirkt, als könne er es selbst kaum fassen, und Ewan Carter hatte ihn wenig später genervt aus der Umkleide geleitet.

Und ich? Ich hatte gemerkt, wie ich immer aufgeregter wurde, weil ich plötzlich das Gefühl hatte, der Erfolg der Silver Crows würde auf meinen Schultern lasten. Das war natürlich Bullshit – so viel hatte ich in den letzten Jahren dazugelernt –, denn ich war nur ein ganz kleines Lichtlein am Eishockeyhimmel, und doch fragte ich mich, ob die Leute kamen, um mich spielen zu sehen.

Aufgrund des Spiels würde es heute nur ein verkürztes Training mit anschließendem Strategiemeeting geben. Danach würden wir ein letztes Mal die Einlaufchoreographie proben und dann wäre es auch schon fast so weit.

***

Ich zog meine Hose an, dann folgten Schulterschutz, Beinschoner und Ellenbogenschutz. Von draußen erklang Metallicas *Enter Sandmann* und die Vorfreude des Publikums wehte bis zu uns in die Kabine.

Schließlich schlüpfte ich in mein frischgewaschenes Heimspieltrikot mit der Nummer fünfzehn. Es war von grausilberner Farbe und darauf war eine stilisierte Krähe abgebildet, wohingegen sich die Beschriftung in einem blutigen Rot vom Hintergrund abhob. Ich mochte es. Wirklich. Und irgendwie hoffte ich plötzlich, dieses Stück noch viele Jahre tragen zu dürfen.

Die Stimme des Stadionsprechers erklang, sie war klar und deutlich, doch sie drang wie durch einen Nebel zu mir vor. »Begrüßt mit mir unsere Lieblingsmannschaft, die Silver Crows!«

Dann wurde es still. Totenstill, bis schließlich die ersten Töne von *Cold as Ice* die Stille zerschnitten. Das war unser Zeichen. Ich streifte meine Handschuhe über und einer nach dem anderen fuhren wir durch das riesige Maul der aufgeblasenen Krähe in die Dunkelheit aufs Eis.

Mit einem Mal schoss eine feurige Fontäne aus dem Schnabel des Ungetüms und erleuchtete die Arena. Das Publikum johlte, als wir über das frisch polierte Eis rasten und unsere Kreisformation rund um einen unserer ältesten Mitglieder, Norbert Norton, Abwehrspieler und Kapitän, einnahmen. Ein ohrenbetäubender Knall beendete unsere Choreographie und die Menschen sprangen klatschend auf, jubelten, als hätten wir bereits den *Kelly Cup* gewonnen.

So albern es auch klang, es war beinahe mein liebster Teil am Spiel, wenn die Gesichter der Zuschauer zu einer verschwommenen Masse verschmolzen, das Adrenalin durch die Venen rauschte und das Herz bis zum Hals pochte. Es war die Vorfreude auf das Spiel, wenn man noch voller Hoffnung war, die einem niemand nehmen konnte.

Nacheinander reihten wir uns an der Mittellinie auf, während der Stadionsprecher unsere Vornamen aufrief und das Publikum die Nachnamen skandierte.

»Und im Sturm mit der Nummer fünfzehn, Jonaaaahhhh ...« »Bennett!«, antwortete das Publikum in ohrenbetäubender Lautstärke. Freuten sie sich, dass ich zurück war? Riefen sie leiser als bei meinen Teamkollegen? Doch mir blieb keine Zeit, darüber nachzudenken, da nun die gegnerische Mannschaft einfuhr.

Die *Idaho Steelheads* sahen wirklich aus, als wären sie aus Stahl gemacht, und ich hoffte, dass sie uns nicht bereits im ersten Drittel zermalmen würden.

»Und das ist unsere Starting Six!« Ich blieb stehen, während ein Teil meiner Kollegen zum Rand fuhr, um auf der Spielerbank auf ihren Einsatz zu warten.

Und dann ging es los. Bereits beim Face-Off konnten wir uns den Puck sichern. Ich schoss ihn zu Henri, der sich, nachdem er einmal von einem gegnerischen Verteidiger in die Bande gedrückt worden war, wieder so schnell aufrappeln konnte, dass er plötzlich direkt vor dem Tor der Steelheads stand. Er erwischte den Puck in letzter Sekunde, der Torwart ging in den Butterfly und ... die Menge explodierte.

»Tor für die Silver Crows! Der Assistent mit der Nummer fünfzehn, Jonah Bennett!« Das Publikum klatschte. »Und unser Torschütze mit der Nummer zweiundachtzig, Henri Mathieu!« Die Menge flippte aus.

Mein Zahnschutz fiel fast auf den Boden, so heftig musste ich grinsen. Ich war mir sicher, dass ich sogar Henris Mundwinkel zucken sah, es war nur minimal, aber zum ersten Mal, seit ich ihn kannte, wurde der Schatten in seinem Gesicht durch Licht vertrieben. Wahnsinn. Wir hatten gerade mal zwei Minuten gespielt und schon das erste Tor erzielt.

Und dann nahm das Übel seinen Lauf.

Gerade als ich auf dem Weg zur Bande war, stand plötzlich Danny neben mir und dann erschallte die schrille Trillerpfeife des Schiedsrichters. »Zwei Strafminuten wegen Fouls für die Silver Crows.«

Was machte er hier, es war eindeutig besprochen, wann er aufs Eis zu kommen hatte. Julien gab mir ein Zeichen. Oh nein. Das konnte nicht wahr sein ... sollte ich etwa ...? Wutschnaubend fuhr ich zur gegenüberliegenden Seite, wo der Schiedsrichter mir das Tor zur Strafbank öffnete. Es war eindeutig Dannys Fehler gewesen, dass sich ein Spieler zu viel auf dem Feld befunden hatte, und ich musste es jetzt aussitzen?

Ich hatte mich noch nicht mal hingesetzt, da ertönten bereits Jubelschreie aus dem Fanblock der *Idaho Steelheads*. Obwohl es gerade mal eine Handvoll Leute waren, übertönten sie die Buhrufe unserer Fans bei weitem. Es war bekannt, dass unsere Nachbarn aus Boise ein gutes Powerplay hinlegten, doch es wurmte mich, dass es nur dazu gekommen war, weil Danny sich nicht an Regeln halten konnte.

Als wir nach dem ersten Drittel das Feld verließen, lag Idaho nicht nur mit einem Tor in Führung, auch die Stimmung war miserabel. Dabei hatte es so gut angefangen. Uns blieben noch weitere vierzig Minuten, um die Kuh im wahrsten Sinne des Wortes vom Eis zu holen.

Im zweiten Drittel nahm das Spiel nochmal an Fahrt auf. Obwohl ich geglaubt hatte, in der ECHL nur die halbe Leistung im Gegensatz zu früher zeigen zu müssen, so hatte ich mich geschnitten. Vielleicht hatten viele der Spieler nicht die beste Technik und waren nicht mehr die Jüngsten. Aber sie hatten Erfahrung auf dem Eis. Es war rau, es war schweißtreibend, ich gab alles.

Nach zehn Minuten machten wir den Ausgleich und die Crow-Fans wurden wieder lauter. Das Klatschen hallte auf dem Eis wider im Rhythmus mit meinem Herzschlag. Der Puck schnellte auf mich zu, ich passte zu Danny, doch plötzlich schob sich ein Verteidiger der Steelheads dazwischen. Ich sah noch, wie Danny ihm mit dem Stock einen Schlag auf die Wade verpasste, da ertönte auch schon die Pfeife des Schiedsrichters.

»Zwei Strafminuten für die Nummer fünf, Danny McCarthy, wegen Stockcheck.« Das konnte nicht wahr sein. Wutentbrannt rauschte er an mir vorbei und ich hörte noch, wie er zischte: »Pass beim nächsten Mal auf, wo du hinspielst, Bennett.«

Und von da an hatten wir keine Chance mehr. Wieder nutzten die Steelheads die Zeit auf dem Eis, in der sie uns überlegen waren, und das nächste gegnerische Tor fiel. Unsere Fans waren leise geworden.

Auch die Ansprache von Coach Decoup, dass wir ein Team wären, wobei er besonders Danny und mich beäugte, fand keine Wirkung. Direkt nach dem Bully im letzten Drittel vergrößerte das Team aus Idaho den Abstand. Es stand bereits vier zu zwei.

Wir hatten Mühe, mit den Jungs aus der Region mitzuhalten, und bestimmt gab es den ein oder anderen

Fan, der ab heute nach Boise fahren würde, statt in unsere kleine Arena zu kommen. Verdient, denn sie waren ein Team, eine Einheit, während wir eine Horde bunt zusammengewürfelter Kerle waren, die offensichtlich nicht Spiel und Privates trennen konnten.

Dann lief die letzte Minute. Ich spürte die Hoffnungslosigkeit um mich herum, die Rufe der Fans, die aus ihrer Starre erwacht schienen und die Arena noch einmal sechzig Sekunden mit manischen Anfeuerungsrufen füllten. Und dann war es vorbei. Wir hatten das erste Spiel, das zwar für die Meisterschaft keine Bedeutung hatte, jedoch für uns als neues Team, versemmelt.

Einer nach dem anderen fuhren wir geknickt vom Eis. Manche Spieler wurden bereits auf dem Korridor von ihren Frauen und Kindern empfangen, getröstet, aufgemuntert, doch ich war allein. Selbst Danny stakste auf eine junge Frau zu, die sogleich ihre Arme um seinen Hals schlang und beruhigende Worte in sein Ohr säuselte. Dann traf ihren Blick den meinen. Moment, war das nicht Harlow Collins?

Definitiv. Und sie hatte mich erkannt, denn ihr Blick wurde so kalt wie Eis, als sie mich entdeckte. »Jonah.« Ihre Stimme war noch um einige Grad eisiger als ihr Blick.

»Harlow«, sagte ich ermattet. Für die hatte ich jetzt wirklich keinen Nerv. Ich hätte ihr damals schon sagen sollen, dass sie mich in Ruhe lassen sollte, doch der junge Jonah hatte es irgendwie genossen, von einem der beliebtesten Mädchen der Schule umschwärmt zu werden.

Dabei hatte ich sie eigentlich nie wirklich leiden können. Sie war zwar intelligent, aber dafür war ihr soziales Gebären furchtbar. Sie war bösartig und hinterlistig. Wir hatten mit den gleichen Leuten abgehangen, aber das war es auch schon gewesen. Während ich sie längst vergessen hatte, hatte sie es anscheinend nicht, auch wenn sie jetzt Danny demonstrativ ihre Zunge in den Hals steckte.

Angewidert watschelte ich weiter in Richtung Umkleide, um mich endlich aus meinen schwitzigen Klamotten zu befreien. Gerade als ich in meine Jogginghose und einen flauschigen Hoodie geschlüpft war und mit Mikkel ausgemacht hatte, noch eine Runde GTA bei mir zu zocken, kam Carter im Stechschritt in die Kabine marschiert. »Bennett, auf ein Wort in mein Büro!«

Meine Knie wurden weich und auch Mikkel schaute mich fragend an, doch ich hatte keine Ahnung, was er von mir wollen könnte. Mein Kopf war eine Mischung aus völlig leer und viel zu voll.

Er öffnete die Tür zu seinem Büro, in dem schon Leonard Ustavovich saß. Was wollte denn jetzt auch noch unser Öffentlichkeitsreferent von mir? Langsam bekam ich Panik, die sich allerdings wieder etwas legte, als Ewan Carter den Raum verließ und ich Ustavovich alleine gegenüberstand.

»Jonah, setz dich doch, ich würde gerne etwas mit dir besprechen.« Er klang ernst. Unauffällig wischte ich meine Hände an der dunklen Jogginghose ab.

Dann begann er zu reden. Je mehr er redete, umso seltsamer wurde es. Das konnte ja wohl nicht sein fucking Ernst sein? Wo waren die versteckten Kameras? Doch seinem Blick nach zu urteilen, scherzte er nicht.

»Das wäre nicht nur wahnsinnig gute Publicity, um Spieler von der Mount High für das Collegeprogramm zu begeistern, sondern auch um dein Image etwas aufzupolieren. Heute hatten wir zwar die Arena voll, aber«, er schnalzte mit der Zunge, »auch die Fans bemerken die Spannungen im Team. Was gäbe es da Besseres, als den lokalen Handel zu unterstützen? Zu zeigen, dass du einer von ihnen bist. Eben ein waschechter Jung aus Mount Silver.«

Erwartungsvoll schaute er mich an, doch obwohl ich selten um Worte verlegen war, fiel es mir gerade schwer, etwas Vernünftiges hervorzubringen. »Ich bin doch kein Model!«

Allein die Vorstellung war absurd, aber unser Pressesprecher grinste mich nur an, fast so, als wäre er sich sicher, dass ich meine Meinung ändern würde. »Ich weiß, aber denk bitte darüber nach!«

Den Gefallen konnte ich ihm zwar tun, auch wenn ich die Antwort bereits kannte. Ich würde mich bestimmt nicht im maßgeschneiderten Anzug vor einer Kamera räkeln. Früher hätte mir diese Vorstellung sicher gefallen, am besten noch zwei heiße Girls in kurzen Cocktailkleidchen an meiner Seite, aber ich war keine neunzehn mehr. Das konnte sich Carter mal sowas von abschminken!

Kapitel 6

Penny

Ich blickte auf die Uhr und schob mir den letzten Löffel meines Zitronenjoghurts in den Mund. Mamá war schon lange vor uns zur Arbeit aufgebrochen und ich saß noch mit Dad am Küchentisch, der in aller Seelenruhe seinen Kaffee trank und in der Zeitung blätterte, während ich durch Insta scrollte auf der Suche nach den neusten Stylingtipps und ein paar süßen Katzenvideos.

Bis ich losmusste, waren es noch gut zehn Minuten. Gelangweilt flog ich durch die Beiträge, als mein Blick an einem neuen Post der Mount Daily hängen blieb. Diese Zeitung verfolgte mich neuerdings förmlich. Als wüsste jemand, dass ich mich in letzter Zeit mehr als üblich für das Dorfblättchen interessierte.

Ich hatte nicht mal gemerkt, dass ich die Luft angehalten hatte, so gebannt schaute ich in Jonahs smaragdgrüne Augen, die eine unendliche Leere ausstrahlten. Zusammengekauert saß er auf der Bank hinter der Bande, die Stirn in Falten gelegt.

Neuzugang endet nach nur wenigen Minuten auf der Strafbank. Ist Bennet schuld an der 2:4-Misere gegen die Nachbarn aus Boise?

Bei so einer reißerischen Überschrift würde ich wahrscheinlich ähnlich das Gesicht verziehen. Doch obwohl ich alles andere als Mitgefühl mit Jonah hatte, konnte ich dennoch nicht verhindern, dass er mir leidtat. Zumindest ein klitzekleines bisschen.

Eigentlich wollte ich den Artikel einfach zur Seite wischen, aber irgendwie versagten meine Finger ihren Dienst und ich begann, gebannt zu lesen. Ich vergaß sogar, auch nur ein einziges Mal zu blinzeln.

Gestern fand das erste Testspiel für unsere Silver Crows statt, bevor nächste Woche die Saison losgeht. Hatte man sich vorher erhofft, die Idaho Steelheads zu zerfleischen, so waren es unsere Krähen, die zermalmt wurden.

Nicht nur, dass die Steelheads ein starkes Powerplay ablieferten, sie waren während der gesamten Spielzeit überlegen. Neben fehlendem Teamzusammenhalt auf dem Eis beschwerten sich die Fans der Crows über Alleingänge ihrer Spieler.

Ein Insider verriet, dass Neuzugang Jonah Bennett für das Ungleichgewicht im Team verantwortlich sei. Der ehemalige U18-Spieler der Crows ist nach einigen Jahren des Scheiterns in der AHL wieder in die Heimat zurückgekehrt. Kann er seine Mannschaft retten oder führt er sie weiter in den Abgrund?

Wie hypnotisiert starrte ich auf die letzten Worte, nicht wissend, was ich fühlen sollte. Ich war der absoluten Meinung, dass Bennett ein arrogantes, selbstverliebtes Arschloch war, aber hatte er deswegen solche Worte verdient?

»Penny?« Ich zuckte zusammen. »Musst du nicht langsam mal los?«

Erschrocken blickte ich auf meine roségoldene Armbanduhr. Oh, fuck! Ich musste nicht langsam mal los, ich hätte vor fünf Minuten losgemusst! Panisch sprang ich auf, wobei ich beinahe den Küchenstuhl niederriss und Dad mir einen amüsierten Blick zuwarf.

Mist, mist, mist! Wo waren nur meine Schuhe? Im Schweinsgalopp rannte ich die alte knarzende Holztreppe nach oben und fand meine Docs schließlich unter meinem Bett. Noch während ich mit halboffenen Schnürsenkeln wieder hinuntereilte, schlüpfte ich in mein dunkelblaues Cape. Ich rief nur noch ein lautes »Bye, Dad« in den Flur und knallte die Haustür hinter mir zu.

Halb hüpfend band ich meine Schuhe, bevor ich schließlich zum Sprint ansetzte.

Zehn Minuten zu spät riss ich völlig derangiert und verschwitzt die Tür des Silverstuffs auf. Ich war sowas von einen Kopf kürzer!

Nach Luft ringend stand ich im Showroom und wartete auf das Donnerwetter, doch sowohl von Madame Hiver, als auch von William fehlten jede Spur. Gerade als ich mich unauffällig in mein Nähzimmer schleichen wollte – so nannte ich das Verlies im hinteren Teil des Stores, in dem meine Nähmaschine untergebracht war –, hörte ich Marguerites glockenhelles, affektiertes

Lachen, das nur besonderen Menschen vorbehalten war wie zum Beispiel Ariana Hobbs.

Doch es war nicht Mrs Hobbs.

»Oh, das sind ja fabelhafte Nachrichten, Monsieur Ustavovich.« Sie sprach grundsätzlich alle Leute mit französischer Anrede an. Außer mich natürlich, ich war Pénélopéeeeeee. Ich nahm die Beine in die Hand, um mich im letzten Moment nach hinten zu verziehen, doch es war zu spät. Madame Hiver stolzierte bereits aus ihrem Atelierbüro.

Automatisch zog ich den Kopf ein, um mich auf ihre Ansprache gefasst zu machen. Dabei war ich in den ganzen Jahren, in denen ich hier arbeitete, nicht ein einziges Mal zu spät gewesen. Doch nichts passierte. Ich war eindeutig im falschen Film gelandet. Sie lächelte mich nämlich selig an. Marguerite Hiver lächelte tatsächlich und flötete dann: »Pénélopéeeeeeee, wie schön, dass du da bist, ich habe ganz wunderbare Neuigkeiten!«

»Ja?« Zu mehr als diesem einen Wort war ich nicht fähig. Irgendetwas stimmte hier nicht.

»Du wirst es nicht glauben, wir haben für die diesjährige Winterkampagne jemand ganz Besonderen gewinnen können!«

Oha, wen hatte sie diesmal aufgegabelt? Für die Kampagne im letzten Winter hatte Marguerites Sohn die Promqueen samt Partner des vorherigen Abschlussballs engagiert. Sie war die typische Cheerleaderin, er der Star des Footballteams. Die beiden hatten in ihrem bordeauxroten Ensemble so aalglatt ausgesehen, dass es mich beinahe schüttelte, sobald ich an die große Werbetafel und die Anzeigen in der Zeitung dachte, von denen die beiden mit ihrem perfekten Zahnpastalächeln die Menschheit angestrahlt hatten. Wen hatte sie diesmal für eine noch grausigere Werbeanzeige gewinnen können? Miss Idaho?

Fragend blickte ich zu meiner Chefin, doch die verzog ihre kupferfarben geschminkten Lippen zu einem siegessicheren Lächeln, ehe sie hinter vorgehaltener Hand flüsterte:

»Das wird großartig, Pénélopéeeeeeeee. Die Farben dieses Winters sind Silber, Anthrazit und Eisblau. Sei so gut, meine Liebe, und such die entsprechenden Stücke heraus. Und auch solche, die du dir in diesen Farben vorstellen könntest.« Das war ja mal was. Madame Hiver musste wirklich gut gelaunt sein, wenn sie mir die Verantwortung dafür überließ.

»Ich werde derweil einige neue Entwürfe anfertigen. Unser Model bekommt selbstverständlich einen für ihn kreierten Anzug, aber ich möchte ihm heute Nachmittag schonmal ein paar Modelle präsentieren und zeigen, in welche Richtung es gehen könnte.« Damit eilte sie auf klackernden Absätzen ins Büro und ließ mich stehen, ohne mir zu verraten, um wen es sich handelte.

Gab es da nicht diesen Typen, der ein paar Jahre vor mir seinen Abschluss gemacht hatte und dann nach Hollywood gegangen war, um dort sein Glück zu finden? Ich meinte, er hatte inzwischen eine Nebenrolle in einer kitschigen Soap ergattert, das musste es sein.

***

Der Vormittag verging wie im Flug. Mit drei Kleiderstangen ausgestattet rollte ich durch den Showroom, sortierte Abendroben und Cocktailkleider für die neue Kollektion auf den einen Ständer und solche, die meiner Meinung nach überhaupt nicht zum Motto passten, auf den anderen.

Die meisten von Madame Hivers Anzügen waren so schlicht, dass sich beinahe jeder von ihnen eignete. Nur einen einzigen mit einem altbackenen camelfarbenen Karomuster räumte ich zur Seite.

Es gäbe so tolle Möglichkeiten, wie man trotz der dezenten Farben, oder gerade wegen dieser, atemberaubende Abendmode schaffen könnte, doch Madame Hiver verließ sich lieber auf Altbewährtes mit Satin, Tüll und Glitzer, anstatt neue raffinierte Schnitte und aufregende Stoffe zu wählen. Genau wie bei den Anzügen, die allesamt ein wenig bieder aussahen.

Ihre Mode war wirklich schön, aber sie erinnerte mich auch immer ein bisschen an einen typischen Highschoolfilm aus den Zweitausendern. Solche, wo die Hauptdarstellerin höchstens fünfzig Kilo wog und ihre klobige Brille und die Zahnspange durch ein Diadem und den Crush aller Mädchen ersetzt wurde.

Seufzend hängte ich noch zwei Kleider auf die Stange, die zwar nicht zum Farbkonzept passten, aber durch den entsprechenden Stoff durchaus etwas hermachten. Das eine war aus bordeauxrotem schweren Satin aus der letzten Winterkollektion. In einem silberglänzenden Stoff mit schmalen Trägern und einem weniger ausladenden Rockteil, das an der Seite bis zur Hüfte geschlitzt wäre, könnte es die Eleganz ausstrahlen, die ich mir wünschen würde. Es wäre sowohl für eine schmale

Gestalt geeignet als auch für kurvige Proportionen, um diese zu betonen.

Das altmodische Klingeln der Türglocke riss mich aus meinen Träumen und ich hob den Blick ... und erstarrte zu Eis, als ich in die gleichen grünen Augen blickte, die mir heute Morgen schon einmal begegnet waren. Nein, das konnte nicht sein, doch die Puzzleteile in meinem Kopf fügten sich zu einem Ganzen zusammen, was hier gerade vor sich ging.

Jonah Bennett, meine High-School-Liebe, stand nur wenige Meter von mir entfernt und wirkte alles andere als fehl am Platze. Er hatte das gleiche jungenhafte Lächeln wie damals, auch wenn seine Züge etwas markanter geworden waren, männlicher, würde ich sagen. Sein strohblondes Haar war zwar etwas länger als früher, jedoch verstrubbelt wie eh und je. Und sein Körper, ich mochte gar nicht darüber nachdenken. Obwohl er einen weiten dunklen Hoodie trug, konnte ich erahnen, was sich darunter verbarg.

Sein Gesichtsausdruck war mindestens so überrascht wie meiner. Wobei ich denke, dass *geschockt* die Sache eher traf.

»Penny?« Seine Stimme war tief und genauso warm, wie der laue Herbstwind, der durch Mount Silver fegte und die letzten Sonnenstrahlen des Sommers mit sich trug. Ich konnte nur starren, in seine leuchtenden Augen, auf das kleine Lächeln, das einen Schneidezahn offenbarte, von dem ein winziges Eckchen fehlte. »Ich bin wegen der Winterkampagne hier, ich soll als Model herhalten.«

Er zog die Augenbrauen nach oben, versuchte sich an einem schiefen Grinsen, das seiner Aussage einen

Hauch Selbstironie verlieh und ihn eigentlich sympathisch machen müsste, hätte ich vergessen – im Gegensatz zu ihm, wie es schien –, wie er mich damals behandelt hatte.

Deswegen gab ich das einzig Vernünftige von mir, was mir in diesem Moment einfiel: »Kennen wir uns?«

Sein spitzbübisches Lächeln verblasste und er schaute, als hätte ich ihm eine schallende Ohrfeige verpasst, aber er hatte es nicht anders verdient, oder?

»Penny, ich bins, Jonah. Jonah Bennett, wir waren zusammen in der Highschool, erinnerst du dich nicht?«

Er hatte doch tatsächlich die Dreistigkeit, gekränkt zu klingen, dabei war ich hier diejenige, die angepisst sein durfte. *Atmen, Penny, durchatmen.*

Ich lachte mindestens genauso gekünstelt, wie Madame Hiver es für gewöhnlich tat, während meine Hände wie von selbst zu meinen Haaren wanderten, hindurchfuhren, kontrollierten, ob alles an Ort und Stelle war. Mein Blick wanderte hinab, um zu überprüfen, dass mein dünnes Spaghettikleid, unter dem ich einen flauschigen Rolli trug, einwandfrei saß. Das tat es und doch ärgerte ich mich, dass Jonah mich selbst nach fast sieben Jahren noch so sehr aus der Fassung bringen konnte.

»Ach Jonah, ja klar ... die Highschool, hab dich gar nicht erkannt, ist schon so lange her ... wusste gar nicht, dass du wieder hier bist.« *Lügnerin!* Was schwafelte ich da nur für einen zusammenhanglosen Kram?

Jonahs eben noch beinahe trauriger Gesichtsausdruck hatte sich wieder in ein umwerfendes Grinsen verwandelt. »So so, nicht erkannt hast du mich also.«

Er hatte mich sowas von durchschaut. Ich war mir sicher, dass meine zu jeder Jahreszeit goldbraune Haut gerade feuerrot anlief. Doch es ging noch peinlicher.

»Coolen Job hast du, aber du warst ja schon immer kreativ.« Er nickte mir anerkennend zu und ich war ehrlich gesagt überrascht, dass er das noch wusste.

»Ja, ich bin Maßschneiderin. Und was machst du so?« Wieder schob ich ein gekünsteltes Lachen hinterher, was diesmal jedoch eher wie eine Katze klang, der jemand auf den Schwanz trat.

»Ich spiel immer noch Eishockey. Hat mit der NHL leider nicht geklappt.« Er wirkte bemüht lässig, doch seine angespannte Körperhaltung und sein Blick, der in die Ferne schweifte, verrieten, dass er verdammt nochmal damit zu kämpfen hatte. »Deswegen spiel ich jetzt wieder für die Silver Crows.«

»Nice!« *Nice?* Wirklich? Hatte ich gerade wirklich auf seine halbe Gefühlsoffenbarung mit *nice* geantwortet? Wieso tat sich nicht einmal das Loch im Boden auf, wenn man es brauchte?

Immerhin hatte das Schicksal wohl doch ein gewisses Erbarmen mit mir und schickte Madame Hiver.

»Jonahhh! Bienvenue, ich bin Marguerite Hiver. Pénélopéeeee haben Sie ja schon kennengelernt.« Er warf mir einen fragenden Blick zu, aber ich zuckte nur mit den Schultern.

»Wie schön, dass Sie hier sind! Wir fühlen uns ja so geehrt, dass wir für die diesjährige Winterkampagne mit einem lokalen Star wie Ihnen zusammenarbeiten dürfen!« Ok, es ging doch noch schlimmer, meine Chefin hatte mich eindeutig an Peinlichkeit übertroffen. »Kommen Sie doch in mein Büro. Mein Sohn William bespricht mit Ihnen die Formalia und danach können wir uns direkt ans Werk machen.«

Er nickte. »Die Freude ist ganz meinerseits, Mrs Hiver.« Sie gluckste. »Madame, wenn ich bitten darf.« Er nickte und setzte sein charmantestes Lächeln auf. »Aber selbstverständlich, Madame.«

Dann folgte er meiner vorweg stolzierenden Chefin in Richtung Büro, allerdings nicht ohne sich noch ein letztes Mal umzudrehen und mir ein solch schiefes Lächeln zuzuwerfen, dass es mein Herz wieder geraderückte. Ich war verloren.

Kapitel 7

Jonah

Ich hatte mit vielem gerechnet, als ich mich auf diesen bescheuerten Vorschlag von Leonard Ustavovich eingelassen hatte. Jedoch nicht damit, dass mir plötzlich Penny Fernandez gegenüberstehen würde.

Nachdem ich am gestrigen Tag noch überzeugt war, bestimmt nicht das Model für die neue Kampagne des Silverstuffs zu spielen, so hatte meine Entscheidung heute Morgen anders ausgesehen. Ein neuer Artikel in der Mount Daily, die das Versagen beim gestrigen Spiel knallhart auf meine Anwesenheit schob, hatte dafür gesorgt, dass ich klein beigegeben hatte.

Unser Öffentlichkeitsreferent hatte sofort einen Termin für mich mit der Designerin und Besitzerin des örtlichen Abendmodelabels arrangiert und hier war ich nun. Nicht wissend, dass ich auf Penny treffen würde, das Mädchen, das schon damals in der Highschool mein Herz hatte höher schlagen lassen. Ich hatte bewundert, dass sie das konnte, was ich mich nicht traute. Sie hatte im Gegensatz zu mir einen Scheiß darauf gegeben, was die anderen über sie dachten, das glaubte ich zumindest. Sie war warmherzig, hilfsbereit und kreativ, doch das hatten nur die wenigsten zu schätzen gewusst.

Genau wie ich. Nachdem ich endlich den Mut gefunden hatte, sie auf den Winterball einzuladen – okay, das war die Übertreibung des Jahrhunderts, ich hatte gesagt: *Komm doch auch mit –*, hatte ich versagt. Und das nicht nur, weil ich eigentlich hätte fragen sollen: *Gehst du mit mir auf den Ball?*

Ich hatte sie ins Marshmolly bestellt, war dort mit meinen Freunden aufgetaucht und hatte es im letzten Moment vermasselt. Hatte zugelassen, dass Menschen wie Harlow sie beleidigten, da ich feige war. Hatte selbst noch einen obendrauf gesetzt, weil ich mich nicht getraut hatte, die Zwillinge in ihre Schranken zu weisen. Ich hatte meine Chance, dieses wunderschöne und tolle Mädchen für mich zu gewinnen, verspielt.

Und jetzt saß ich hier in Madame Hivers Büro und hatte keine Ahnung, wovon sie und ihr Sohn sprachen, weil ich nur an Penny denken konnte. Penny in der durchscheinenden Strumpfhose, dem zarten Kleid, unter dem sie einen dicken Pulli trug, der ihre Kurven jedoch nicht verbergen konnte. Ich sah nur ihr schwarzes Haar, ihre dunklen Augen, die mich unverwandt anfunkelten, aus denen das Feuer sprühte, das still und heimlich in ihr loderte.

»Was halten Sie von meinem Vorschlag, Jonah?« Marguerite Hiver sah mich erwartungsvoll an. Oh nein, was hatte sie gesagt? »Hm?« Eloquent ging anders, aber von einem Eishockeyspieler erwarteten die meisten leider auch nicht allzu viel.

»Sind Sie mit einem dunkelgrauen Anzug einverstanden?«

Oh, okay, darum ging es also. Aber war ein stinknormaler grauer Anzug nicht ein bisschen langweilig? Da kam mir plötzlich eine Idee.

»Warum fragen wir nicht Penny?« Mrs Hiver ... ehm ... ich meinte natürlich Madame Hiver, schaute mich skeptisch an, ihr schmaler orangefarbener Mund verkniffen, die Wangen eingefallen. Auch ihr Sohn William schien sichtlich irritiert.

»Pénélopéeeee?« Ihre Stimme glich einem hysterischen Kieksen. War ich zu weit gegangen?

»Wir kennen uns von früher, wir waren zusammen auf der Highschool, daher weiß sie über mich und meinen Geschmack ziemlich gut Bescheid.«

Natürlich war das total dick aufgetragen, die Chance, uns näher zu kommen, hatte ich uns schließlich nie gegeben. Aber da Marguerite Hiver im ersten Moment so verärgert gewirkt hatte, wollte ich nicht, dass sie dies an Penny ausließ.

Ihr Gesicht entspannte sich und sie schien sich daran zu erinnern, welch großes *Glück* sie hatte, mit mir zusammenarbeiten zu dürfen. »Wie Sie meinen, Jonah.«

Wirklich überzeugt wirkte sie nicht, aber sie machte Anstalten aufzustehen und bedeutete mir, ihr zu folgen, während ihr Sohn sich wieder seinen Papieren widmete.

Wir durchquerten den Showroom und ich erhaschte einen kurzen Blick auf die Abendgarderobe. Schon ganz schön, aber trotzdem so gar nicht mein Fall. Ich war eben der typische Hoodie- und Jeans-Junge, im besten Falle wählte ich vielleicht mal ein Hemd. Das letzte Mal hatte ich einen Anzug an jenem schicksalhaften Abend getragen ...

»Pénélopéeeee!« Wieder rief die alte Schachtel wie ein Oberfeldwebel nach Penny. Ein bisschen erinnerte sie mich an unseren Sportdirektor Ewan Carter ... die beiden würden sich bestimmt gut verstehen.

Ich erinnerte mich noch an einen Tag damals im Senior Year, als ein Berufsberater uns besucht hatte. Penny hatte davon geschwärmt, dass sie eines Tages eigene Kleider nähen und entwerfen wollte, ihr Blick verträumt, ihre Stimme voller Kraft und Überzeugung. Die meisten hatten sie belächelt, die Zwillinge hatten mal wieder mit einem blöden Kommentar nicht hinterm Berg halten können, und Harlow, die blöde Kuh, war in Gelächter ausgebrochen. Doch ich, ich bewunderte sie.

Das war der Tag gewesen, an dem ich mir vorgenommen hatte, dass mich mein Weg in die NHL führen würde. Aber jetzt? Ich war gescheitert und sie ließ sich von einer Dorfdesignerin durch die Gegend scheuchen.

Eine unscheinbare Tür öffnete sich und Pennys schwarzer Lockenkopf lugte um die Ecke. »Madame Hiver? Jonah.«

Ihre Stimme hatte einen abfälligen Ton angenommen. Pennys Chefin räusperte sich. »Jonah möchte gerne deine Meinung zu seinem Outfit hören, das er für die Kampagne trägt.«

Sie riss ihre großen Kulleraugen auf, schaute ihre Chefin einen kurzen Moment überrascht an, bevor sich wieder Gleichgültigkeit über ihr schönes Gesicht legte. »Natürlich.«

An mich gewandt, ergänzte sie: »Dann wollen wir mal schauen.« Und obwohl sie sich so bemühte, wirklich desinteressiert zu klingen, bemerkte ich ihre Vorfreude auf die bevorstehende Aufgabe und über die Verantwortung, die ihr zuteilwurde. Ganz egal, ob sie dafür mit mir zusammenarbeiten musste oder nicht. Vielleicht war das meine Chance.

Während Penny mich zurück in den Showroom führte, stöckelte Madame Hiver auf ihren hohen Pfennigabsätzen zurück ins Büro. Sie schloss die Tür etwas lauter als notwendig und ich war mir sicher, dass es ihr so gar nicht passte, ihrer Untergebenen freie Hand zu lassen. Mir gefiel es dafür umso mehr.

»Das hier tue ich nur meiner Chefin zuliebe, bestimmt nicht, weil du es bist, Jonah.« Pennys Stimme war beinahe ein Fauchen. Dafür, dass sie mich vorhin nicht erkannt hatte, war sie nun ganz schön emotional. Dies schien ihr just in diesem Moment auch bewusst zu werden, denn sie versenkte ihren Kopf in einer der herumstehenden Kleiderstangen und zerrte einen grauen Anzug hervor, der genauso langweilig wirkte, wie ich es mir vorgestellt hatte.

Pennys Wangen waren gerötet und sie fuchtelte mit dem Jackett in ihrer Hand herum. »Also, meine Idee wäre es, eine hellere Farbe zu wählen, ein Blaugrau, etwas, das an die Farbe von Eis erinnert. Den Anthrazitton könnten wir stattdessen im Hemd aufgreifen. Beim Schnitt würde ich eine weniger klassische Variante wählen.«

Sie drückte mir das Jackett samt Hemd und Hose in die Hand. »Das müsste ungefähr deine Größe sein. Zieh den bitte mal an, dann kann ich dir besser verdeutlichen, wie ich mir den Schnitt vorstelle.«

Sie war voll in ihrem Element, als sie mich in die Umkleidekabine bugsierte, die mit einem schweren Samtvorhang vom Verkaufsraum abgetrennt war. Immerhin schien sie völlig vergessen zu haben, dass immer
noch der Kerl vor ihr stand, der mit achtzehn der
größte Idiot dieses Planeten gewesen war.

Als hätte sie meine Gedanken gehört, schob sie ein genervtes »wirds bald« hinterher und ich musste mir ein
Grinsen verkneifen, als ich den Vorhang hinter mir zuzog. Die Frau hatte definitiv Feuer unter dem Hintern.

Ich schälte mich aus meiner Jeans, meinem Hoodie,
meinem Shirt. Bis ich nur noch in meinen engen Boxershorts vor dem Spiegel stand. Schulterzuckend
schlüpfte ich in die Bundfaltenhose, das Hemd und zu
guter Letzt das Jackett. Ich war definitiv nicht von
schlechten Eltern, doch ich sah fürchterlich aus, weil
nichts saß, wie es sollte.

Um den Schaden zu minimieren, stopfte ich das
weiße Hemd in die Hose, bevor ich nach draußen trat.

Penny grinste. Ja, sie grinste mich wirklich an. »Sag
mal, Jonah, hast du noch nie einen Anzug getragen?«
Als wäre ihr just in diesem Moment wieder eingefallen,
dass ich das sehr wohl schon getan hatte, verdunkelte
sich ihr Blick und sie räusperte sich kurz. Ihre Stimme
war kratzig, als sie die Hände nach mir ausstreckte.
»Darf ich?«

Ich hatte keine Ahnung, was sie meinte, doch ich
nickte einfach. Sie trat einen Schritt auf mich zu, öffnete meine Hose. Halleluja, was passierte denn jetzt?

Sie strich mein Hemd glatt und steckte es gleichmäßig in den Hosenbund, bevor sie diesen wieder schloss
und zu mir hoch blickte. Ohne es zu merken, hatte ich

die Luft angehalten, wohingegen ich jeden ihrer warmen Atemzüge auf meinem Gesicht spürte. Ich roch ihr Parfüm, dass zugleich süß, spritzig und einfach nur verführerisch duftete. Ich glaubte, einen Hauch Bergamotte wahrzunehmen.

Dann zog sie plötzlich eine Stecknadel aus dem Kissen hervor, das an ihrem Arm klemmte. Sie fasste an meinen Rücken, meine Taille, steckte dort einen Teil des Stoffes zusammen. Unbewusst spannte ich meine Bauchmuskeln an. Dann glitten ihre Hände an meinem Körper hinab, berührten meine Oberschenkel und machten sich dort zu schaffen. Keiner von uns sagte ein Wort. Ihre Bewegungen fühlten sich federleicht an und doch spürte ich sie mit so einer Deutlichkeit, dass mir das Blut in den Ohren rauschte und mein Herz so laut zu pochen begann, dass ich mir sicher war, dass es in der Stille zu hören war.

Sie krempelte die Hose ein Stück nach innen, berührte meine nackten Knöchel, da ich nur Füßlinge trug. Ein Prickeln schoss von den Fußspitzen durch meinen ganzen Körper und jagte einen Schauer meinen Rücken hinunter.

Dann richtete sie sich langsam auf. Ihr Körper war so nah an meinem, dass ich kaum wagte, mich zu bewegen. Ihr Blick ruhte auf meiner Brust, dann hob sie ihren Kopf und schaute mir mitten in die Augen. Die Luft zwischen uns flimmerte, wie von selbst hob ich meine Hand, bewegte sie zu ihrer rosigen Wange. Ich konnte ihre zarte, warme Haut schon beinahe unter meinen Fingerspitzen fühlen.

Moment, was tat ich hier eigentlich? Auch Penny schien in diesem Moment bewusst zu werden, dass die

Situation mehr als seltsam war. Sie räusperte sich, trat einen Schritt zurück und brabbelte aufgeregt los, als hätte es die letzten Minuten nicht gegeben. Dabei waren wir uns dieser nur allzu bewusst, das sah ich an den hektischen roten Flecken, die sich auf ihrem Hals und Dekolleté gebildet hatten.

»Also, so in etwa stelle ich mir den Schnitt vor. Die Hose etwas kürzer, dann kannst du Sneaker dazu tragen, das Jackett enger, dafür etwas länger. Doppelt geknöpft hätte vielleicht auch was.«

Sie ließ mich gar nicht zu Wort kommen, redete ununterbrochen in einem Schwall weiter, als wollte sie sich davon ablenken, wie nah wir uns gekommen waren. »Bei der Farbe bin ich mir nicht so sicher, eigentlich hatte ich ja an etwas Bläuliches gedacht, aber ...« Ich schüttelte mit dem Kopf, denn plötzlich sah ich es klar vor mir.

»Was hältst du von einem Grauton, der mehr so in Richtung Silber geht? Passend zu Mount Silver ... Das Hemd, wie du vorgeschlagen hast, in einem matten, dunklen Anthrazit. Vielleicht könnte man einen Blauton in einem Accessoire aufgreifen, Fliege oder Einstecktuch.«

Sie biss sich kurz auf ihre Unterlippe, bevor sich ihre Mundwinkel hoben. »Ja, das wäre eine Idee.«

Sie klang aufgeregt wie ein kleines Mädchen, als hätte sie ganz vergessen, dass es immer noch ich war, der vor ihr stand. Ein Schatten legte sich über ihre Züge. »Ich denke darüber nach und bespreche die Ideen mit meiner Chefin.« Die kribbelige Wärme war aus ihrer Stimme gewichen und sie klang wieder völlig professionell.

Sie wandte sich ab und begann, einige Abendkleider von links nach rechts zu hängen und auf der Stange hin und her zu schieben. Es war offensichtlich, dass sie meinen Anblick nicht länger ertrug, jetzt, nachdem ihr wieder bewusst geworden war, wie ich sie damals behandelt hatte.

Geknickt trabte ich zurück in die Umkleidekabine. Mein Puls hatte sich immer noch nicht beruhigt und ich ließ mich gegen die Wand sinken. Aus dem Spiegel schaute mir ein junger Mann aus einer anderen Zeit entgegen. Seine Haare waren verstrubbelt, seine Hände zitterten und neben ihm stand eine junge Frau mit wilden schwarzen Locken in einem wunderschönen roséfarbenen Cocktailkleid, das über und über mit kleinen Schneeflocken bestickt war.

Ich atmete tief durch und löste mich von dem Anblick des Pärchens. Die beiden hatte es dank mir nie gegeben, nicht so, nicht zusammen. Resigniert stieg ich aus dem Anzug und drapierte ihn über dem Bügel, bevor ich zurück in meine Klamotten schlüpfte. Vielleicht sollte ich meinen Wechsel zu den Silver Crows nicht nur als Neuanfang für den Sport sehen. Ich hatte mich verändert. Und das würde ich nicht nur meinem Team, sondern auch Penny Fernandez beweisen.

Festen Schrittes marschierte ich aus der Kabine und drückte Penny den Anzug in die Hand. »Ich freue mich, von dir zu hören, Penny. Deine Ideen sind großartig, lass dir von niemandem etwas anderes erzählen.«

Vergnügt verließ ich das Geschäft, Pennys skeptischen Blick in meinem Rücken. Jetzt würde ich erstmal meine Teamkollegen davon überzeugen, dass ich nach Mount Silver gehörte. Die NHL konnte mich mal.

Kapitel 8

Penny

Erst als ich Jonah nicht mehr sehen konnte, traute ich mich, wieder zu atmen. Mein Herz schlug mir bis zum Halse und meine Hände fühlten sich schwitzig an. Was war das gerade nur gewesen?

Ihr seid euch ja ganz schön nah gekommen, foppte mich meine kleine innere Stimme, die sich grundsätzlich in alles einmischte. Nun gut, sie hatte recht, aber das war keinesfalls beabsichtigt gewesen. Es hatte sich kaum vermeiden lassen, während ich den Anzug abgesteckt und seine Maße genommen hatte. Und doch begann mein Herz wieder verräterisch auf und ab zu hüpfen, als ich daran dachte, wie ich Jonah unabsichtlich berührt hatte. Seinen Bauch, seinen durchtrainierten Rücken, seine muskulösen Beine.

Und die Stimmung war nicht rein zufällig zum Zerreißen gespannt? Doch das war sie gewesen. Und wir hatten es beide gemerkt. Es war, als wären wir völlig alleine. Als hätten wir nicht mitten im Showroom des Silverstuffs gestanden. Nur er und ich. Und es hatte sich wunderbar angefühlt. Meine guten Vorsätze waren innerhalb weniger Sekunden vergessen, als ich nur einen kurzen Blick in seine waldgrünen Augen erhascht hatte.

Dabei hatte es so gut angefangen. Ich war tough gewesen, hatte mich nicht von ihm um den Finger wickeln lassen und ihm gezeigt, dass er niemand Besonderes, sondern nur irgendwer für mich war. Und ein einziger Blick aus seinen verdammten Augen hatte gereicht, mich alles vergessen zu lassen.

Vielleicht lag es daran, dass er wirklich nett gewesen war. Er ähnelte dem Jonah, den ich auf der Highschool kennengelernt hatte, nicht im Geringsten. Oder zumindest dem, den er nach außen getragen hatte. Es gab damals ein paar wenige Momente, in denen ich glaubte, hinter seine Fassade blicken zu können. Momente, in denen Jonah mir das Bild eines ganz normalen jungen Mannes zeigte, der unsicher war und einfach nur gemocht werden wollte. Doch diese Augenblicke waren so rar gewesen, dass ich mich im Nachhinein fragte, ob ich sie mir vielleicht nur eingebildet hatte.

Doch heute hatte Jonah mir das gezeigt, was ich schon früher geglaubt hatte, in ihm zu sehen. Er war charmant, so echt. Und vor allem erinnerte er sich an mich.

Da half es auch nichts, so zu tun, als hätte ich ihn zunächst nicht erkannt. Denn das hatte ich definitiv. Ich wollte ihn nicht mögen, doch wie konnte ich das nicht tun, nachdem er eben dafür gesorgt hatte, dass sich endlich die Möglichkeit bot, meiner Chefin zu zeigen, welche Fertigkeiten in mir schlummerten? Dass ich Ahnung von dem besaß, was ich beruflich tat.

Wie aufs Stichwort kam Madame Hiver aus ihrem Atellierbüro gewackelt und blinzelte mich verstimmt an.

»Pénélopéeeeee, wie ich gesehen habe, hält Jonah viel von deiner Meinung. Ich hoffe, du konntest ihm einen

Vorschlag unterbreiten, der ihn zufriedenstellt, da du ihn ja anscheinend sehr gut kennst.«

Beinahe tat sie mir leid. Sie wirkte ernsthaft gekränkt, weil Jonah lieber meine Meinung hatte hören wollen, die einer Schneiderin, anstatt die meiner Chefin, der das Silverstuff gehörte.

»Sportler sind halt etwas eigen«, versuchte ich es in einem aufmunternden Ton, doch Marguerite Hiver ging nicht weiter darauf ein. Stattdessen reckte sie bockig ihren Kopf in die Höhe und marschierte zurück in Richtung Büro, jedoch nicht, ohne auf die Kleiderstangen zu deuten.

»Wenn du das hier weggeräumt hast, erwarte ich dich in meinem Atelier, um mir Jonahs Wünsche darzulegen.« Da war sie wieder. Madame Hiver, der Oberfeldmarschall. Wie hatte ich nur Mitleid mit ihr haben können?

Schnell begab ich mich daran, die Dinge, die definitiv nicht zur Winterkampagne passten, zur Seite zu räumen und stattdessen Platz für die Kleider und Anzüge zu schaffen, die bleiben durften. Der Showroom machte direkt einen ganz anderen Eindruck und ich musste zugeben, mir gefiel das Farbkonzept für den Winter.

Die Abendkleider, bei denen ich Madame Hiver kleine Abwandlungen vorschlagen wollte, damit sie zur kommenden Kollektion passten, ließ ich erst einmal auf der Rollstange hängen. Ich wollte es nicht sofort übertreiben. Stattdessen schob ich den dunkelroten Samtvorhang der Umkleidekabine zur Seite und befestigte ihn wieder mit der dicken goldenen Kordel am vorgesehenen Haken.

Gerade als ich nach dem abgesteckten grauen Anzug greifen wollte, viel mein Blick auf den flauschigen Teppich, der die Umkleidekabine zierte und die empfindlichen Füßchen unserer zahlungskräftigen Kundinnen schützen sollte. Dort lag ein dunkelbraunes Portemonnaie, dessen Leder bereits ein wenig abgenutzt war und man erkennen konnte, an welchen Stellen sich Münzen durch das Material gedrückt hatten. Am Reißverschluss hing ein anscheinend selbstgeknüpfter Makramee-Schlüsselanhänger in Form eines Herzens.

Ich bückte mich und griff danach, dabei klappte es versehentlich auf und offenbarte den Personalausweis des Besitzers. Jonah. Natürlich, er musste es bei der Anprobe verloren haben.

Ein Schmunzeln breitete sich auf meinem Gesicht aus, als ich über das feine Garn des geknüpften Anhängers strich. Woher er das wohl hatte? Hatte es ihm vielleicht ein Fan geschenkt? Oder hatte er etwa eine Freundin? Oder war er vielleicht inzwischen sogar Vater geworden und sein Kind hatte den Anhänger gebastelt?

Das ist doch Quatsch, schalt ich mich, *das hätte ich sicherlich mitbekommen.* Davon abgesehen konnte es mir ohnehin herzlich egal sein.

Ich klemmte mir den Zweiteiler samt Portemonnaie unter den Arm und trabte zu Madame Hivers Büro. William war inzwischen auf dem Weg in die Näherei und zu einem unserer Stofflieferanten. Zaghaft klopfte ich an die angelehnte Tür.

»Herein!« Meine Chefin saß mit einem winzigen Tässchen Espresso vor einer Zeichnung, starrte jedoch ins Leere. Sie bedeutete mir, auf dem Stuhl ihr gegenüber

Platz zu nehmen, und ich begann, ihr zögerlich zu erklären, was Jonah und ich uns überlegt hatten.

Obwohl sie mit dem Schnitt so ganz und gar nicht einverstanden war – »Früher hat man das Hochwasserhosen genannt! Und wie kann man nur Turnschuhe zu einem Anzug tragen?« –, heiterte sie zumindest die doch recht nüchterne Farbauswahl ein wenig auf und sie gab mir das Go, mit dem Musterstück zu beginnen. Außerdem versprach sie, ihren Sohn über die Stoffauswahl zu informieren, damit er sofort den richtigen mitbringen konnte.

Ich war mir sicher, es würde nicht bei dem Musterstück bleiben und die Seniors würden sich die Finger nach dem modischen Zweiteiler lecken, wenn erstmal Jonah ihnen von den Plakaten entgegenstrahlte.

Gerade als ich das Büro verlassen wollte, fiel mir das Portemonnaie ein, das auf meinem Schoß lag. »Jonah hat sein Portemonnaie hier vergessen.«

Zum Beweis hielt ich es in die Höhe und Marguerite Hiver rümpfte angesichts des abgewetzten Stückes angewidert ihre Nase. Sie blickte auf die Uhr.

»Da du sowieso bald Feierabend hast, Pénélopéee, würde ich vorschlagen, du bringst es ihm vorbei.« Mist, hätte ich doch einfach so getan, als hätte ich es nicht gesehen.

»Ich weiß gar nicht, wo er wohnt.«

Sie musterte mich von oben bis unten. »Monsieur Ustavovich sagte, Jonah würde vor dem Training vorbeikommen, also müsste er sich jetzt dort befinden. Wo die Arena ist, weißt du ja.«

Sie wandte sich wieder ihrer Zeichnung zu. Damit war das Gespräch also beendet. Kurz hob sie noch ihre schlanken Finger mit den spitzen rotlackierten Nägeln, um mich aus dem Büro zu scheuchen. Das ließ ich mir nicht zweimal sagen. Nach dem, was ich heute erlebt hatte, und dem, was mir jetzt bevorstand, konnte ich etwas frische Luft gut gebrauchen. Also warf ich mir mein stylisches Cape über und machte mich auf den Weg.

***

Die Temperatur war merklich gefallen und ich schlang meinen Umhang enger um mich. Ein zarter Nebelschleier lag über der Stadt und verstärkte meine grüblerische Stimmung. Zu dieser Jahreszeit sah Mount Silver mit den rotorangegefärbten Laubbäumen, den lauschigen Holzhäuschen und den Gipfeln in der Ferne ein bisschen wie ein Örtchen aus einer anderen Welt aus.

Bis zur Arena, die am Rande meiner Heimatstadt lag und deutlich moderner als der urige Ortskern war, würde ich knappe fünfundzwanzig Minuten brauchen. Genug Zeit, um mir einen muntermachenden Wegkaffee zu gönnen.

Ich legte einen Zwischenstopp im Cosy Coffee ein, das sich in der kurzen Zeit, seit es eröffnet hatte, mit seinen leckeren Spezialitäten in mein Herz geschlichen hatte. An das Marshmolly kam es zwar nicht ran – es gab einfach keinen gemütlicheren Ort in Mount Silver als das Diner –, aber mit ihrem leicht labbrigen Filterkaffee konnte Molly leider nicht mit dem fancy Coffeeshop mithalten. Doch das musste sie ja nicht wissen.

Zur Abwechslung bestellte ich mir einen White-Chocolate-Macadamia-Latte und entschied mich für einen wiederverwendbaren Becher, da dies bestimmt nicht mein letztes Heißgetränk wäre, was ich aus dem Cosy's vernichten würde. Dann spazierte ich in aller Seelenruhe in Richtung Arena.

Ich war wenig angetan von der Vorstellung, mitten ins Training zu platzen und einem verschwitzten Jonah sein Portemonnaie zu überreichen, wie eine Mutti, die ihrem Kind die Brotdose zur Schule hinterher trug. Vielleicht würde ich zeitlich zufällig so ankommen, dass ich ihn gerade nach Schluss abpassen könnte.

Just in dem Moment, als ich meinen Kaffee geleert hatte, tauchte die Silvarena in meinem Sichtfeld auf. Sie war zwar nicht sonderlich groß oder modern, gehörte jedoch trotzdem zu den behäbigsten Bauwerken der Stadt.

Ich schüttelte meinen Becher aus und verstaute ihn in meiner überquellenden Schultertasche. Die Dämmerung legte sich bereits über die ersten Dächer, dabei war es gerade mal später Nachmittag. Nicht mehr lange und der Winter würde Einzug in Mount Silver halten.

Suchend ging ich um das karge Gebäude herum, bis ich ein Schild entdeckte, auf dem *Spielereingang* geschrieben stand. Vor mir war eine breite Schwingtür in die Fassade der halbrunden Arena eingelassen und ich linste unschlüssig hindurch. Ich konnte niemanden entdecken und kein Geräusch drang zu mir nach draußen. War das Training vielleicht schon lange beendet und ich war zu spät?

Unschlüssig drückte ich gegen die Tür, die zu meiner Verwunderung mit einem Quietschen aufsprang. Vorsichtig tappte ich in den dämmrig beleuchteten Korridor.

»Hallo, ist da jemand?« Meine zittrige Stimme hallte von den hohen Wänden wider und ich fühlte mich ein bisschen wie ein kleines Kind, das alleine zu Hause war. Natürlich antwortete mir keiner.

Da, ich hörte ein Rauschen, dann ein Rascheln, nur ein paar Meter hinter einer der Türen, die sich vor mir aneinanderreihten. Ich machte Nägel mit Köpfen und lief auf die Tür zu, hinter der ich das Geräusch vermutete. Die Umkleide.

Sicherheitshalber klopfte ich, doch keine Reaktion. Kurzerhand öffnete ich sie einfach und hätte sie am liebsten im selben Moment wieder geschlossen.

Jonah. Nur! In! Jogginghose! Bekleidet!

Doch es war zu spät, er hatte mich bereits entdeckt, bevor ich die Tür unbemerkt wieder schließen konnte. Sein Haar war feucht und verstrubbelt und ein dezenter Duft von herben Zitrusfrüchten lag in der Luft. Wahrscheinlich hatte er gerade geduscht.

»Penny, was machst du denn hier?« Warum, in Gottes Namen, wirkte er kein bisschen überrascht und wo zur Hölle waren die anderen Spieler?

Da meine Stimme beschlossen hatte zu versagen, griff ich in meine Tasche und zog sein Portemonnaie hervor. In angemessenem Sicherheitsabstand lehnte ich mich gegen die gefliese Wand und wartete darauf, dass er etwas sagte, da ich selbst nicht in der Lage dazu war.

»Mein Portemonnaie! Habe gar nicht bemerkt, dass es weg ist. Was für ein Zufall, ich habe heute etwas länger trainiert. Die anderen sind schon weg.«

Ich nickte nur stumm, seine Geldbörse immer noch in meinen Händen.

Anstatt sich endlich ein T-Shirt überzuziehen, kam er langsam auf mich zu. Seine smaragdgrünen Augen hatten die Farbe von dunklem Moos angenommen. Er war die Katze auf der Jagd, ich die Maus, die es zu fangen galt. Schritt für Schritt kam er näher, doch nicht nur meine Stimme hatte ihren Dienst versagt, auch meine Beine. Sie hatten sich in Wackelpudding verwandelt.

Zum zweiten Mal an diesem Tag stand er nur wenige Zentimeter von mir entfernt und langsam fragte ich mich, wie es so weit hatte kommen können. Seine Augen fixierten mich, als er vor mir stand und nach der Börse in meinen Händen griff.

Sein minziger Atem streifte meine erhitzte Wange, seine Hand berührte meine, länger als nötig, mein Blick wanderte, ohne dass ich es verhindern konnte, seinen Oberkörper hinab. Er war trainiert, muskulös – natürlich war er das, er war Eishockeyspieler –, jedoch nicht so, dass es unnatürlich wirkte. Der Bund seiner Trainingshose saß locker auf seinen Hüften und ich zwang mich, wieder nach oben zu schauen. In seine Augen.

Sein Mund verzog sich zu einem schelmischen Grinsen. »Und da sagt man uns Männern nach, wir würden Frauen nur auf den Busen glotzen.«

Autsch. Er hatte mich eindeutig beim Starren erwischt. Doch statt sich umzudrehen und zu gehen, jetzt, da er sein Portemonnaie zurück hatte, stützte er seine Hand neben mir an der Wand ab. Ich hätte ihm eine

runterhauen oder einen fiesen Spruch an den Kopf
werfen können, doch ich konnte nicht.

»Gib mir eine Chance.« Was? Ihm war mein entsetzter
Blick wohl nicht entgangen, denn er lächelte. Es war
ein ehrliches Lächeln. »Gib mir eine Chance, Penny, ich
meine es ernst.«

Endlich drangen seine Worte in mein Bewusstsein,
lösten meine Starre. Mein Fluchtinstinkt setzte ein und
blitzartig drehte ich mich zur Seite und stürmte zur Tür
hinaus. Raus aus der Arena, weg von ihm. Ich wurde
erst wieder langsamer, als die vertraute Innenstadt von
Mount Silver auftauchte.

Hatte Jonah Bennett gerade indirekt um Vergebung
gebeten? Und war ich einfach kopflos weggerannt,
ohne etwas zu sagen? Die viel entscheidendere Frage,
die sich mir jedoch stellte: Meinte er es ernst?

Kapitel 9

Jonah

»Du sollst *was*?« Mikkel ließ den Controller aus der Hand fallen und brach in lautes Gelächter aus. Immer wieder wurde er von neuen Lachanfällen geschüttelt, sodass ihm bereits einzelne Tränen aus den Augen rannen. Selbst Henris stoischen Mundwinkel zuckten verdächtig, auch wenn er nach wie vor versuchte, sich keine Gefühlsregung anmerken zu lassen, und weiterhin konzentriert auf den Controller einhackte. Ich hingegen fand das Ganze so gar nicht lustig.

»Meint ihr etwa, ich hätte Lust dazu, mich in einem spießigen Anzug in Pose zu werfen? Ich tue das nur für euch.«

Mikkel schaute mich skeptisch von unten an, als wollte er sagen: *Red dir das nur ein.*

»Du wirst schließlich nicht alle Nase lang in der Zeitung zerrissen.«

»Ich habe auch nie behauptet, dass ich zu gut für die ECHL wäre.«

Autsch, das saß. Mein Kumpel schaute mich entschuldigend an, als hätte er selbst gemerkt, dass er über das Ziel hinaus geschossen war. »Hey, du warst damals noch grün hinter den Ohren, da redet man schonmal

Blödsinn. Dass sie dir das jetzt noch aufs Brot schmieren, zeigt nur, dass es hier sonst nichts zu berichten gibt … Also nimm es nicht persönlich. Manch anderer würde sich darum reißen, auf einer Plakatwand abgedruckt zu werden. Guck dir Danny an.«

Henri gluckste und wir schauten ihn verwundert an, dass er zu einer menschlichen Reaktion fähig war.

»Quel est le problème?« Entgeistert sah ich Henri an.

»Wo das Problem ist? Ich habe keine Lust, mich zum Affen zu machen. Und außerdem könnte es sein, dass bei Silverstuff ein Mädchen arbeitet, dass ich damals genauso enttäuscht habe wie meine Heimatstadt.«

Nun ließ auch Henri den Controller sinken, sodass sein schickes Auto einfach gegen eine Wand fuhr, doch keiner interessierte sich mehr für das, was auf dem Flatscreen passierte.

»Ich glaube, wir kommen der Sache näher.« Mikkels blauen Augen durchbohrten mich förmlich und auch Henris dunkler Blick schien Löcher in mein Inneres zu brennen. Resigniert hob ich die Arme und erzählte den Jungs schließlich von meiner ersten und meiner zweiten Begegnung mit Penny.

»Und nachdem ihr jahrelang keinen Kontakt hattet und du sie damals mehr oder weniger abserviert hast, bittest du sie einfach so mir nichts dir nichts um eine zweite Chance?«

»Hast du eine bessere Idee?«, meckerte ich zurück. »Außerdem, was spricht dagegen? Ich mag sie, ich mochte sie schon damals und ich will sie besser kennenlernen.«

»Dann bleib 'artnäckisch, *les filles* wollen erobert werden.« Erschrocken blickten wir zu Henri. Hatte er sich gerade tatsächlich in Englisch – zumindest zu großen Teilen – an unserer Unterhaltung beteiligt? Er setzte noch einen obendrauf und ergänzte geheimnisvoll: »Isch weiß, wovon isch spresche.« Ich hoffte, das tat er wirklich.

***

Ich wusste nicht, woher mein Wunsch rührte, doch seitdem ich den Boden von Mount Silver betreten hatte, hatte ich mir nicht nur in den Kopf gesetzt, mein Team nicht zu enttäuschen, sondern auch Penny besser kennenzulernen.

Im Grunde genommen war sie mir so fremd wie jedes andere Mädchen, und doch war da eine knisternde Verbindung zwischen uns, die ich nicht leugnen konnte. Eindeutig mehr als das, was zwischen den Frauen und mir gewesen war, die ich in den letzten Jahren gedatet hatte. Viel mehr als ein paar unverbindliche Treffen und guter Sex waren nämlich bei den meisten Beziehungen nicht herausgekommen.

Doch bei Penny hatte ich das Bedürfnis, hinter ihre Fassade zu blicken und die Frau zu entdecken, die tief in ihr schlummerte. Nervös schaute ich auf meine Uhr. Heute war einer der Tage, an denen wir früher trainiert hatten, und ich hatte mir vorgenommen, meine freie Zeit sinnvoll zu nutzen. Ich stand in sicherem Abstand zum Silverstuff und wartete darauf, dass Penny Feierabend machte.

Da sie gestern direkt nach der Arbeit mein verlorenes Portemonnaie zurückgebracht hatte, hoffte ich, dass sie heute in etwa zur gleichen Zeit Schluss machte. Und

103

tatsächlich. Pünktlich um fünf öffnete sich die Tür des Abendmodeausstatters und Penny trat heraus. Auch heute sah sie bezaubernd aus. Sie versteckte sich nicht mehr wie früher, nein, sie war so viel mehr sie selbst.

Ihre Locken waren heute zu einem Zopf gebändigt, der in sanften Wellen über ihren Rücken hinabfiel. Wieder trug sie das blaue Cape, jedoch darunter enge Leggings und einen kuscheligen langen Strickpulli. Meine erste Eingebung war, auf sie zuzustürmen und sie an mich zu drücken, doch sie wusste ja nicht einmal, dass ich hier auf sie wartete.

Langsam lief ich auf sie zu und versuchte mit einem Winken, auf mich aufmerksam zu machen. Ihre Mundwinkel hoben sich zu einem Lächeln und es wirkte, als wollte sie auf mich zueilen. Doch dann, im letzten Moment, verdunkelte sich ihr Blick und sie blieb stehen, als wäre ihr wieder eingefallen, dass sie mich eigentlich nicht leiden konnte.

»Jonah«, sagte sie gedehnt, ihre Stimme kühl. Doch so schnell ließ ich mich nicht abschrecken.

»Hi, Penny, ich dachte, du hast vielleicht Lust, mit mir einen Kaffee zu trinken.« Ich schenkte ihr mein strahlendstes Lächeln, mit dem ich meiner Meinung nach jede potenzielle Schwiegermutter bezwingen konnte. Vergebens.

»Nein, ehrlich gesagt nicht, Jonah. Wir sehen uns bei der Anprobe.« Damit rauschte sie davon und ich begann zu grinsen. Es war keineswegs aussichtslos. Sie hatte gezögert und ich hatte es genau bemerkt.

Statt mit Penny ins Cosy Coffee zu gehen, steuerte ich nun den hippen Coffeeshop alleine an. Wenn ich schonmal Freizeit hatte, konnte ich auch etwas Nettes mit meinem Nachmittag anfangen.

Ich betrat mein neues Stammlokal und wollte mir gerade einen Tisch suchen, als ich bemerkte, dass ich nicht er einzige mit diesem genialen Plan war. Danny und Harlow. Sie hatten mich entdeckt. Während Danny es dabei beließ, mich zu ignorieren, hörte ich Harlow nur laut schnauben: »Das der die Dreistigkeit hat, wieder in Mount Silver aufzutauchen!«

Am liebsten hätte ich das gleiche zurückgegeben, denn so viel ich wusste, hatte meine ehemalige Mitschülerin nach der Highschool ziemlich schnell das Weite gesucht und war jetzt, genau wie ich, wieder hier gelandet. Nur dass es ihr deutlich mehr auszumachen schien als mir.

Kurzerhand beschloss ich, mir einen Kaffee und einen Cookie auf die Hand zu holen und statt mich hinzusetzen noch ein bisschen ausgefallene Deko für meine Wohnung zu shoppen. Da das Trainingsprogramm im Gegensatz zu früher etwas mehr Freizeit ließ, könnte ich vielleicht auch endlich mal wieder einem meiner Hobbys nachgehen - oder mir ein neues suchen.

Frohen Mutes marschierte ich ins *Handmade Tale*, wo ich freundlich empfangen wurde. Es gab auch Orte, an denen man mir wohlgesonnen war, und das Interior Geschäft war eines davon. Anstatt Deko zu kaufen, könnte ich einfach selbst welche herstellen. Ich entschied mich für ein paar erdfarbene Garnknäule sowie einen rustikalen Holzast. Bestimmt würde ich auf TikTok einige Ideen finden, was ich damit anstellen konnte.

Die Besitzerin strahlte mich freudig an, als sie kassierte, und fragte erstaunt: »Du interessierst dich für Makramee? Wir bieten demnächst einige Workshops an, ich tu dir einfach mal einen Flyer mit in deine Tasche.« Höflich nickte ich, auch wenn ich mir sicher war, bestimmt nicht an einem Bastelworkshop teilzunehmen, wo ich wahrscheinlich nicht nur die einzige Person unter fünfzig, sondern vor allem die einzige männliche Person sein würde. Aber das musste ich der freundlichen Dame, die mir wohlgesonnen schien, nicht direkt auf die Nase binden.

Ich winkte zur Verabschiedung, ehe ich mich auf den Weg durch die inzwischen dämmrigen Straßen in meine Wohnung machte. Morgen war auch noch ein Tag.

***

Das Training am nächsten Tag war deutlich anstrengender als die Tage zuvor. Nicht weil wir die Hälfte der Zeit Penalty-Schüsse übten – das stellte kein Problem für mich dar –, sondern weil der Coach beschlossen hatte, dass Danny und ich uns gegenseitig die Vorlagen liefern sollten. Das, was Julien Decoup ganz eindeutig als Teambuildingmaßnahme geplant hatte, endete in einer Beinahe-Prügelei auf dem Eis.

»Bennett, was soll das? Schieß den Puck doch direkt in die andere Ecke des Feldes.« Ich rollte mit den Augen. So ein Jammerlappen.

»Im Spiel wird dir der Puck auch nicht immer auf dem Silbertablett serviert.« Ja, okay, vielleicht war meine Aussage ein wenig altklug, aber sie stimmte definitiv.

Zu spät sah ich, wie Danny auf mich zufuhr und mich am Trikot packte. »Du ...«

Nun war ich es, der ihm gezielt mit dem Stock einen Check gegens Schienbein verpasste.

»Gehts noch?« Nicht nur Mikkel kam auf uns zugerast, auch Brad, Dannys Schoßhündchen. Doch ausnahmsweise schienen sich unsere beiden Freunde einig. »Leute, geht zurück zu den Rookies, wenn ihr euch nicht in den Griff bekommt. Wir haben keinen Bock wegen eurer Kinderkacke zu verlieren!« Das saß, doch ehe wir uns loslassen konnten, hatte Coach Decoup bereits mitbekommen, dass wir uns gegenseitig an den Kragen gegangen waren.

»Runter mit euch vom Eis, Umziehen und ins Büro, das Training für euch beide Egomanen ist für heute beendet.«

Danny warf mir einen wütenden Blick zu. Das war mir egal. Juliens enttäuschter Blick jedoch nicht.

Nachdem wir uns von unseren Schlittschuhen befreit hatten, watschelten wir geknickt in das Büro unseres Coachs. Danny setzte an, etwas zu sagen, doch Decoup fuhr ihm harsch über den Mund. »Jungs, wenn ihr eure Unstimmigkeiten nicht in den Griff kriegt, sitzt ihr beide nächste Woche auf der Bank! Ihr seid nicht der Nabel der Welt, wir haben ganz andere Probleme.«

Ehe wir irgendetwas zu unserer Rechtfertigung äußern konnten, hatte er uns bereits vor die Tür gesetzt.

Während ich unter der Dusche stand, trudelten nach und nach die anderen ein, doch ich hatte keine Lust zu reden oder zu scherzen. Gerade wünschte ich mir nur eine Schulter, an die ich mich lehnen konnte. Jemanden, der zu Hause auf mich wartete und sich meine Sorgen anhörte, doch da war niemand. Ein Blick auf die Uhr verriet mir, dass es noch nicht zu spät war, wenn ich mich jetzt beeilte.

Ich drehte das heiße Wasser ab, obwohl ich am liebsten gewartet hätte, bis meine Haut rot und schrumpelig war, und rubbelte mich notdürftig trocken. Hastig sprang ich förmlich in meine Klamotten und rief ein allgemeines »Tschüss« in die Runde, bevor ich aus der Kabine sprintete. Mikkel rief mir noch irgendetwas hinterher, doch ich hörte es nicht mehr. Wenn ich das Auto nahm, würde ich es definitiv noch rechtzeitig schaffen.

Ich startete den Motor und gab Gas. Mit quietschenden Reifen fuhr ich Richtung Innenstadt. Ausnahmsweise war das Glück mir hold und ich fand unmittelbar eine Parklücke am Rande der Fußgängerzone. Heute hatte ich jedoch keine Augen für die Schönheit der gemütlichen Innenstadt, sondern steuerte auf direktem Wege das Cosy's an. Spontan entschied ich mich für zwei Mandel-Moccachino. Nervös schaute ich auf die Uhr, während der Barista in aller Seelenruhe meinen Kaffee zubereitete.

Ich legte ihm ein paar Dollarscheine auf den Tresen, auch wenn mir bewusst war, dass das Trinkgeld vielleicht etwas zu großzügig bemessen war, doch das war mir egal. Eilig schnappte ich mir meine Bestellung, stieß mit meiner Schulter die Tür auf und rannte, soweit das mit zwei vollen Bechern möglich war, in Richtung Silverstuff. Gerade als ich um die Ecke bog, hechelnd wie eine Bulldogge nach einem langen Spaziergang, wurde die Tür aufgestoßen. Penny.

Heute zögerte ich nicht lange, sondern schritt direkt auf sie zu und drückte ihr, völlig überrumpelt, wie sie war, den Becher in die Hand. »Hey, Penny, ich leiste dir ein bisschen Gesellschaft auf dem Nachhauseweg.« Dann setzte ich mich gleichzeitig mit ihr in Bewegung. Und sie ließ es geschehen.

Auf den ersten Metern schwiegen wir, nippten an unseren Kaffees, doch ich merkte, wie Penny mich immer wieder heimlich von der Seite beobachtete. Irgendwann hörte ich, wie sie einen tiefen Atemzug nahm. Dann blieb sie plötzlich stehen.

»Jonah, es ist nett von dir, dass du mir einen Kaffee besorgt hast und mich nach Hause bringst, aber was bezweckst du damit? Du bist mir nichts schuldig.« Ihre Stimme war sanft. Beinahe als würde sie mit einem Kindergartenkind sprechen, das kurz vorm Ausflippen stand.

»Nichts«, antwortete ich ehrlich. »Ich bezwecke gar nichts damit.« Nach wie vor wirkte sie nicht überzeugt. Ihr Blick war so misstrauisch, dass es beinahe weh tat, doch ich konnte es ihr nicht verübeln. Genau wie ihre Worte.

»Jonah, bloß weil du früher vielleicht nicht dasselbe Interesse an mir hattest wie ich an dir, musst du jetzt nicht Wiedergutmachung leisten, das ist schon okay.«

Ich seufzte, drehte mich zu ihr, zwang sie, mich anzusehen. »Penny«, ich sagte ihren Namen mit so viel Nachdruck, wie sie es eben getan hatte, »ich leiste Wiedergutmachung, weil ich damals ein Vollidiot war.

Aber jetzt bin ich zum Glück keiner mehr und was ist so absurd daran, dass ich dich besser kennenlernen will?«

Sie klappte ihren Mund auf, sie klappte ihn wieder zu. Sie hatte keine Antwort für mich. Stattdessen setzte sie sich wieder in Bewegung und fragte: »Und wie fühlt es sich an, wieder in Mount Silver zu sein?« Aufmerksam musterte sie mich. »Besser als ich dachte.«

Kapitel 10

Penny

Auch wenn ich es um nichts in der Welt zugeben würde, es fühlte sich gut an, neben Jonah durch mein Heimatstädtchen zu laufen.

»Gefällt dir dein Job?«, fragte er mich, und irgendwie wunderte es mich noch immer, dass er sich so sehr für mich interessierte, obwohl er vor vielen Jahren die Chance gehabt hätte, mich kennenzulernen. Aber diesmal schien er es ernst zu meinen.

Ratlos zuckte ich mit den Schultern. Er war so ehrlich zu mir, vielleicht sollte ich es auch sein. »Ja, schon, ich mag meinen Job ...«

Er zog die Augenbrauen nach oben und eine zu lange Strähne seines blonden strubbeligen Haars fiel ihm in das Gesicht. Erst jetzt fiel mir die kleine Narbe an seiner Wange auf, womöglich eine Erinnerung an einen fehlgeleiteten Puck. Ich wollte meine Hand heben, darüber streichen, über die rötliche Linie fahren, die sich von seinem Gesicht abhob.

»Aber?« Erst jetzt wurde mir bewusst, dass ich noch nicht auf seine Frage geantwortet hatte.

»Ich würde mir manchmal etwas mehr Freiheit wünschen, die Möglichkeit, mich auszutoben.«

»Das verstehe ich. Es muss blöd sein, die Ideen anderer umzusetzen, während der eigene Kopf vor Kreativität übersprudelt.« Seine Antwort überraschte mich. Es war nicht dieses pseudoaufmunternde »Du findest noch deinen Weg« und auch nicht dieses »Ich-habe-keine-Ahnung-von-gar-nichts, aber hey, warum eröffnest du nicht einen eigenen Laden?« Er wollte wirklich wissen, was ich zu sagen hatte.

Viel schneller als mir lieb war, erreichten wir das gemütliche Häuschen, wo ich immer noch mit meinen Eltern wohnte. Würde er versuchen, mich zu küssen? Und vor allem, würden meine Eltern uns sehen?

Ich schüttelte mit dem Kopf und fragte mich, welcher meiner Gedanken absurder war. Dass ich überhaupt über einen Kuss mit Jonah nachdachte, obwohl ich ihn gestern noch zum Teufel gejagt hatte, oder dass ich mir Sorgen darüber machte, meine Eltern könnten uns sehen. Schließlich war ich eine erwachsene Frau und konnte küssen, wen ich wollte – zumindest wenn er das auch wollte.

Jonah jedoch nahm mir die Entscheidung ab, als er einen Kuss auf meine Wange hauchte. »Bis dann, Penny.«

Dann drehte er sich um, bevor ich die Chance hatte, etwas zu sagen oder mich zu verabschieden. Er hatte es doch tatsächlich geschafft, mich voller Sehnsucht zurückzulassen. Meine Wange war heiß, mein Körper kribbelte und ich wünschte mir, seine Lippen wären ein paar Zentimeter weiter links gelandet. Was war nur mit mir los?

***

»Alles in Ordnung, Querida?«

»Mamá!« Ich zuckte zusammen, als das Licht im Flur anging und meine Mutter mir gegenüberstand, spitzbübisch grinsend, die Augenbrauen in die Höhe gezogen.

»Habe ich mir das nur eingebildet, oder ist meine hübsche Tochter gerade in Begleitung nach Hause gekommen?«

»Wer ist in Begleitung nach Hause gekommen?« Dad reckte seinen Kopf um die Ecke. Grrr. Man konnte auch wirklich nie seine Ruhe haben.

Genervt schlug ich die Hände vors Gesicht. »Niemand ist in Begleitung nach Hause gekommen! Ich habe lediglich einen alten Bekannten getroffen, der ein Stück mit mir gegangen ist.«

»So so, ein alter Bekannter also!« Dad warf meiner Mamá einen vielsagenden Blick zu.

Wie ein kleines Mädchen stürmte ich die Treppe nach oben, während ich meine Eltern unten tuscheln und lachen hörte. Ich könnte ihnen niemals böse sein, doch manchmal war es ganz schön anstrengend, mit ihnen unter einem Dach zu wohnen.

Oben angekommen streifte ich mir die Schuhe von den Füßen, holte mein Handy aus der Tasche und warf mich aufs Bett, wo mein abgeliebter Kuschelesel auf mich wartete. Ich schnappte mir das leicht aus der Form geratene Stofftier und wählte Kims Nummer. Ich brauchte den Rat meiner besten Freundin.

Es tutete und tutete. Gerade als ich es schon aufgeben wollte, hörte ich die müde Stimme meiner besten Freundin. »Sweetheart, ich bin eben aus dem Büro raus.«

Ich verstand, dass sie hart arbeitete, doch manchmal glaubte ich, dass ihre Mutter Kims Einsatz überhaupt nicht zu schätzen wusste, wobei es mir nicht zustand, darüber zu urteilen. »Was gibts neues, Süße?«

»Jonah hat mich von der Arbeit abgeholt«, platzte es ohne Vorwarnung aus mir heraus. Stille am anderen Ende der Leitung, dann ein Quietschen, das so gar nicht typisch für Kim war. »Jonah-Jonah? Der Jonah? Warum holt er dich von der Arbeit ab, was habe ich verpasst?«

Mindestens genauso überdreht, wie Kim es bereits getan hatte, kicherte ich. »Jonah ist das Model für unsere Winterkampagne.«

»Er ist was?« Schmerzerfüllt zuckte ich zusammen, weil Kim mir vor lauter Aufregung fünf Oktaven höher und dreimal so laut wie normalerweise ins Ohr gebrüllt hatte. »Erzähl, ich will alles wissen!«

Als sie sich wieder einigermaßen beruhigt hatte, begann ich mit der Berichterstattung. Ich ließ kein Detail aus. Doch – nämlich, dass er mich auf die Wange geküsst hatte, aber das war auch nicht nötig, denn Kim durchschaute mich sowieso zu jeder Zeit.

»Habt ihr euch geküsst?« Ich konnte förmlich vor mir sehen, wie sie völlig aufgedreht durch die Straßen sprang, während die anderen Passanten sie skeptisch musterten.

»Natürlich haben wir uns nicht geküsst! Wir kennen uns ja eigentlich gar nicht, die Schulzeit ausgenommen«, fügte ich etwas niedergeschlagener hinzu.

»Ach, Penny, das ist so lange her. Und obwohl ich es ungern zugeben möchte, auch Jonah ist älter geworden, vielleicht hat er sich wirklich verändert. Was spricht dagegen, es herauszufinden?«

Als ich später im Bett lag und die Sterne durch das schmale Dachfenster leuchteten, dachte ich an Kims Worte. Was hatte ich schon zu verlieren? Ich war erwachsen, eine gestandene Frau, ich hatte mich selbst akzeptiert und mich würde so schnell nichts aus der Bahn werfen. Auch ein Jonah Bennett nicht.

Jonah. Augenblicklich fühlte ich wieder seine Lippen auf meiner Wange, blickte mitten in seine saphirgrünen Augen, die mich durchdringend musterten, während seine Hände tiefer wanderten. Ich hörte in der Stille der Nacht nur unseren Atem. Meinen Atem, der immer lauter wurde, als sich Jonahs Hand in den Bund meiner Hose schob. Meine Hand.

Sie traf auf die feuchte Nässe, die sich zwischen meinen Schenkeln ausgebreitet hatte. Ein unterdrücktes Stöhnen entfuhr meiner Kehle, während ich in Jonahs Gesicht schaute. Sein Mund war leicht geöffnet, ein dunkler Schatten legte sich über seine Augen, als seine Finger durch meine Schenkel glitten, meine Perle berührten und umkreisten. Meine Finger.

Mein Unterleib spannte sich an, die Bewegungen wurden schneller. Ich presste meine Lippen zusammen. Jonahs durchdringender Blick bohrte sich auf direktem Wege in meine Mitte. Brachte sie zum Glühen, entfachte das Feuer, auf das ich so sehnsüchtig gewartet hatte.

Ein kribbelndes Glücksgefühl schoss durch mich hindurch, brachte meinen Körper zum Beben, mein Herz zum Rasen. Und dann wurde es still. Das Einzige, was ich noch in der Dunkelheit hörte, war mein eigener Atem und das laute Klopfen meines Herzens. Ich war allein.

***

Am nächsten Tag stürzte ich mich in die Arbeit. Jede freie Minute nutzte ich, um an Jonahs Anzug zu werkeln. Jonah. Allein der Gedanke an ihn trieb mir die Schamesröte ins Gesicht, dabei hatte ich nichts Verbotenes getan, und doch fühlte es sich so an.

»Pénélopéeeeeee, wie weit bist du? Nächste Woche ist die finale Anprobe geplant und spätestens übernächste Woche das Shooting.«

Erschrocken zuckte ich zusammen. Es gab durchaus Schöneres, als von der Chefin gestört zu werden, während der Kopf in nicht ganz jugendfreien Gedanken festhing.

»Die Hose ist fertig, für das Jackett werde ich noch die nächsten Tage brauchen.« Sie nickte zufrieden, jedoch nur, um mir im nächsten Moment zwei Kleiderhüllen zu überreichen.

»Diese Hose und die zwei Kleider müsstest du bitte noch ändern. Die Maße liegen bei.« Okay, vielleicht hatte sie es doch noch nicht so ganz verwunden, dass die Ideen für Jonahs Anzug größtenteils auf meine Kappe gingen, aber ich würde das schon alles schaffen. Und wenn ich die Nacht durcharbeiten müsste, um alles rechtzeitig fertig zu bekommen. Ich würde Madame Hiver beweisen, dass ich zu mehr fähig war, als sie glaubte.

116

Als ich schließlich eine gute Stunde später als üblich vor die Tür trat, mit verspanntem Nacken und so müde, dass ich am liebsten auf direktem Wege ins Bett gefallen wäre, traute ich meinen Augen kaum. Jonah. Er stand dort in einem viel zu dünnen Sweater, dessen royalblaue Farbe im krassen Gegensatz zu seinen Augen stand. Ich wäre wahrscheinlich längst erfroren, doch er hatte nicht einmal eine Gänsehaut unter den hochgeschobenen Ärmeln.

Ein schiefes Grinsen breitete sich auf seinen Lippen aus. »Ich befürchte, wir haben jetzt einen Iced-Latte.«

»Eiskaffee klingt ganz wunderbar.« Ich konnte es nicht verhindern, doch das Lächeln hatte sich in meinem Gesicht festgesetzt. Jonah Bennett hatte eine Stunde lang in der Kälte gestanden und auf mich gewartet, nur um mich auf meinem zwanzigminütigen Heimweg zu begleiten.

Während wir an unserem unfreiwillig erkalteten Kaffee nippten, erzählte Jonah mir vom Training, von seinem Kumpel Mikkel und dem schweigsamen Kanadier Henri. Er beschrieb ihre Art so bildlich, dass ich unwillkürlich lachen musste.

»Wohnt deine Freundin Kim eigentlich auch noch hier in Mount Silver?« Jonah überraschte mich immer wieder aufs Neue. Niemals hätte ich damit gerechnet, dass er sich an Kim, geschweige denn an ihren Namen, erinnerte. »Ist sie immer noch so ... biestig?«

Angesichts seines beinahe verängstigten Gesichtsausdrucks brach ich in Gelächter aus. Nun, Kim konnte schon ganz schön furchteinflößend sein. »Ja, sie ist Anwältin in der Kanzlei ihrer Mutter. Seitdem sie dort arbeitet, kriege ich sie leider nicht mehr ganz so oft zu Gesicht.«

Beschämt blickte ich zu Boden. Ich hatte bestimmt nicht vor, mit Jonah über meine beste Freundin zu reden, aber es tat gut, auszusprechen, dass ich sie vermisste. Natürlich wusste ich selbst, wie das war, wenn man erstmal im Arbeitsleben stand, und ich wusste auch, mit welchem Druck Kim zu kämpfen hatte, die sich erhoffte, die Kanzlei irgendwann einmal zu übernehmen.

Plötzlich spürte ich eine warme Berührung auf meiner Schulter und ich sehnte mich so sehr danach, ihr einfach nachzugeben, mich in Jonahs Arme ziehen zu lassen, in ihnen zu versinken.

»Manchmal braucht man eine gewisse Zeit, bis man erkennt, dass Erfolg nicht alles ist. Das Leben besteht aus so viel mehr als nur der Arbeit.« Das sagte ich mir auch immer, doch sah Jonah das wirklich auch so? Hatte er erkannt, dass die Karriere zwar ein wichtiger Teil, aber nicht alles im Leben war? Würde er in Mount Silver glücklich werden können oder irgendwann von dannen ziehen und mich mit einem gebrochenen Herzen zurücklassen?

Erschrocken stellte ich fest, dass ich bereits knietief im Schlamassel steckte. Ich hatte Jonah gerade ein paar Mal getroffen, er hatte sich aufmerksam gezeigt, charmant, war geläutert, und er hatte mein Herz jetzt schon dazu gebracht, ihm zu vertrauen.

Bevor sich erneute Zweifel in meinem Kopf einisteten, schlang er seinen Arm noch fester um mich. Unsere Körper prallten bei jedem Schritt gegeneinander und bei jeder Berührung zuckten elektrische Stromstöße durch meinen Körper. Er nahm auch seine Hand nicht weg, als andere Menschen unseren Weg kreuzten. Er hielt mich wie selbstverständlich fest – als wäre ich seine Freundin.

Unauffällig schaute ich an mir herunter, betrachtete meine stämmigen Beine, die in schwarzen Strumpfhosen und Tweedshorts steckten, meine ausladenden Hüften, die deutlich breiter als seine waren, doch es war okay. Er gab mir nicht das Gefühl, nicht schön zu sein oder nicht richtig. Im Gegenteil, er hatte nur Augen für mich.

Der Himmel hatte sich bereits zartviolett gefärbt und die Wolken flatterten an den silbernen Bergspitzen vorbei. Die Lampen der umliegenden Häuser tauchten die Straße in diesiges Licht, als wir stehenblieben, um uns zu verabschieden. Ein frischer Windstoß fuhr durch meine Locken, doch ich spürte die Kälte kaum. Das Einzige, was ich spürte, war Jonah, der mir nun direkt gegenüber stand.

»Kommst du nächste Woche zu meinem ersten Spiel?«

Ich zögerte. Das alles hier, was auch immer es war, war noch so frisch, so unberührt. Ich wollte die Welt nicht an den Anfängen von etwas teilhaben lassen, von dem ich nicht wusste, zu was es sich entwickeln würde, doch ich wollte Jonah spielen sehen. Ich wollte die gespannte Atmosphäre erleben, die aufgeladene Stimmung, wenn die Silver Crows übers Eis flitzten, und vor allem wollte ich mitjubeln, wenn Jonah ein Tor schoss.

»Ja. Ich komme.« Und ich wusste, dass ich richtig entschieden hatte, als ich sah, wie seine Augen leuchteten und sein Gesicht strahlte. Er wollte mich wirklich dabeihaben.

»Das ... das bedeutet mir viel.« Er war drauf und dran, sich zu verabschieden, machte Anstalten, mir einen Kuss auf die Wange zu drücken, doch diesmal kam ich ihm zuvor. Während der furchtbar langen Sekunde, in der wir uns einfach nur anschauten, in den Augen des anderen versanken, lehnte ich mich ihm entgegen. Ich öffnete meinen Mund, befeuchtete meine Lippen, gab ihm die stumme Einladung, mich zu küssen. Er schlang seine Arme um meine Taille und zog mich an sich, während unsere Münder aufeinandertrafen. Erst zart und sachte, dann wilder, ungestümer. Es fühlte sich genauso an, wie ich es mir vorgestellt hatte. Ein bisschen ungelenk, ein bisschen aus dem Takt, doch wunderschön.

Als wir uns schließlich voneinander lösten, war der Himmel tiefviolett, nur noch zarte helle Schlieren erinnerten daran, dass es Tag war.

Langsamen Schrittes lief ich in Richtung Haus. Ich fühlte, dass Jonah da war und mir nachschaute. Ich drehte mich noch einmal um, kurz bevor ich bei der Tür angekommen war. »Bis morgen, Jonah.«

Er lächelte sein leicht schiefes Lächeln, das seinen abgebrochenen Schneidezahn zum Vorschein brachte und sein Gesicht zum Strahlen. »Bis morgen, Penny!«

Kapitel 11

Jonah

Viel schneller als mir lieb war, neigte sich die Woche gen Ende. Ich hätte mich dran gewöhnen können, Penny täglich von der Arbeit abzuholen, sie mit einem Kaffee zu überraschen – auch wenn es nach dem dritten Mal natürlich keine wirkliche Überraschung mehr war, aber trotzdem. Ich genoss unseren alltäglichen Spaziergang, bei dem wir plauderten, über die Arbeit redeten und manchmal auch einfach nur nebeneinander herliefen, unsere Hände gegeneinanderstießen und sich wie von selbst ineinander verschlangen.

Die paar Minuten, bis wir Pennys Wohnhaus erreichten, gingen jedes Mal viel zu schnell um, doch wenn ich mir das ein oder andere Mal einen scheuen Abschiedskuss gestohlen hatte, lief ich danach umso beflügelter zurück nach Hause. Dieser Umweg war es mir wert.

Doch jetzt kam die Zeit, in der es erst richtig losging und sich das Training nochmal intensivierte. Das ganze Wochenende hatte ich in der Arena verbracht, was mich früher kein bisschen gestört hatte, doch jetzt fragte ich mich, wie ich es in meiner Zeit in der AHL ausgehalten hatte. Langsam begann ich zu begreifen, dass die NHL vielleicht nicht der passende Weg für mich gewesen wäre. Ob es an Penny lag – ich wusste es nicht. Ich wusste ja nicht einmal, was das zwischen uns war, aber ich wusste umso sicherer, dass ich es herausfinden wollte.

Auch vor meinen Kumpels konnte ich meinen mentalen Zustand nicht verbergen. Regelmäßig versuchten sie mich auszuquetschen wie eine frische Orange. Doch ich nahm es ihnen nicht übel, es fühlte sich gut an zu wissen, dass da Leute waren, die sich für mich interessierten. Leute, die mehr als bloß Kollegen zu sein schienen.

Natürlich hätte ich ihnen erzählen können, dass ich neuerdings auf rosaroter Zuckerwatte fuhr, anstatt auf stahlhartem Eis, aber ich wollte mich auch nicht zu weit aus dem Fenster lehnen, bevor ich selbst wusste, wohin die Reise gehen würde.

Immerhin bestand auch die Möglichkeit, dass unser Lebensstil so gar nicht zueinander passte – ich war Profi-Eishockeyspieler und sie wohnte noch bei ihren Eltern –, aber darüber würde ich mir Gedanken machen, wenn es so weit war. Denn jetzt freute ich mich einfach nur darauf, sie wiederzusehen, wenn auch in Gesellschaft unseres Öffentlichkeitsreferenten Leonard Ustavovich, der noch die formellen Rahmenbedingungen für meine Modelkarriere absegnen musste.

Beinahe hätte ich laut aufgelacht, denn dafür, dass ich mich am Anfang ziemlich dagegen gesträubt hatte, konnte ich es nun kaum erwarten, zur Anprobe meines Anzugs zu gehen. Wie schnell sich alles änderte.

Endlich fuhr Ustavovich, der mich mit in die Innenstadt nehmen wollte, vor. Ich hätte zwar nichts dagegen gehabt zu laufen, doch Leonard hatte darauf bestanden, mich abzuholen, damit wir zusammen im Silverstuff eintreffen würden.

»Hallo, Jonah«, begrüßte er mich, als ich auf den Beifahrersitz seines großzügigen SUVs kletterte. Hoffentlich hatte er jetzt nicht auch noch vor, Smalltalk zu führen. Ustavovich war zwar ganz in Ordnung, aber das war es auch schon. Er war für mich zu wenig eishockeybegeistert, sondern interessierte sich in erster Linie dafür, wie er die Silver Crows am besten vermarkten konnte. Nun, das war halt auch sein Job.

»Und, schon aufgeregt vor der großen Anprobe?« Er zwinkerte mir schelmisch zu und ich hätte am liebsten die Augen verdreht, zwang mich aber zu einem freundlichen, wenn auch vagen »Geht so.«

Im Radio erschallte gerade ein neuer Song von Taylor Swift und meine Begleitung drehte die Lautstärke hoch. Unter Glucksen berichtete er: »Ich bin ein richtiger Swiftie, da muss ich einfach lauter machen!«

Nichts lieber als das, so hatte ich zumindest meine Ruhe vor seinen Fragen, während Leonard den Song der armen Taylor bis zur Unkenntlichkeit malträtierte.

Nach gefühlten Stunden, die in Wirklichkeit nur ein paar Minuten gedauert hatten, fuhr Ustavovich mit seinem dicken Auto einfach mitten in die Fußgängerzone. Wieder zwinkerte er mir zu und deutete auf das Schild am Straßeneingang. »Wir sind ja wohl so was wie Lieferverkehr.«

Wie einige Männer in diesem Alter es taten, die einen schlechten Witz gerissen hatten, schaute auch er mich aufmerksamkeitsheischend an. Also tat ich ihm den Gefallen und lachte. Er war ja auch wirklich ganz nett.

Trotzdem konnte ich es kaum erwarten, endlich aus dem Auto zu steigen – und Penny wiederzusehen, ergänzte meine innere Stimme wie von selbst.

Mit den Händen in den Hosentaschen trabte ich Ustavovich hinterher, der beschwingt die Eingangstür des Silverstuffs aufriss, als wäre es sein Geschäft. Mrs, ehm Madame Hiver erwartete uns bereits.

»Leonard, wie schön, dass Sie hier sind. Und Jonah.« Über meine Wenigkeit schien sie sich deutlich weniger zu freuen als über die des Pressesprechers, den sie auch sogleich mit Küsschen links, Küsschen rechts, wie es eine waschechte Französin eben tat, begrüßte. Kannten die beiden sich etwa?

Während ich noch wie bestellt und nicht abgeholt dastand, rief Madame Hiver auch schon nach der Frau, die das Ganze hier erträglicher machen würde. »Pénélopéeeeeeee!«

Wieder einmal musste ich mich beherrschen, um Pennys Chefin nicht einfach über den Mund zu fahren und ihr mal so richtig die Meinung zu geigen, dass man so nicht mit seinen Angestellten sprach. Bevor ich jedoch ernsthaft darüber nachdenken konnte, kam das Mädchen, das mein Herz höherschlagen ließ, schon in den Raum geweht.

Ihr lockiges Haar wurde heute von einem filigranen Goldreif mit kleinen Schmucksteinchen gehalten und sie trug eine blassgrüne, zartschimmernde Bluse – oder war es ein Kleid? Unter der dunklen Strumpfhose konnte ich ihre Beine erahnen, was mich dazu brachte, Dinge zu denken, die ich in Anwesenheit ihrer Chefin bestimmt nicht denken sollte. Zu gerne wäre ich mit meinen Fingern über die seidigen Rundungen gefahren, hätte die Bluse nach oben geschoben, meine Hände um ihrem Hintern gelegt …

»Hallo, Jonah«, ich zuckte zusammen. Penny grinste verschmitzt. Sie hatte mich eindeutig beim Starren ertappt, aber das machte nichts. Es gefiel mir, wie selbstbewusst sie geworden war, weil ich mich daran erinnerte, dass sie sich zu Schulzeiten oft hinter weiten Hosen und fürchterlichen Prints verborgen hatte. Denn das hatte sie schon damals nicht nötig gehabt … Doch Kinder und Jugendliche waren nun mal gemein – und ich hatte sie nicht vor ihnen beschützt.

»Penny!« Ich bemühte mich, gelassen zu klingen, doch meine tiefe Stimme machte einen verräterischen Kiekser, als ich sie begrüßte. Etwas unschlüssig standen wir da, wussten nicht, wie wir uns in Anwesenheit unserer Chefs verhalten sollten.

»Willst du dann mal deinen Anzug anprobieren?« Madame Hiver zog die Augenbrauen nach oben und spitzte ihre Lippen. Kurz dachte ich, sie würde Penny rügen, dass sie so locker mit mir umging, doch glücklicherweise mischte sich Ustavovich ein. »Das klingt doch nach einer fabelhaften Idee, nicht wahr, Marguerite?« Okaaaay … Madame Hivers hell gepudertes Gesicht lief unter der dicken Make-up-Schicht rosig an und sie schenkte Leonard ein wirklich ehrliches Lächeln, das sie sogleich weniger streng wirken ließ.

Sie deutete in Richtung ihres Büros. »Hier entlang.«

Leonard folgte der davon stolzierenden Madame Hiver. Endlich war ich mit Penny alleine.

»Hi«, hauchte ich. Im selben Moment fühlte ich mich schon wie ein Trottel, doch Penny schien sich auch an meiner sanften Seite nicht zu stören.

Stattdessen zog sie mich an meiner Hand Richtung Umkleidekabine. »Bereit für dein Outfit?«

»Bereit.« Dafür und auch für alles andere.

Penny scheuchte mich in die Umkleidekabine und zog den ausladenden Vorhang hinter mir zu.

Ich drehte mich um und – wow. Der Zweiteiler leuchtete in einem satten Silbergrau, jedoch ohne kitschig zu wirken. Das Hemd war schlicht und bestach nur durch ausgefallene Manschettenknöpfe, die die Form von Krähen hatten. Das fand sogar ich cool.

Schnell entledigte ich mich meiner Jeans und schlüpfte in die Bundfaltenhose, die wie angegossen saß. Der Stoff war weich und anschmiegsam. Dann nahm ich mir das Hemd vor. Irgendwie musste das doch in die Hose. Kurzerhand stopfte ich es hinein, bevor ich das Jackett überzog, das hinten, beinahe wie ein Frack, etwas länger geschnitten war, jedoch ohne nach Pinguin auszusehen. Dazu schlüpfte ich wieder in meine weißen Sneaker.

»Und?« Pennys Stimme klang aufgeregt und ich hörte, wie sie vor der Umkleidekabine nervös auf und ab trappelte.

»Es sieht fürchterlich aus. Die Hose ist zu groß und das Sakko spannt.« Ich hörte ein entsetztes Keuchen und grinste, bevor ich den Vorhang aufriss. »Tadaaaa!«

Mit großen Kulleraugen schaute sie mich an. Als sie begriff, dass ich sie ein wenig reingelegt hatte, verengten sich ihre Augen. »Na warte, Jonah Bennett, wie kannst du nur! Du siehst fabelhaft aus!«

Ich zwinkerte ihr zu. »Ich weiß, aber die Schneiderin hat auch ganze Arbeit geleistet. Wirklich, Penny, ich habe mich in so einem edlen Teil noch nie so wohlgefühlt.«

Ihr Lächeln entspannte sich und sie musterte mich eingehend von oben bis unten. »Aber Himmel Herr Gott nochmal, Jonah, was hast du nur mit dem Hemd veranstaltet?«

Sie schüttelte sich und schlug die Hände über dem Kopf zusammen. »Warte, ich helfe dir.«

Sie schob mich in die Kabine, öffnete meine Hose, noch ehe ich wusste, wie mir geschah. Sie wollte natürlich nur das Hemd glattziehen, doch mein Gehirn hatte bereits ausgesetzt, als ich ihre Handgelenke packte und Penny an mich zog.

Unsere Münder fanden von selbst zueinander. Hungrig. Es waren nicht die keuschen Lippenbekenntnisse der letzten Tage. Unsere Zungen tanzten umeinander und ich drückte sie enger an mich. Meine Hände fuhren über ihren Rücken, streichelten über ihren runden Po. Ich schob meine Finger unter den kühlen Stoff ihres Oberteils, ließ meine Hände über die nahezu nicht vorhandene Strumpfhose gleiten, fühlte die Spitze ihres Slips, die Hitze ihrer Haut. Ein unterdrücktes Keuchen stahl sich aus ihrer Kehle.

»So, jetzt, da alles geklärt ist, wollen wir doch mal schauen, wie der Anzug aussieht«, hörte ich plötzlich eine Stimme von außerhalb der Kabine. Scheiße, Leonard und Pennys Chefin würden wahrscheinlich in weniger als einer Sekunde um die Ecke biegen.

Geistesgegenwärtig riss Penny sich los und machte einen Schritt nach hinten. Ich merkte, wie ihre Finger zitterten, als sie an meinem Jackett herumnestelte, als würde sie dessen Sitz überprüfen. Gleichzeitig verdeckte sie meinen Unterkörper, damit ich die noch immer geöffnete Hose schließen konnte. Im Grunde genommen war ja nichts passiert, aber das Nichts sah eindeutig nach mehr aus, als es gewesen war. Es fühlte sich nach mehr an.

»Ich bin mir sicher, die Werbekampagne wird ein voller Erfolg und wir werden uns vor Anfragen kaum noch retten können.« Beim Klang von Ustavovichs Stimme verschwanden definitiv alle nicht jugendfreien Gedanken, die gerade noch in meinem Kopf herumgeschwirrt waren.

Auch Madame Hiver nickte anerkennend, wenn auch weniger begeistert als Ustavovich. »Gute Arbeit, Pénélopéeee, der Anzug steht Jonah wirklich hervorragend.«

Das war wahrscheinlich das Höchste der Gefühle, zu denen Madame Hiver fähig war. Penny jedenfalls strahlte, als wäre sie zur Chefdesignerin befördert worden und gleichzeitig fühlte ich den Schmerz darüber, dass sie all ihr ungebrauchtes Potenzial nicht nutzen konnte. Sie war jedoch niemand, der sich unterkriegen ließ – im Gegensatz zu mir.

Stattdessen griff sie nun in die Tasche ihrer Bluse und holte etwas hervor. »Ich habe da noch was genäht, nur ein kleiner Gag«, ergänzte sie an ihre Chefin gewandt, die schon wieder ihre viel zu dünn gezupften Augenbrauen in die Höhe hob.

Eine Fliege. Sie war eisblau und darauf waren winzige Eishockeyschläger gestickt. »Die trägt er aber nicht bei der Kampagne«, ereiferte sich sofort Madame Hiver, »das wirkt dann doch ein bisschen albern.«

Ausnahmsweise waren Mr Ustavovich und ich uns einig. »Ich finde sie großartig«, bestätigte er meine Ansicht.

Madame Hiver lächelte verkniffen. »Na ja, wir können ja nochmal darüber nachdenken.«

Ich hoffte, das würde kein Nachspiel für Penny haben.

Viel zu schnell mussten wir wieder aufbrechen, damit ich pünktlich zum Training kam, dabei wäre mir jetzt vielmehr nach einem Kaffee aus dem Cosy's gewesen. Mit Penny, damit wir anschließend weitermachen konnten, wo wir vorhin aufgehört hatten.

»Also dann.« Leonard Ustavovich griff galant nach Madame Hivers Hand, doch anstatt sie zu schütteln, hauchte er einen zarten Kuss darauf. Penny und ich schauten uns an, bemüht, nicht loszuprusten wie zwei Verbündete, die nicht wussten, wie ihnen geschah.

»Pénélopé, es hat mich gefreut, Sie kennenzulernen.«

»Ganz meinerseits«, erwiderte Penny höflich, auch wenn ich an dem Zucken ihrer Mundwinkel sah, dass sie sich mehr als beherrschen musste.

Ich nickte unbestimmt in die Richtung ihrer Chefin und brachte noch ein »A bientôt« hervor. Das hatte ich extra vorher im Wörterbuch nachgeschaut. Hoffentlich würde dies Pennys Chefin milde stimmen und tatsächlich, der leichte Anflug eines Lächelns blitzte über ihr Gesicht. Sie nickte mir noch einmal zu und zusammen mit Ustavovich verließ ich das Geschäft.

Zum Glück war sein dicker SUV noch dort, wo er ihn abgestellt hatte, nur ein Stück Papier, das verdammt nach einem Strafzettel aussah, klemmte unter dem Scheibenwischer. Wutschnaubend ließ er das Papier in seiner Jackentasche verschwinden, bevor er sich vor das Lenkrad setzte und den Motor startete.

»Es ist doch alles nach Plan verlaufen. Ich bin mir sicher, nicht mehr lange, und die Fans werden dich lieben. Das Shooting haben wir direkt für Anfang nächster Woche geplant, je schneller die Kampagne startet, umso besser.«

Ich grummelte etwas Zustimmendes, doch wirklich zuhören tat ich schon lange nicht mehr. Meine Gedanken waren bereits weit weg.

»Ach ja, und diese Pénélopé ist ja ein wirklich talentiertes, nettes Mädchen.«

»Penny. Sie heißt Penny.«

Ustavovich musterte mich spöttisch und ich betete, dass ein weiterer Taylor Swift Song im Radio gespielt werden würde.

Kapitel 12

Penny

Ich schaute an die Decke in meinem Zimmer und stellte mir vor, es wären nicht die Astlöcher des Fichtenholzes, sondern abertausende Sterne, die über mir funkelten. Unter mir war nicht mein Bett, sondern warmes, weiches Herbstlaub. Neben mir nicht gähnende Leere, sondern Jonah.

Jonah, der Mann, der dafür gesorgt hatte, dass ich der Mensch geworden war, der ich heute war. Seine Zurückweisung damals hatte mich nicht schwächer gemacht – nein, sie hatte mich stärker gemacht.

Zunächst kam die Zeit, in der ich mich zu dick, zu hässlich, zu dumm und einfach unzulänglich fühlte, aber dann war der Punkt erreicht, an dem ich merkte, dass nicht die anderen mit mir unzufrieden waren - ich war es selbst gewesen. Und Jonah machte mir damals bewusst, dass ich viel zu viel Wert auf das legte, was andere von mir dachten.

Ich hatte mich versteckt, war nichts Halbes und nichts Ganzes gewesen. Doch dank seiner Zurückweisung und der oftmals fiesen Worte meiner Mitschüler erkannte ich, dass sie mir nichts anhaben konnten, wenn ich mich selbst liebte. Natürlich taten ihre Worte weh, aber sie stürzten mich nicht mehr in tiefe Verzweiflung. Ich hatte gelernt, dass ich *Ich* sein durfte.

Und dann war er wieder in mein Leben getreten, ins Hier und Jetzt. Ich wollte nicht länger an der Vergangenheit festhalten, ich wollte den Jonah kennenlernen, der er geworden war, und nicht den, der er gewesen war.

Mein Handy vibrierte und ich angelte es von meinem Nachttisch.

Der Anzug ist mega. Aber ich habe unseren Kaffee danach vermisst. J.

Ich merkte, wie meine Wangen sich anspannten und mein Mund sich zu einem breiten Lächeln verzog. Die letzten Abende hatten wir uns kleine Nachrichten geschrieben, nachdem wir vor zwei Tagen endlich unsere Handynummern ausgetauscht hatten. Seitdem lag ich abends im Bett und lauschte in die Stille, bis endlich das heiß ersehnte Pling meines Smartphones in der Dunkelheit erklang.

Es waren nur kurze, unbedeutende Sätze, und trotzdem bedeuteten sie mir mehr, als ich jemals zugegeben hätte. Es fühlte sich aufregend an und mein Herz klopfte lauter als bei allen anderen Nachrichten, die ich jemals von einem Jungen erhalten hatte.

Nun gut, es waren nicht allzu viele, ich konnte sie an einer Hand abzählen, genau wie die Dates oder das, was darauf gefolgt war, aber es hatte sich einfach nie so richtig angefühlt wie das hier. Immer noch grinsend verfasste ich eine Antwort. Meine Finger flogen förmlich über die Tastatur.

So ein Salty-Hazlenut-Latte wäre jetzt schon lecker :-P

Die drei Punkte erschienen auf meinem Display, dann verschwanden sie. Dann tauchten sie aus dem nichts erneut auf und waren wieder weg.

Gute Nacht, Penny

Enttäuschung machte sich in mir breit. Ich wusste nicht, was ich mir erhofft hatte, aber definitiv mehr als ein *Gute Nacht.*

Frustriert legte ich das Handy beiseite und blickte wieder an die Decke, doch die Astlöcher blieben Astlöcher. Die Sterne waren verschwunden. Seufzend rollte ich mich auf die Seite und griff nach meinem Kuschelesel. Wenigstens auf ihn war Verlass.

***

Was war das? Ich schreckte hoch. Nur der blasse Schimmer des Mondes fiel durch meine Vorhänge ins Zimmer. Gerade als ich die Augen erneut schloss, hörte ich es wieder, dieses Geräusch. Hatte ich schon geträumt? Nein, eindeutig nicht.

Ich zuckte zusammen, als ich bemerkte, dass das dumpfe Klopfen direkt von draußen kam. Ich schaltete meine Nachttischlampe ein, die mein Zimmer in diesiges Licht tauchte. Meinen Kuschelesel fest an mich gedrückt, kletterte ich aus dem Bett. So leise wie möglich, auch wenn man mich von draußen wohl kaum hören konnte, setzte ich einen Fuß vor den anderen. Von meinem Schreibtisch schnappte ich mir die große Schneiderschere – man wusste ja nie.

Schritt für Schritt wagte ich mich vor bis zum Fenster. Dann riss ich den Vorhang auf und erstarrte, als mir ein wohlbekanntes Augenpaar entgegenblickte. Im Dunkeln sahen seine Augen stechend goldgrün wie die einer Katze aus.

Im ersten Moment hätte ich vor Erleichterung am liebsten laut losgelacht. Bis mir bewusst wurde, dass ich meinen flauschigen Lieblingsschlafanzug trug – den mit den kleinen Pinguinen drauf. Peinlicher ging es wohl kaum. Doch so zu tun, als hätte ich Jonah weder gehört noch gesehen, war definitiv keine Option, da er mich bereits schelmisch angrinste und mir bedeutete, das Fenster zu öffnen. Gut, also lieber ein Ende mit Schrecken ...

Ich zog das Fenster auf und Jonah kletterte in mein Schlafzimmer, das sich seit meiner Kindheit kaum verändert hatte. Immerhin hingen keine peinlichen Boybandposter mehr an den Wänden. Doch von der leicht kitschigen rosageblümten Tapete hatte ich mich auch im Erwachsenenalter nicht trennen können. Genau wie von der Kuscheltierarmada, die es sich auf meinem Kleiderschrank gemütlich machte.

»Jonah, was machst du hier?« Meine Stimme war eine Mischung aus Fauchen, Verwunderung und – ich konnte es nicht leugnen – Freude.

Er fuchtelte mit seiner linken Hand, in der er eine Pappvorrichtung trug, in die zwei Becher geklemmt waren. »Ich bringe dir einen Iced Moccachino. Das

Cosy's hatte leider schon zu, aber ich hoffe, der Kaffee von Wendy's ist auch in Ordnung.«

Er grinste breit, während ich mich vielmehr fragte, wie er es mit samt zwei Bechern hoch bis zu meinem Zimmer geschafft hatte. Ich wollte lieber gar nicht drüber nachdenken.

Immer noch völlig sprachlos, grinste ich ihn nun an, vergessen war mein verwuscheltes Haar und mein Flanellpyjama.

»Schickes Outfit.« Oder auch nicht.

Er zwinkerte mir zu und ich boxte ihm spielerisch in die Seite, konnte ihm aber nicht böse sein. Jonah Bennett stand doch tatsächlich mitten in der Nacht – okay, es war viertel nach elf – in meinem Zimmer und brachte mir Eiskaffee. Wenn das nichts zu bedeuten hatte, dann wusste ich es auch nicht.

Da ich abgesehen von meinem Schreibtischstuhl keine andere Sitzgelegenheit im Angebot hatte, machte ich eine unbestimmte Bewegung in Richtung Bett

»Sag bloß, Penny, du willst mich ins Bett kriegen? Reicht dir etwa ein Kerl nicht?« Seine Mundwinkel zuckten verdächtig, als er auf meinen Stoffesel deutete, den ich immer noch fest umklammerte.

»Der bringt mir aber keinen Kaffee vorbei.« Eins zu null für mich. Selbstbewusster, als ich mich fühlte, machte ich mich an meiner Bettwäsche zu schaffen und schob die Kissen gegen das Kopfteil, sodass wir uns nebeneinander setzen konnten. Dann rutschte ich in die Ecke und machte es mir mit schlagendem Herzen im Schneidersitz bequem.

Wir hatten uns geküsst, waren sogar in der Umkleidekabine des Silverstuffs beinahe übereinander hergefallen, doch mit ihm in meinem Zuhause, in meinem Zimmer, in meinem Bett zu sitzen, war etwas völlig anderes. Nicht nur, weil ich einen Schlafanzug trug. Es war so viel intimer, persönlicher – ich hatte ihn in mein Leben gelassen. Er stellte die Becher auf dem Nachtschrank ab, um seine Sneaker abzustreifen. Dann kletterte er zu mir. Sein weißer Sweater leuchtete förmlich im dämmrigen Licht und seine Haare waren völlig verstrubbelt, als hätte er selbst schon im Bett gelegen und wäre dann wieder aufgestanden. Für mich.

Er nahm die beiden Becher aus der Halterung und hielt mir einen entgegen, den ich sofort ergriff. Seine Fingerspitzen waren kalt von dem eisigen Getränk.

»Cheers!« Unsere Becher stießen aneinander und wir nahmen jeder einen Schluck unseres Eiskaffees. Die cremige, kalte Flüssigkeit rann süß durch meine Kehle und ich seufzte genießerisch. Er war nicht so lecker wie aus dem Cosy Coffee und schmeckte trotzdem hundertmal besser.

»Sollen wir eine Serie zusammen schauen?«

Ich nickte. Wir würden etwas tun, das ganz normale Pärchen eben taten. Wir hatten den Teil mit dem Daten einfach übersprungen und waren direkt zu dem Teil übergegangen, bei dem man zusammen in Wohlfühlklamotten im Bett lag und fernsah. Es könnte schlimmer sein.

»Hast du eine Idee, was du sehen möchtest?« Ich hatte nämlich keinen blassen Schimmer, was ihm gefallen könnte. Nachdenklich legte er seine Hand an die Lippen. Er sah süß aus, wie er so dasaß und überlegte.

»Ich habs!« Aufgeregt wie ein kleiner Junge schnappte er sich die Fernbedienung, nachdem ich das Gerät eingeschaltet hatte, und gab etwas ins Suchmenü ein. *Zero Chill.*

Fragend schaute ich ihn an. »Bitte kein Horror oder Action!«

Sein Grinsen wurde breiter, als er sich zu mir drehte. »Keine Sorge, ich bin mir sicher, es wird dir gefallen. Ich habe bisher auch nur die erste Folge gesehen, aber jetzt ist der richtige Zeitpunkt für die ganze Serie.«

Gebannt schaute ich auf den Bildschirm, als endlich der Vorspann losging. Eine Teenie-Eislauf-Serie? Nicht ganz das, womit ich gerechnet hatte. Doch umso mehr freute es mich, dass Jonah auch an dieser Art der Unterhaltung Freude zu haben schien.

Es war schön, einfach nur dort zu sitzen, ein leckeres Getränk in den Händen, während wir dabei zusahen, wie Kayla und Mac für ihre Träume kämpften.

Irgendwann merkte ich, wie meine Augen und mein Kopf immer schwerer wurden, mein Körper zur Seite sackte, doch ich fiel nicht um. Ein Arm schlang sich um mich, bettete mich weich auf die Seite. Jemand streichelte sachte über meine Haare, meinen Rücken, zog mich in eine enge Umarmung.

Ein kalter Lufthauch streichelte meine Wange und ich zuckte zusammen. Es war noch dunkel draußen, auch wenn die Sonne bereits aufzugehen schien.

Träge griff ich nach meinem Handy, stieß dabei gegen etwas und erschrak. Ein Pappbecher. Ein Windstoß ließ die Vorhänge zur Seite tanzen. Das Fenster ... es stand offen. Die Erinnerungen des gestrigen Abends stahlen sich langsam zurück in mein Gedächtnis.

Jonah, er war hier gewesen. Und ich war in seinen Armen eingeschlafen. Endlich schaffte ich es, auf die Uhr zu schauen. Es war gerade mal sechs. Vorsichtig stieg ich aus dem Bett und tapste auf leisen Sohlen durch den Raum, um das Fenster zu schließen.

Um meine Eltern, die in der unteren Etage schliefen, nicht zu wecken, schlich ich zurück. Erst jetzt wurde mir die Komik der Situation bewusst und ich lachte lautlos in die Stille. Ich hatte erst vierundzwanzig werden müssen, um heimlich nächtlichen Herrenbesuch zu empfangen. Durch das Fenster. Das war wie in einer schlechten Komödie und dennoch konnte ich nicht aufhören zu grienen. Erst recht nicht, als mein Blick auf den Becher fiel, der immer noch auf meinem Nachtschrank stand. Jemand hatte mit Edding etwas darauf geschrieben.

Das nächste Mal bist du dran. Ich freue mich auf übermorgen! XX Jonah

Das Lächeln in meinem Gesicht wurde noch breiter. Jonah hatte sich wirklich verändert. Er wollte mich wiedersehen. Trotz Kuschelesel und alberner Schlafkleidung. Er schlich sich nicht nur nachts zu mir nach Hause und kletterte durchs Fenster, er wollte mich beim ersten Heimspiel dabeihaben.

Auch wenn er mich neulich schon gefragt hatte, war ich mir bis jetzt nicht sicher gewesen, wie ernst er es meinte. Doch jetzt war ich es. Er war bereit, den nächsten Schritt zu gehen.

Eine Mischung aus Vorfreude und Aufregung überfiel mich, doch da war auch noch ein anderes Gefühl, eines, das ich lange hinter verschlossenen Türen gehalten hatte. Es war Angst.

Was wäre, wenn es wie damals sein würde? Ich, Penny Fernandez, unter lauter perfekten Fangirls mit glattem, glänzendem Haar, zartem Teint und langen, schlanken Beinen ... Penny Fettnandez, das Mädchen, für das man sich schämte, es niedermachte oder noch schlimmer, es ganz ignorierte.

Panik machte sich in mir breit, und das übersprudelnde Glück, das eben noch mein Herz erfüllt hatte, wandelte sich in fade Bitterkeit. In Angst, niemals genug zu sein, für immer die einsame Schneiderin zu bleiben, die mit fünfzig noch bei ihren Eltern wohnte und Anzughosen kürzte, während alle anderen bereits von ihren Enkelkindern verwöhnt wurden.

Entschlossen schüttelte ich den Kopf. Und wenn schon. Ich war Penny Fernandez, ich war schön und talentiert und ich war es wert, beachtet und gesehen zu werden. Und vor allen Dingen geliebt zu werden! Und ich war bereit, an das Gute im Menschen zu glauben - Fehler zu verzeihen. Denn Jonah hatte definitiv Wiedergutmachung geleistet. Er hatte mir bewiesen, dass er anders war, dass er nicht der oberflächliche arrogante Kerl war, den viele in ihm sahen. Und ich glaubte ihm.

Kapitel 13

Penny

»Bitte, bitte, bitte, Kimmilein, komm mit, lass mich nicht alleine!« Theatralisch fasste ich an mein Herz, während meine Stimme einen flehenden Klang angenommen hatte. Kim ließ ihre schmalen Schultern nach unten sacken, die in einer schicken dezent gestreiften Seidenbluse steckten. Sehr gut, wusste ich es doch, sie würde einknicken, wenn ich nur dramatisch genug bettelte.

»Keine Chance, Sweetie. In diese stickige, schweißige Klitsche kriegen mich keine zehn Pferde, damit ich mir dann auch noch anschauen muss, wie sich irgendwelche testosterongesteuerten Platzhirsche gegenseitig in die Bande schubsen!«

Pustekuchen. »Och, bitteeeeeee, meine herzallerliebste Kim, lass mich nicht alleine.« Ich zog meine Lippen, die bereits in einem dezenten Roséton geschminkt waren, zu einem Schmollmund und die Züge meiner Freundin wurden weicher.

»Ach, Penny, du weißt, dass ich mich für dich in die Höhle des Löwen, ehhhm, der Krähen und Grizzlies, begeben würde, aber Mom bringt mich um, wenn ich bei diesem Geschäftsessen heute nicht dabei bin. Und dann werde ich definitiv nie mit dir zum Eishockey kommen können.«

Ich seufzte. Kim besaß einfach zu viel Pflichtbewusstsein gegenüber ihrem Job und ihrer Familie, aber ich war ja selbst nicht besser. Nun, eigentlich war das eine positive Eigenschaft, eigentlich, es sei denn, man opferte sich völlig auf, wie meine Freundin es in letzter Zeit tat.

Sie wühlte weiter in meinem Kleiderschrank herum und ein Kleidungsstück nach dem anderen flog mir entgegen. Ich hatte definitiv meinen eigenen Stil und es kam selten vor, dass ich nicht wusste, was ich anziehen sollte, doch heute war so ein selten. Ich hatte keine Ahnung, was ich zu einem Eishockeyspiel meines *Kumpels?*, meiner *Highschoolliebe?*, meiner *Affäre?* tragen sollte, damit ich nicht wie ein bunter Hund hervorstach.

Es musste lässig sein, aber nicht langweilig. Hübsch, aber nicht zu aufgestylt. Und warmhalten musste es mich im besten Falle auch noch. Zwiebellook würde in einem aufgeheizten Stadion sicher Sinn ergeben. Kurzum, ich hatte keine Ahnung, was ich anziehen sollte, und Kim, die einfach die beste Freundin war, die man sich vorstellen konnte, war zur Hilfe geeilt.

Schließlich flog mir ein grauer oversized Strickrolli entgegen. »Zieh den mal an.«

Wie befohlen zog ich den Pullover über und musste zugeben, es sah nicht schlecht aus, auch wenn er nicht zu meinen Lieblingsteilen gehörte.

»Hast du noch eine originelle Leggings oder Strumpfhose?« Kim blickte mich abwartend an.

»Wie wäre es mit der mit dem Tattooprint?«

Sie nickte begeistert und ich wühlte mich durch meine Sockenschublade, ehe ich besagte Strumpfhose schließlich siegessicher hervorzog. Jetzt noch meine Docs, die kleine rote Chestbag und mein Outfit wäre komplett.

Ich drehte mich vor dem Spiegel und ja, ich sah wirklich gut aus, aber irgendwie auch ein bisschen langweilig. Als hätte meine Freundin genau hiermit gerechnet, griff sie in ihre Handtasche. »Dreh dich mal um.«

Da ich genau wusste, dass es keinen Sinn machte, Kimmi zu widersprechen, tat ich wie mir geheißen. Ich spürte, wie sie an meinen Haaren herumfummelte, und nur mühsam verkniff ich mir ein schmerzerfülltes Jaulen. Gut, dass meine Freundin keine Friseurin, sondern Anwältin war.

»So, fertig.« Sie hatte meine Locken am Oberkopf zusammengefasst und mit einer großen, buntgemusterten Schleife verziert, die meinem sonst eher strengen Outfit einen lockeren, mädchenhaften Touch verpassten. Ich sah wieder mehr nach mir aus. »Danke, Sweetie!«

Ich drückte ihr einen fetten Schmatzer auf die Backe und zusammen machten wir uns auf den Weg nach unten. Ich würde das Auto meiner Eltern nehmen, da ich wenig Lust hatte, später alleine in der Dunkelheit nach Hause zu laufen.

»Mamá, Dad, wir sind dann jetzt weg!«, rief ich in Richtung Wohnzimmer.

Auch Kim winkte zum Abschied und ich wollte gerade um die Ecke biegen, als meine Mutter anerkennend pfiff.

»Für wen hast du dich denn so schick gemacht, Querida?«

Bevor ich überhaupt antworten konnte, erledigte dies bereits mein Dad für mich. »Ich nehme an, für den jungen Mann, der heute Nacht durchs Fenster geklettert ist.«

Meine Augen wurden groß und gleichzeitig brachen meine Eltern in Gelächter aus. Oh Mann, ich musste dringend ausziehen. Bevor sie mich jedoch weiter aufziehen konnten, packte ich Kim am Arm und zerrte sie hinter mir nach draußen. Der Fragestunde meiner Eltern würde ich sowieso nicht entgehen können, aber zumindest hätte ich so bis morgen Zeit, mir ein paar unverfängliche Antworten zu überlegen, um die Neugierde der beiden zu befriedigen.

***

Als ich schließlich auf dem Parkplatz der Silvarena vorfuhr, herrschte bereits reges Treiben vor den Toren. Die Sportstätte war in gleißendes Licht getaucht und die Fläche davor von hellen Scheinwerfern beleuchtet.

Kurz atmete ich durch. Ich fühlte mich jetzt schon fehl am Platz zwischen all den Menschen in Trikots ihrer Lieblingsspieler, Schals der Mannschaft und krähenartigen Mützen, die für das Maskottchen Cruella Crow standen. Gerade verstand ich sogar, dass meine beste Freundin ein langweiliges Geschäftsessen dem Spiel vorgezogen hatte. Ich holte noch einmal tief Luft, dann öffnete ich die Tür unseres alten Fords. Sofort umfing mich wildes Stimmengewirr, das Grölen einzelner Männergruppen, aber auch die zum Bersten gespannte Stimmung.

Meine Angst wich vorfreudiger Aufregung und ich marschierte Richtung Eingang, um mir vielleicht drinnen noch eine Coke zu kaufen und mir anschließend einen Platz zu sichern. Da die Silvarena im Vergleich zu den Arenen der größeren Mannschaften relativ klein war, gab es keinen wirklichen Unterschied bei den Sitzplätzen. Allein die Stehplätze waren den Fanclubs vorbehalten und die vorderen Reihen Angehörigen sowie den Reichen und Wichtigen, ansonsten herrschte freie Platzwahl nach dem Prinzip: Wer zuerst kommt, mahlt zuerst.

Da ich weder das eine noch das andere war, würde ich wahrscheinlich mit einem Platz im hinteren Bereich vorliebnehmen müssen, auch wenn ich immerhin kein Ticket kaufen musste, da Jonah eins für mich am Eingang hinterlegt hatte.

Nach bekannten Gesichtern Ausschau haltend, marschierte ich auf die Security am Eingang zu. Schnell fischte ich meinen Ausweis aus der Tasche, da die Einlasskontrollen schneller gingen, als ich angenommen hatte.

»Ticket!« Na, freundlich war der ja nicht gerade, doch ich versuchte, mich nicht einschüchtern zu lassen.

»Hi, hier wurde ein Ticket für mich hinterlegt. Auf den Namen Penny Fernandez.« Der Typ zog die Augenbrauen nach oben und ich hielt ihm meine ID-Card unter die Nase, um mich auszuweisen.

»Sie müssen sich da vorne anstellen«, blaffte er mich an und deutete auf seine Kollegin, die nur wenige Meter entfernt stand. Verunsichert lief ich zu der ebenso wenig freundlich wirkenden Dame und das Spiel begann von vorne. Diesmal jedoch erfolgreich.

Sie drückte mir mein Ticket in die Hand und schob mich weiter nach drinnen, ehe ich mich bedanken oder erkundigen konnte, wo ich hinmusste. Das würde ich schon hinkriegen.

Drinnen empfing mich nicht nur warme, stickige Luft, sondern laute Musik. Unter die zahlreichen Anhänger der Silver Crows hatten sich auch einige Fans der *Utah Grizzlies* gemischt, die in kleinen Grüppchen zusammenstanden. Ich beschloss, mir zunächst ein kühles Getränk zu organisieren, bevor ich mich auf die Suche nach einem Platz begeben würde.

Ich reihte mich in die Schlange an einem der Getränkestände ein und blickte auf die Anzeigetafel, an der die Zeit herunterlief, bis das Spiel begann. Mir blieb noch eine gute halbe Stunde und es waren nur zwei Leute vor mir, sodass ich genügend Zeit hatte. Wieder rückte ich eins nach vorne, als jemand seine Getränkebestellung erhielt.

Nein, nicht die schon wieder. Zwei Becher in den Händen, war es ausgerechnet Harlow, die ihre Bestellung entgegennahm und nun an mir vorbeimarschierte. Und natürlich konnte sie mich nicht einfach übersehen.

»Fettnandez, du hier?« Ich schluckte, hatte das Gefühl, das sämtliche Augen und Ohren auf uns gerichtet waren, obwohl uns wahrscheinlich kein Mensch beobachtete.

Hatte ich sie neulich erst selbstbewusst in ihre Schranken verwiesen, so fühlte ich mich jetzt wieder wie die kleine Siebzehnjährige. Sie warf ihre glänzenden Haare in den Nacken und kicherte übertrieben, als hätte sie einen furchtbar lustigen Scherz gemacht.

»Willst du deinen zurückgekehrten Crush besuchen?« Wieder lachte sie, wobei sie so stark mit den Getränken in ihrer Hand wackelte, dass sich ein kalter Schwall des Bieres mitten auf meinem Pullover ergoss. Ich wollte so tun, als würde mir das alles nichts ausmachen, einfach davon stolzieren, damit sie nicht sah, dass ich kurz davor war zu heulen, doch ich konnte nicht. Ich stand wie versteinert da, ein Reh geblendet durchs Scheinwerferlicht, als hinter mir eine Stimme ertönte. »Pass doch auf, du blöde Kuh.«

Das war zu viel. Ich wollte einfach nur noch weg. Ich drehte mich um und stellte fest, dass der böse Blick des Mädchens hinter mir nicht mir, sondern Harlow galt. »Vielleicht sollte man nicht so viel saufen, wenn man danach nicht mehr gerade gehen kann«, setzte sie noch einen obendrauf.

Harlow zog ihre perfekt gelifteten Augenbrauen nach oben, rümpfte ihr kleines Stupsnäschen und stolzierte davon.

»Komm mal mit.« Die junge Frau, die mir zur Hilfe geeilt war, wartete meine Antwort erst gar nicht ab, sondern zog mich einfach mit sich in Richtung Toilette.

Erst als wir im Inneren des Waschsaals standen, wo zum Glück gähnende Leere herrschte, war ich wieder in der Lage zu sprechen und mir mein Gegenüber genauer anzuschauen.

Sie war schätzungsweise in meinem Alter, vielleicht ein, zwei Jährchen jünger als ich. Ihre Haut und ihre Haare waren so hell, dass sie beinahe durchsichtig wirkten, genau wie ihre Wimpern und Brauen, doch gerade das machte ihr Aussehen umso einzigartiger. Sie war nicht wirklich hübsch, aber ihre gerade Haltung und ihr lässiger Style gaben ihr Charakter.

Während sie mit einem Tuch an meinem Busen herumtupfte, fand ich endlich meine Sprache wieder, obwohl man meinen sollte, dass wir über die Vorstellungsrunde längst hinaus waren.

»Danke«, hauchte ich und die junge Frau grinste mir zu. »Immer doch. Wir Frauen müssen zusammenhalten. Ich bin übrigens Sasha.«

»Penny.« Ich versuchte mich an einem zaghaften Lächeln. Sie nickte, während sie sich aus dem lockeren Flanellhemd befreite, worunter ein Trikot von Marc Gregory zum Vorschein kam. War das nicht der Goalie? Sie lächelte schief und überreichte mir ihr Hemd. Fragend schaute ich sie an.

»Zieh das einfach drüber, dann sieht man den nassen Fleck nicht mehr, bis er trocken ist.«

»Aber ...«

»Kein Aber, mein Freund freut sich, wenn ich seinen Namen zur Schau trage.« So war das also. Sie zwinkerte mir zu, während ich das Hemd überzog, Widerworte schienen sowieso zwecklos. Zufrieden betrachtete sie mein verändertes Outfit.

»Steht die eh besser als mir. Auf einem Bild sah es so cool aus, aber ich fühle mich darin wie ein Bauarbeiter.« Ich lachte. Sie war witzig und ich schalt mich innerlich dafür, dass ich geglaubt hatte, sämtliche Spielerfrauen wären vom Typ Harlow.

»Und, Penny, wo sitzt du?« Das hatte ich bei der ganzen Aufregung komplett vergessen. Ich kramte meine Karte aus der Tasche, wo wahrscheinlich kein fester Platz verzeichnet war, und hielt sie ihr unter die Nase, ohne vorher selbst einen Blick darauf zu werfen.

»Perfekt, was ein Zufall, du sitzt neben mir, mehr oder weniger direkt hinter der Bank.«

Ich musste wohl ziemlich geschockt dreingeschaut haben, da sie schon wieder lachte. Obwohl sie so eine zarte Person war, war ihr Lachen alles andere als das. Ich hatte bestimmt nicht damit gerechnet, dass ich direkt in der ersten Reihe sitzen würde.

Verschwörerisch blickte sie mich an. »Jetzt musst du mir aber auch verraten, zu wem du gehörst.«

Da Sasha einen wirklich netten Eindruck machte und ich sogar ihr Hemd trug, ergab es keinen Sinn zu leugnen, warum ich hier war. »Jonah Bennett.«

Ihr Gesicht leuchtete auf und ihre Augen glitzerten. »Mann, das ist ja cool, er war neulich noch mit Marc bei uns, aber zum Glück treffen die Jungs sich meistens bei ihm. Kann beim Lernen diese Überladung an Testosteron nicht gebrauchen. Er hat gar nicht erzählt, dass er eine Freundin hat.«

Ich seufzte, wohl etwas theatralischer, als ich vorhatte. »Jonah ... er ist nicht mein Freund.« Sie warf mir einen vielsagenden Blick zu, ehe sie flüsterte: »Noch nicht.«

***

Als wir schließlich die Stufen in unserem Block hinunterliefen, fuhren die Jungs gerade vom Eis. Schade, wir hatten das Aufwärmen verpasst, doch dafür hatte ich nun eine Partnerin-in-Crime.

Sasha führte uns zielsicher zu unseren Plätzen und das erste Mal konnte ich verschnaufen. Selbst Harlows grimmiges Gesicht, die nur wenige Plätze weiter saß, konnte mir nichts anhaben – noch weniger, als Sasha ihr den Mittelfinger zeigte.

Ich musste zugeben, sie war völlig anders als Kimmi oder ich, aber ich mochte sie jetzt schon. Zwar wunderte ich mich, dass ich sie noch nie im Ort gesehen hatte, aber vielleicht wohnte sie noch nicht lange hier.

Bevor ich mir jedoch weiter Gedanken über meine Begleitung machen konnte, ging die Musik aus und es wurde dunkel, bis auf einen einzigen Lichtkegel, der auf das Eis gerichtet war. Der Stadionsprecher trat auf die Fläche. Es ging los.

»Begrüßt mit mir unser Lieblingsteam, die Silver Crows!«

Dann wurde es komplett dunkel. Plötzlich zuckten Blitze über das Eis und Scheinwerfer erleuchteten den riesigen Kopf einer Krähe, der am Rande der Spielfläche emporragte. Das hatte es vor sechs Jahren definitiv noch nicht gegeben. *Cold as Ice* dröhnte aus den Lautsprechern. Beim Wort *Sacrifice* schossen plötzlich die Spieler durch das Maul der Krähe hindurch aufs Eis.

Ohne es zu merken, war ich aufgesprungen und hielt Ausschau nach Jonah. Und da war er. Sein blondes Haar wehte, als er über das Eis flitzte und sich mit den anderen Spielern in der Halbkreisformation einreihte.

Das Publikum pfiff, johlte und auch ich konnte nicht mehr an mich halten und klatschte wie verrückt.

Die Musik verklang, das Licht wurde wieder heller und die Spieler fuhren an die Mittellinie. Dann drehte *er* sich zur Seite, suchend, und sein Blick fand den meinen und seine Mundwinkel hoben sich. Meine Knie wurden weich und ich fühlte mich wie im Rausch, während ich klatschte und die Namen der einzelnen Spieler skandierte.

»Und mit der Nummer fünfzehn, Jonah …«

»Bennett«, rief die Menge seinen Namen, doch ich war es, die er in diesem Moment anschaute.

Schließlich fuhren auch unter lautem Pfeifen und Buhrufen die *Utah Grizzlies* auf das Eis. Und ja, sie machten ihrem Namen alle Ehre. Als schließlich auch der letzte Auswärtsspieler eingefahren und vorgestellt war, setzten die Spieler ihre Helme auf.

Marc Gregory fuhr ins Tor und Sasha neben mir hüpfte aufgeregt auf und ab. Dafür, dass sie eben so cool drauf gewesen war, schien sie nun auch automatisch von der angespannten Stimmung mitgerissen zu werden. Fünf Spieler pro Mannschaft waren noch auf dem Feld. Jonah war einer von ihnen. Die ersten zwanzig Minuten starteten.

Kapitel 14

Jonah

Ich schaute ein letztes Mal in Richtung Zuschauertribüne, erhaschte einen kurzen Blick in ihre warmen dunklen Augen, auf ihre vollen Lippen, die ein Stück vor Aufregung geöffnet waren. Dann wandte ich mich dem Grizzly zu, der mir gegenüberstand und ebenfalls um den Puck kämpfen würde.

Konzentriert blickte ich auf die Hände des Referees, hörte das klackernde Geräusch, als die schwarze Scheibe zu Boden ging, und ich traf. Der Puck segelte auf direktem Wege zu Henri, der nur darauf gewartet hatte, zum Zug zu kommen.

In rasender Geschwindigkeit fuhr er über das Eis, geradewegs auf das Tor der Grizzlies zu. Jaydan Miller, ein nicht gerade freundlich gesonnener Spieler der gegnerischen Mannschaft, stand vorm Tor, bereit den Puck mit seinem ganzen Körper abzuwehren. Henri passte zu mir zurück und während ich geschickt den gegnerischen Spielern auswich, manövrierte er sich direkt vor das Tor.

Miller war mir gefolgt und versuchte, den Puck aus meinen Fängen zu befreien, doch in dem Moment, als er mich gegen die Bande drückte, hatte ich den Puck bereits zurück zu Henri geschleudert. Die Luft knisterte förmlich. Ich hörte nur die Trommeln und Rufe der Fans, das Blut rauschte in meinen Ohren und ... Tor!

Die Zuschauer jubelten, *It's My Life and it's now or never* tönte aus den Boxen, während Henri und ich an unseren Kollegen vorbeifuhren, um diese abzuklatschen.

»Der Assistent mit der Nummer fünfzehn, Jonah ...«

»Bennett!«, skandierte das Publikum und ich merkte, wie meine Mundwinkel, verborgen unter meinem Helm, in die Höhe wanderten.

»Und der Torschütze mit der Nummer zweiundachtzig, Henri ...«

»Mathieu«, johlten die Zuschauer, während das Publikum zu einem Meer aus schwarzen und roten Schals verschmolz. Wir hatten innerhalb von nicht einmal zwei Minuten das erste Tor gemacht.

Überglücklich schwang ich mich über die Bande, um zu verschnaufen, während eine neue Reihe aus fünf Spielern aufs Eis flitzte. Ich schnappte mir meine Flasche und ließ das eiskalte Wasser in meinen Mund rinnen, während ich Pennys Blick in meinem Rücken spürte. Kurz drehte ich mich um. Ertappt sah sie zur Seite und ich fragte mich, wo sie wohl gerade mit ihren Gedanken gewesen war ...

***

Als sich das erste Drittel dem Ende zuneigte, stand es zwei zu null für uns. Nach der Pleite gegen die *Idaho Steelheads* sorgte diese vorübergehende Überlegenheit dafür, dass wir auf Wolken in die fünfzehnminütige Pause fuhren.

Ich erhaschte einen schnellen Blick auf Penny, die jedoch in ein angeregtes Gespräch mit Sasha, Marcs Freundin, vertieft war. Zwar freute ich mich, dass die beiden sich gefunden hatten, aber ein kleiner Teil in mir wünschte sich, dass sie nur Augen für mich hätte. War ich etwa eifersüchtig auf die Freundin eines Kollegen?

Mikkel klopfte mir auf die Schulter, bevor er mit einem genervten Augenrollen Richtung Danny deutete, der vor der Schutzscheibe eine wahre Show ablieferte. Harlow stand dahinter und die beiden warfen sich verliebte Blicke und Küsschen zu, dass es mir kalt den Rücken herunterlief. Ein Blick zu Penny und Sasha zeigte mir, dass es ihnen ähnlich zu ergehen schien, da sie angewidert das Spektakel beobachteten. War Danny wirklich so verliebt oder war er einfach nur naiv?

Ich schüttelte mich und fuhr vom Eis, gespannt auf die Pausenansprache von Coach Decoup.

***

Im zweiten Drittel zogen die Grizzlies das Tempo deutlich an. Unsere Torchancen halbierten sich und der Großteil des Spiels fand in unserer Hälfte statt. Kurz vor Abpfiff kam es schließlich zum ersten Gegentor. Noch war nichts verloren, jedoch war nun die Stimmung deutlich gedrückter. Loyd Carter, Ewan Carters noch grimmigerer Bruder und Strategietrainer unseres Teams, beschloss, im letzten Drittel eine neue Strategie zu fahren. Eine, die vorsah, dass ich mich mit Danny

McCarthy gleichzeitig auf dem Eis befand, was bisher höchstens für ein paar Sekunden der Fall gewesen war.

Das wäre unser Untergang. In der fünfundvierzigsten Spielminute kam es zum Ausgleich. Aber wir konnten es noch schaffen. Wir mussten nur irgendwie ein einziges verdammtes Tor schießen, um zu gewinnen.

Penny und Sasha saßen zusammengesunken auf ihren Sitzen. Während Marcs Freundin hin und wieder aufsprang und wild gestikulierte, hatte Penny das Gesicht zwischen ihre Hände geklemmt und biss sich auf die Unterlippe. Oh Gott, sie sah so verdammt sexy aus und in diesem Moment wünschte ich mir nichts sehnlicher, als einfach mit ihr in ihrem Bett zu liegen und Eiskaffee zu schlürfen.

Von neuer Motivation gepackt, dass dies keine Wunschvorstellung blieb, schwang ich mich über die Bande, während Petri Kubic vom Eis fuhr. Danny schoss auf das Tor der Grizzlies zu und blitzschnell raste ich an ihm vorbei, um mich in Position zu bringen. Er beachtete mich jedoch gar nicht, sah auch den Grizzly von links nicht kommen, der sich blitzschnell den Puck unter Dannys Stock wegangelte und in unglaublicher Geschwindigkeit auf Marc zufuhr. Niemand von uns hatte es kommen sehen und während wir alle Danny zur Hilfe geeilt waren, hatte Kennert freie Fahrt auf unser Tor.

Ich raste zurück, als er zum letzten Schlag ausholte. Ich war nur noch wenige Meter entfernt, während unsere Abwehr damit beschäftigt war, sich durch die gegnerischen Spieler zu kämpfen. Mein Verstand setzte aus und mit letzter Kraft stieß ich den kompletten

Schläger quer übers Eis. Er schlitterte gegen den Puck und fälschte ihn ab.

Auch Kennert hatte meinen schändlichen Abwehrversuch nicht kommen sehen. Er stolperte, fiel nach vorne und da ertönte bereits der Pfiff des Schiedsrichters. Eine Meute aus Grizzlies stob auf mich zu und der andere Referee sowie Mikkel hatten Mühe und Not, die gegnerischen Spieler zur Seite zu drängen.

Doch es war egal. Ich hatte eine hundertprozentige Torchance vereitelt – mit dem Ergebnis, dass ein Penalty verhängt wurde. Nicht nur Danny warf mir bitterböse Blicke zu, auch der Coach wirkte wenig begeistert. Logisch. Hatte ich etwa erwartet, dass er mir für mein Fowl, das nun folgenschwere Konsequenzen mit sich zog, den Kopf tätschelte?

Ich sah noch, wie Marc in den Butterfly ging, doch der Puck segelte an ihm vorbei und landete im Netz hinter ihm. Die Fans der Grizzlies, die eben fast noch unsichtbar in den Rängen gekauert hatten, wurden so laut, und ich fragte mich, wie es sein konnte, dass so ein paar Leutchen mehr Krach machten als der ganze Rest der Arena.

Und dann war es vorbei. Wir hatten verloren. Hatte ich mich eben noch auf einen gelösten Abend mit Penny gefreut, stand mir jetzt nur eine Moralpredigt vom Coach bevor. Zu Recht. Und alles nur, weil Danny wieder einen Alleingang hatte machen wollen – *genau wie du*, ergänzte die Stimme in meinem Kopf.

Als wir vom Eis fuhren, hörte ich nur das rhythmische Klatschen der Grizzlyfans, ansonsten war es still. Ich erhaschte einen letzten Blick auf Penny, deren Augen ehrliches Mitgefühl ausdrückten. Unauffällig formte ich meine Lippen zu einem Kussmund. Als ich ihr hinreißendes Lächeln sah, wurde mein Herz sofort leichter. Ich wünschte mir so sehr, dass das alles hier klappte. Nachdem ich schon die Chance auf die NHL verpasst hatte, wieso war mir dann jetzt noch nicht mal das Glück vergönnt für meine Heimat zu spielen?

Meine Heimat … Obwohl mich im Grunde genommen nichts mit Mount Silver verband und meine Familie fortgegangen war, wurde mir bewusst, dass es immer noch das war. Mein Zuhause.

***

Ein ohrenbetäubendes Klingeln durchbrach die Stille. Ich gab ein genervtes Stöhnen von mir und zog mir die Decke über den Kopf, doch das penetrante Klingeln hörte nicht auf. Auch nicht, als ich meinen Kopf unter das dicke Daunenkissen schob. Konnte ich nicht einmal meine Ruhe haben? Reichte es nicht, dass wir das gestrige Spiel verloren hatten, ich danach einen ordentlichen Anschiss vom Coach kassiert hatte und es lange nach Mitternacht gewesen war, als ich endlich ins Bett kriechen konnte?

Das schrille Klingeln dauerte an. Mit einem frustrierten Schnauben richtete ich mich abrupt auf. Mein Zimmer stand kopf, doch ich ignorierte die verschwommene Sicht vor meinen Augen und schnappte mir mit einem entnervten Seufzer mein Handy vom Boden.

»Ja?«, blaffte ich ins Telefon, ohne auf die Nummer zu gucken.

»Guten Morgen, Jonah, hier ist Leonard Ustavovich.« Plötzlich war ich hellwach. Ein verirrter Sonnenstrahl fiel durch die halbgeöffnete Jalousie, blendete mich und ich rieb mir die Augen.

»Hallo, Leonard.« Ich blickte auf die Uhr. Es war noch gut eine Stunde Zeit, bis mein Wecker klingeln würde, warum zur Hölle rief Ustavovich mich zu so früher Stunde an? *Bestimmt nicht, um mit dir ein Pläuschchen zu halten,* ätzte die kleine Stimme in meinem Kopf. Sein Anruf bedeutete mit Sicherheit nichts Gutes.

»Komm doch bitte ein wenig früher, ich würde gerne vor dem Training etwas mit dir besprechen, Jonah.«

Mit schmerzenden Knochen richtete ich mich auf und ging ans Fenster. »Worum geht es denn?«

Nervös blickte ich nach draußen, schaute auf die benachbarten Häuser, die noch im Schlaf lagen, und den angrenzenden Wald mit den erhabenen Gebirge dahinter.

»Das besprechen wir nachher in Ruhe. Bis gleich, Jonah.« Bevor ich weiter nachhaken konnte, ertönte ein Piepen in der Leitung. Toll, er hatte aufgelegt.

Seufzend schlüpfte ich in Trainingshose und Hoodie, schnappte mir mein Smartphone und Kopfhörer und stieg in meine Laufschuhe. Ich musste dringend einen freien Kopf kriegen.

Außer ein paar Menschen, die früh zur Arbeit mussten, und ein paar wenigen Spaziergängern mit Hund, begegnete ich niemandem.

Ich blickte zu Mikkels Wohnung, doch seine Vorhänge waren verschlossen. Wahrscheinlich hatte er mal wieder bis spät in die Nacht gezockt und schlief noch.

Im gemäßigten Tempo lief ich über die schmale Straße, die in Richtung Innenstadt führte. Ich bog jedoch in die andere Richtung ab, um zum Wald zu gelangen. Es war kalt, doch ich empfand es als angenehm, ein wenig zu frösteln. Die kühle Luft auf meiner Haut, nur leises Vogelgezwitscher und das Rascheln der Blätter im Hintergrund, ich merkte, wie ich zur Ruhe kam und die Natur mich erdete. Obwohl mein Kopf jetzt deutlich klarer war, konnte ich mir keinen Reim darauf machen, was Ustavovich von mir wollte.

***

Das Wasser sprudelte kalt auf mich hinab. Statt es mir allzu gemütlich zu machen, in Ruhe zu frühstücken und Kaffee zu trinken, war ich direkt unter die Dusche gesprungen. Ich drehte den Hahn ab, rubbelte mich in Windeseile trocken und schlüpfte in meine Trainingsklamotten. Von der Küchentheke angelte ich mir noch zwei Bananen und eine Packung Schokomüsliriegel, die ich gestern für den Notfall gekauft hatte. Dieser Notfall war jetzt. Ich zog die Tür hinter mir zu und eilte die Stufen hinunter. Ich war schon halb aus dem Haus, als mir auffiel, dass ich meine Sporttasche vergessen hatte.

In Windeseile sprintete ich wieder nach oben, schnappte mir die Tasche und hechtete erneut los. Wie von der Tarantel gestochen sprang ich ins Auto, startete den Motor und gab Gas. Es versprach, ein schöner letzter Herbsttag zu werden, doch nichts konnte mir gerade egaler sein.

Mit quietschenden Reifen kam ich schließlich vor der Arena zum Stehen. Bis auf Carters und Ustavovichs Wagen sowie einem Kleinbus war der Parkplatz leer und nur einzelne verirrte rote Plastikbecher, die auf dem Boden lagen, verrieten noch, dass die gestrige Niederlage gerade mal ein paar Stunden her war.

Ich schulterte meine Tasche und lief zügig Richtung Teameingang. Drinnen waren noch die Reinigungskräfte zugange. Ich nickte angespannt und begab mich samt meiner Sporttasche auf direktem Wege zu Ustavovich. Ich klopfte, wartete die Antwort jedoch gar nicht ab, sondern stürmte wie ein Agent im Sondereinsatz das Büro.

Unser Öffentlichkeitsreferent saß über den Schreibtisch gebeugt, blickte jedoch auf, als ich mich mit einem lauten Plumps auf den Stuhl ihm gegenüber fallen ließ.

»Jonah. Schön, dass du schon da bist.« Er lächelte freundlich, doch das änderte nichts daran, dass ich ihm nicht über den Weg traute.

»Morgen, Leonard«, sagte ich knapp, »was gibts?«

Ohne auf meine Frage zu antworten, schob er mir etwas über den Tisch. Die Mount Daily. Mit einem riesigen Foto von mir auf der Titelseite, wie ich meinen Schläger übers Eis pfefferte.

Bennet samt Schläger auf dem Höhenflug

Hallo? Wer dachte sich denn bitte eine solch bescheuerte Schlagzeile aus?

War es die richtige Entscheidung von Julien Decoup, Jonah Bennett zurück in die Heimat zu holen? Man weiß es nicht.

Nachdem die Silver Crows beim gestrigen Spiel gegen die Utah Grizzlies im ersten Drittel zunächst mit 2:0 in Führung gingen und Bennett dem Torschützen Henri Mathieu beim ersten Tor assistierte, entpuppte sich das restliche Spiel als einzige Pleite. Die Gäste aus Utah waren unseren Crows ab dem zweiten Drittel überlegen und holten innerhalb kürzester Zeit auf.

Durch ein Fowl von Bennett (s. Foto) kam es kurz vor Schluss zum Penalty, sodass die Grizzlies aus Utah sich letztendlich den Sieg sichern konnten. Ein enttäuschter Fan verriet: »Früher war ich stolz auf meine Heimatmannschaft. Da gab es solche Alleingänge nicht, aber jetzt?«

Ob Bennett sich selbst oder seiner Heimat am nächsten ist, werden wir wohl erst beim kommenden Spiel am Freitag gegen die Everblades erfahren.

Als ich meinen Blick von den Zeilen löste, musste ich mich beherrschen, diesen fürchterlichen Fetzen nicht einfach in hundert kleine Schnipsel zu zerreißen. War das Rufmord? Sollte ich mir einen Anwalt nehmen? War es das, was Ustavovich mir raten wollte?

Ich schnaubte. Ob ich es zugab oder nicht, es tat weh, so etwas zu lesen, denn es stimmte einfach nicht. Das waren Worte, die vielleicht noch vor einiger Zeit gestimmt hätten, aber jetzt nicht mehr. Und das war es, was mich so traurig machte. Ich konnte tun, was ich wollte, ich wäre immer der Schuldige.

»Wie du dir sicher denken kannst, Jonah, ist das keine sonderlich gute Presse. Wir haben mit fehlendem Nachwuchs zu kämpfen, und dass es an finanziellen Mitteln mangelt, damit will ich erst gar nicht anfangen.« Warum erzählte er mir das? »Ich habe gestern gesehen, dass das Mädchen aus dem Silverstuff auch da war.«

Obwohl gerade alles eine einzige bodenlose Scheiße war, verzogen sich meine Lippen unbewusst zu einem Lächeln, auch wenn ich den Themenwechsel kein bisschen verstand.

»Ist sie deine Freundin?« Wachsam schaute er mich an.

Nun, ich wusste nicht wirklich, was Penny war, aber davon abgesehen ging das Leonard auch überhaupt nichts an.

»Sie ist eine gute Freundin«, antwortete ich bemüht ruhig.

Er nickte, murmelte etwas, das ich nicht verstand, aber ich glaubte, es galt auch nicht mir, sondern ihm selbst. »Was hieltest du davon, wenn sie deine Freundin wäre?«

Ich schaute ihn verständnislos an. Draußen im Flur hörte ich Türen schlagen, Schritte, die den Gang hinunterkam, die Stimmen meiner Kollegen.

»Nun ja, Jonah, diese Pénélopé, das nette Mädchen von nebenan, geboren und aufgewachsen in Mount Silver, bodenständig, vielleicht deine Jugendliebe ... Es gäbe nichts, was der Presse besser gefallen würde, und was geeigneter dazu wäre, den Leuten zu beweisen, wie ernst es dir ist, für deinen ursprünglichen Heimatverein zu spielen. Um bei ihr zu sein. Sie freut sich sicher auch, als das niedliche Pummelchen so eine Chance zu kriegen.«

Mir fehlten die Worte. Ich starrte ihn fassungslos an. Der Briefbeschwerer auf seinem Schreibtisch lachte mich an und ich war kurz davor, ihm den schweren Marmorklotz gegen den Kopf zu knallen. Himmelherrgott. Und ich war mal genauso gewesen wie er. Doch jetzt nicht mehr, ich würde es besser machen.

Ja, ich mochte Penny – mehr als das –, und ich wusste nicht, was das mit uns war, aber hatte Ustavovich gerade ernsthaft vorgeschlagen, dass sie meine Fakefreundin spielen sollte, weil er sich dadurch einen Vorteil für das Team erhoffte? Leonard grinste selbstzufrieden, als würde er ernsthaft gut finden, was er da von sich gegeben hatte.

»Nein.«

»Nein?« Er lachte nervös, als hätte er mich nicht verstanden. »Denk doch noch ...«

»Nein, kommt nicht in Frage. Und zum hundertsten Mal: Sie heißt Penny!« Damit stand ich auf und verließ ohne ein Wort des Abschieds das Büro. Äußerlich war ich ruhig, doch in mir kochte es.

Kapitel 15

Penny

Seit dem gestrigen Spiel hatte ich nichts mehr von Jonah gehört. Das wunderte mich nicht, erst recht nicht, als ich heute Morgen die Mount Daily aufschlug. Im Vergleich zu den vorherigen Artikeln war dieser zwar eher harmlos, aber trotzdem alles andere als nett. Um genau zu sein, *verletzend* traf die Sache eher.

Umso mehr freute ich mich, als auf dem Weg zur Arbeit mein Handy vibrierte. Vielleicht wurde es doch noch ein guter Tag, die Sonne schien und wärmte mich, ich hatte ein paar neue Musterstücke anzufertigen und Jonah hatte sich gemeldet. Oder auch nicht.

Enttäuschung schwappte durch jede einzelne Faser meines Körpers, als ich nicht seinen Namen auf meinem Display erblickte. Es war Sasha. Als wir gestern nach dem Spiel unsere Nummern getauscht hatten, hielt ich das eher für einen reinen Akt der Höflichkeit, und hatte deshalb nicht wirklich damit gerechnet, dass sie sich so schnell bei mir meldete.

Nun doch neugierig geworden, tippte ich auf die Nachricht.

Hi Penny, die Jungs haben heute Abend Sondertraining. Hast du Lust, etwas mit mir zu unternehmen? Ich muss dringend mal den Schreibtisch und die Wohnung verlassen!

Ein Grinsen schlich über meine Lippen. Ja, es war nicht Jonah, aber ich freute mich mindestens genauso sehr, eine Verbündete gefunden zu haben.

Ich wollte ihr schon antworten, da ging eine neue Nachricht auf meinem Smartphone ein. Kim. Man, war ich heute beliebt.

Hey Sweetie, ich habe heute ausnahmsweise mal keine Termine. Das wäre doch die perfekte Gelegenheit, dich an das Gesicht der treulosen Tomate zu erinnern, die deine beste Freundin ist.

Ach Kim, obwohl sie im Moment wirklich busy war, war sie alles andere als eine treulose Tomate.

In meinem Kopf setzte sich bereits das Bild zusammen, wie ich mit Kimmi und Sasha im Marshmolly saß und Milchshakes schlürfte. Die beiden würden sich bestimmt mögen, dessen war ich mir sicher. Da ich mich bereits der Fußgängerzone näherte, beeilte ich mich zu antworten.

Hi Sasha, sehr gerne, was dagegen, wenn meine Freundin Kim dabei ist? Wie wärs mit sechs Uhr?

Die Antwort kam prompt in Form eines Daumen-hoch-Emojis und eines Smileys mit Herzchen in den

Augen. An Kim schickte ich mehr oder weniger die gleiche Nachricht und lustigerweise unterschied sich ihre Antwort nur minimal von Sashas, als hätten die beiden sich abgesprochen.

Zufrieden zog ich mein Tempo an und betrat wenig später das Silverstuff. Meine heutige Aufgabe bestand darin, ein nachtblaues Kleid fertigzustellen, dessen Oberteil aus einer zarten, enganliegenden Korsage bestand, die über und über mit Strass bestickt war. Dazu war ein ebenso nachtblauer Bolero vorgesehen. Ich hasste die winzigen, quasi nicht existenten Jäckchen und überlegte fieberhaft, wie ich Madame Hiver wohl davon überzeugen konnte, dass Boleros sowas von neunziger waren.

»Pénélopéeeeeeeee!« Wenn man vom Teufel sprach.

»Guten Morgen, Madame Hiver, ich wollte mich gerade an die Musterstücke begeben. Das Kleid ist fast fertig und wahrscheinlich schaffe ich es heute sogar, noch mit dem anthrazitfarbenen Cocktailkleid anzufangen.«

Sie nickte. »Gut, dann kann William die Sachen nachher sofort in die Näherei bringen. Ich bin mir sicher, das Kleid ist sehr beliebt für den Winterball, deswegen wird es auch noch in Grau und Babyblau umgesetzt.«

Ich bejahte, sicherlich ein sinnvoller Schachzug, zumal das prinzessinnenhafte Kleid ein typischer Dauerbrenner war.

»Wie sieht es mit dem passenden Bolero aus?« Madame Hiver musterte mich kritisch mit zusammengekniffenen Lippen. Das war meine Chance, ihr zu beweisen, dass ich nicht nur schneidern konnte, sondern auch Ahnung von der Materie hatte.

»Nun, der Bolero ist schnell gemacht, aber was halten Sie alternativ von einer klassischen Jeansjacke? Man könnte diese passend besticken und ...«

»Pénélopéeeeee, wir sind ein exklusiver Abendausstatter mit hochwertigen Designs und kein Bikerclub.«

Fast hätte ich laut gelacht angesichts dieses Vergleichs, aber das würde wahrscheinlich nicht sonderlich gut bei meiner Chefin ankommen.

»Ich begebe mich dann mal ans Werk«, sagte ich kleinlaut und schlich in mein Nähzimmer, um ihren erdolchenden Blicken so schnell wie möglich zu entkommen.

Während ich konzentriert an der Maschine saß und der seidige Stoff durch meine Finger glitt, hörte ich von draußen die Stimmen von Madame Hiver und unserer Kundschaft, doch anscheinend wurde meine Hilfe nicht benötigt, wofür ich gerade wirklich dankbar war.

Ich liebte meinen Job und dennoch war ich frustriert. Mir war auch klar, dass ich nicht die nächste *Coco Chanel* werden würde, dafür hatte ich nicht die passende Ausbildung, ich wollte doch einfach nur ab und an mal einen Vorschlag einbringen dürfen ...

Obwohl ich gut vorankam und konzentriert wie immer arbeitete, war meine Stimmung auf dem Tiefpunkt. Mein Handy vibrierte in meiner Tasche. Toll, wahrscheinlich war Kim oder Sasha doch noch etwas dazwischen gekommen. Kurz lauschte ich, ob Madame Hiver im Anmarsch war. Als sich keinerlei Gefahr zu nähern schien, holte ich mein Smartphone hervor.

Jonah, endlich, mein Puls legte automatisch einen Zahn zu und mein Herz pochte so stark, dass ich mich fragte, ob das laute Klopfen doch noch meine Chefin auf die Bildfläche rufen würde. Voll freudiger Erwartung öffnete ich mit zittrigen Fingern den Text.

Ich hoffe, du hattest gestern Spaß, auch wenn ich den nicht wirklich hatte :-/ Deine Anwesenheit war das einzig Gute ...

Ich musste schmunzeln, auch wenn mich seine Worte etwas verlegen machten.

Der Coach hat Sondertraining anberaumt und morgen geht es schon nach Florida zum Auswärtsspiel. Ich befürchte, ich werde nie wieder einen Kaffee aus dem Cosy's bekommen. Hast du Sonntagabend schon was vor und Lust, etwas mit mir zu unternehmen, bevor ich erneut in der Versenkung verschwinde?

Ich las die letzten Zeilen noch einmal und noch einmal. Fragte Jonah Bennett mich gerade wirklich nach einem Date?
Kurz hielt ich inne, bevor ich zu tippen begann.

Ich hatte meinen Spaß, aber ich musste ja zum Glück auch nicht aufs Eis. Dann hätte das wahrscheinlich auch anders ausgesehen :D Sonntag klingt gut! Hast du eine Idee?

Sollte ich wirklich auf Senden tippen? Klang ich zu begeistert von seinem Vorschlag? Und wenn schon. Ich war nun mal so, wie ich eben war, und mir behagte es nicht, einen auf unnahbar zu machen. Das passte einfach nicht zu mir.

Noch bevor ich mein Handy wieder zurück in die Tasche packen konnte, erschienen die drei Pünktchen auf dem Display und ich wartete gespannt auf die Antwort.

Oh ja, ich habe eine Idee. Lass dich einfach überraschen. Ich warte um halb sieben vor der Kirche auf dich!

Wollte er etwa mit mir in den Gottesdienst? Wohl eher nicht, doch meine Neugier brachte mich schier zum Platzen, aber wohl oder übel würde ich mich gedulden müssen.

Ich werde da sein.

Aber da war er auch schon offline.

***

Um Viertel nach fünf wankte ich endlich aus dem Silverstuff. Madame Hiver und William, der irgendwann gegen Mittag zurückgekehrt war, hatte ich heute kaum zu Gesicht bekommen, doch das störte mich nicht weiter. Da saß ich lieber alleine in meinem Kabuff, während sie das Shooting mit Jonah planten.

Allein beim Gedanken an ihn musste ich schon wieder grinsen. Ein Blick auf die Uhr verriet mir, dass ich noch eine Dreiviertelstunde bis zu dem Treffen mit meinen Freundinnen überbrücken musste. Was würde sich da besser eignen als ein kurzes Get-together mit Barb? Oder noch besser, warum sammelte ich sie nicht direkt ein und nahm sie mit ins Diner? Die Vorstellung von vier völlig unterschiedlichen jungen Frauen an einem Tisch bei Milchshake und Burger gefiel mir ausgesprochen gut. Warum war ich da nicht schon vorher darauf gekommen?

Fröstelnd zog ich meine Lederjacke enger um mich und wickelte mich in meinen überdimensionalen Pashminaschal. Bereits jetzt wurde mein Atem zu kleinen, zarten Wölkchen und am Himmel dämmerte es. Es würde nicht mehr lange dauern, bis auch der erste Schnee von den Rocky Mountains zu uns hinabrieselte.

Ich liebte den Winter und konnte es kaum erwarten, mich bei Kerzenschein in meinem Zimmer einzukuscheln. Vielleicht würde ich dann auch endlich wieder die Zeit finden, nur für mich zu nähen. *Es sei denn, du sitzt eingekuschelt mit Jonah in deinem Zimmer,* foppte mich die kleine penetrante Stimme, die sich ständig ungefragt zu Wort meldete.

Ach, das war doch Blödsinn

Bild dir das nur ein, du bist jetzt schon hoffnungslos verloren und er wird dich wieder enttäuschen! Nein, das würde er nicht, dessen war ich mir sicher. Oder?

Ich schüttelte meinen Kopf und stieß die Tür zu Barb's Corner auf. Wie immer erklang das melodiöse Glöckchen und Barb streckte ihren Kopf hinter dem Kassentisch hervor. Sie sah müde und abgekämpft aus, doch als sie mich entdeckte, verwandelte sich ihr angestrengter Gesichtsausdruck in ein breites Lächeln.

»Penny, bist du hier, um meine Kassen zu füllen? Falls ja, musst du wirklich einiges kaufen.« Sie verzog ihr eben noch so schönes Lächeln zu einem schiefen Grinsen. Frust schwang in ihrer Stimme mit.

»Oh nein, so schlimm heute?«

Sie nickte nur traurig und ließ ermattet die Schultern sinken.

»Ich befürchte, dann muss ich dich auch enttäuschen. Aber was hältst du davon, wenn du jetzt einfach zusperrst, die schlechte Laune hierlässt und mit mir zu Molly kommst? Ich treffe mich mit Kim und einer neuen Bekannten.« Aufmunternd zwinkerte ich ihr zu.

Barb schürzte die Lippen, wirkte unschlüssig, doch dann seufzte sie ergeben. »Na schön, wahrscheinlich kommt eh keiner mehr. Und Nate sitzt mal wieder in der Schule fest.«

Irgendwie wurde ich das Gefühl nicht los, dass Nate ganz schön oft in der Schule festsaß, aber ich befürchtete, dass eine Frage diesbezüglich ihre Laune nicht unbedingt heben würde.

Also setzte ich meinen animierenden Gesichtsausdruck auf, den ich von Mamá gelernt hatte und der auch heute einwandfrei funktionierte – obwohl Barb über das Kindergartenalter weit hinaus war. Sie warf sich in ihren Mantel, ein buntgemustertes Exemplar im Patchworkstyle mit übergroßer Kapuze, und hakte sich bei mir unter. Zusammen ließen wir den kleinen Vintageladen und die Fußgängerzone hinter uns.

Heute war allgemein nicht viel los in der Stadt und ich hoffte inständig, dass der mangelnde Kundenansturm in Barbs Store den leeren Straßen geschuldet war. Selbst in Mollys Diner, aus dem bereits ein warmer Lichtschein drang, war heute wie ausgestorben. Die weißblonde dunkel gekleidete Gestalt davor war dafür umso lebendiger. Sasha.

Als sie uns entdeckte, wedelte sie wild mit den Armen und wieder fiel mir auf, was für ein interessantes Wesen sie zu haben schien. Auf der einen Seite wirkte sie zart und durchscheinend, ihre dunklen, lässigen Klamotten ließen sie zum Skatergirl mutieren, und ihr Verhalten war das eines selbstbewussten Kerls.

Ich schloss sie in eine vorsichtige Umarmung, aus Angst, sie zu zerquetschen. »Sasha, schön, dich zu sehen! Das ist Barb, eine Freundin.«

Ehe Barb auch nur etwas sagen konnte, hatte Sasha bereits ihre Arme um die Shopbesitzerin geschlungen und grinste. »Hi, wie schön, dass ihr hier seid und ich endlich mal was anderes als meinen Schreibtisch sehe. Wollen wir rein?«

»Wuhuuuuu«, ertönte es hinter uns. Kim im Laufschritt, was auch sonst. Heute trug sie einen schwarzen Zweiteiler, den sie allerdings mit einem abgewetzten Parka kombiniert hatte, von dem ich hätte schwören können, dass sie ihn schon zu Schulzeiten besessen hatte. Ach, Kimmi …

Schnaufend kam sie schließlich vor uns zum Stehen. »Hola Chicas!«

Ich grinste, sie lernte es einfach nie. Nachdem ich meine Freundinnen einander vorgestellt hatte, betraten wir das Marshmolly.

Molly begrüßte uns herzlich und führte uns zu einer gemütlichen Nische im hinteren Teil des Diners. Ihre Augen blieben an Sasha hängen. »Und wer ist die kleine Tinkerbell?«

Die kleine Tinkerbell, die eigentlich eher ein Captain Hook war, lachte laut und schallend, so gar nicht feenhaft. »Ich bin Sasha, ich habe Penny vorgestern beim Spiel der Silver Crows kennengelernt.«

Molly zog ihre grauen Augenbrauen zusammen und wandte sich an mich: »Penny, muss ich mir Sorgen machen? Ich dachte, du hättest dem Eishockey ein für alle Mal abgeschworen!«

Während Molly zurück in die Küche verschwand, um einen großen Krug ihres hausgemachten Eistees zu holen, konnte ich den neugierigen Blicken meiner Freundinnen nicht ausweichen. Da würde ich ihnen wohl mal von den neuesten Entwicklungen erzählen und Sasha darüber aufklären, woher Jonah und ich uns kannten.

»Ihr habt ein Date?« Molly, die gerade zurückkam, ließ beinahe den großen, schweren Glaskrug fallen, wohingegen Sasha und Barb entzückt in die Hände klatschten. Nur Kim wirkte nicht überzeugt.

»Jonah ist wirklich ein ganz Netter«, stand Sasha mir bei und ich war froh darüber, dass sie nur den erwachsenen Jonah und nicht den Teenie aus der Highschool kannte.

»Ist ... ist das jetzt was Ernstes zwischen euch?« Kims Miene hatte einen sorgenvollen Ausdruck angenommen, obwohl sie mich neulich noch dazu ermutigt hatte, nicht vorschnell über Jonah zu urteilen.

»Ich weiß es nicht«, antwortete ich wahrheitsgemäß, »aber ich lasse es einfach auf mich zukommen. Ich mag ihn wirklich.«

Kurz sah es so aus, als wollte sie noch etwas sagen, da war so ein skeptischer Zug um ihren Mund, aber dann blickte sie mich direkt an. »Dann freue ich mich für euch, ich wünsche mir nichts mehr, als dass du glücklich bist, Penny.«

Wir ließen unsere Gläser aneinander klirren und Barb, die ein unheimlich feines Gespür für Menschen hatte, befreite mich schließlich aus der unangenehmen Situation. »Und Sasha, was machst du beruflich? Arbeitest du hier in Mount Silver?«

Sie lachte. »Nein, ich studiere am Community College. Informatik.« Völlig entgeistert sahen wir sie an, damit hatte wohl keiner gerechnet.

»Krass«. Kim war die erste, die ihre Sprache wiederfand, wenn auch nicht in der eloquenten Form, in der sie sich normalerweise ausdrückte.

Sasha zuckte verlegen mit den Schultern. »Klingt schlimmer, als es ist. Und einen Freund habe ich ja schon, denn die Auswahl in meinem Studiengang ist in der Tat nicht die beste.«

Kim lachte freudlos auf. »Sei froh … Wisst ihr, was meine Mom sich wieder geleistet hat?«

Schnaubend berichtete sie von dem Geschäftsessen, das sich als mieser Verkupplungsversuch ihrer Mutter herausgestellt hatte. »Da wäre es mir lieber, Dad würde ein paar brave, wohlerzogene Söhne seiner vietnamesischen Bekannten anschleppen, aber stattdessen muss ich mich immer von irgendwelchen Juristensöhnchen bezirzen lassen.«

Sasha kicherte und auch ich konnte mir einen Gluckser nicht verkneifen, da ich mir bildlich vorstellen konnte, wie meine beste Freundin ihre potenziellen Ehemänner vergraulte - zum Ärger ihrer Mutter.

»Habt ihr euch entschieden, was ihr essen wollt?«

Wie auf Kommando knurrten unsere Mägen synchron, doch natürlich hatte vor lauter Plauderei noch keine von uns in die Karte geschaut, und Molly musste in vier ratlose Gesichter blicken.

»Wisst ihr was? Ich bringe euch zur Feier des Tages meine neuste Burgerkreation. Ihr seid die ersten, die sie testen dürfen.« Ob das gut oder schlecht war, wusste ich nicht, aber ich war mir sicher, dass wir auch ohne Mollys neuste Leckerei einen unvergesslichen Abend haben würden, an den wir uns noch lange erinnerten. Der Beginn eines neuen Lebensabschnitts.

Kapitel 16

Jonah

»Hey, Jonah!« Mikkel sah völlig entspannt aus, wohingegen ich mich alles andere als entspannt fühlte. Um Gottes Willen, dies war nicht das erste Auswärtsspiel, wofür ich durch die USA flog, das gehörte zur Tagesordnung, aber es war das erste Mal, dass ich mit meinen neuen Teamkollegen unterwegs sein würde.

»Moin, Jungs«, antwortete ich betont fröhlich, während Mikkel es sich auf dem Beifahrersitz bequem machte, während Henri und Marc auf die schmale, kaum vorhandene Rückbank meines Jeeps kletterten. Unseren Krempel hatte ich auf der Ladefläche verstaut, damit wir genug Platz zum Sitzen hatten. Inständig hoffte ich, dass es auf dem Weg nach Boise zum Flughafen nicht regnen würde, doch der strahlendblaue Himmel ließ dies nicht vermuten.

Marc lehnte sich nach vorne. »Und, was gibt es Neues von der Abendkleidfront?«

Ich verdrehte die Augen. »Das Shooting ist am Montag, ich werde jedoch ausnahmsweise kein Kleid tragen, sondern einen Anzug – oder was meintest du?« Grinsend schaute ich in den Rückspiegel, bevor ich mich wieder auf den Straßenverkehr konzentrierte.

»Haha«, mischte sich nun auch Mikkel, die alte Tratschtante, ein, »du weißt doch ganz genau, was wir meinen, also nochmal klar formuliert: Was gibt es Neues von Penny?«

Eigentlich hatte ich das zarte Band, das sich zwischen ihr und mir entwickelte, nicht unbedingt vor den Jungs ausbreiten wollen, doch sie hatten mich zu oft ertappt, wie ich sehnsüchtig oder vor Aufregung grinsend auf mein Handy starrte.

»Sie war am Donnerstag mit Sasha unterwegs, aber im Gegensatz zu unserem kleinen Mikkel ist meine Freundin sehr verschwiegen.«

Mikkel drehte sich um und warf Marc einen bitterbösen Blick zu, was jedoch bei seinen blauen Augen und seinem Engelsgesicht kaum möglich war.

Seufzend gab ich mich schließlich geschlagen. »Ich habe sie nach einem Date gefragt.«

»Und?«, tönte es neben und hinter mir im Chor.

»Sie hat *Ja* gesagt. Am Sonntag ist es so weit.« Zum Glück fiel keinem meiner Kollegen auf, dass sich meine Worte angehört hatten, als hätte ich Penny einen Antrag gemacht, aber so weit waren wir dann doch noch nicht.

»Ohlala!« Henri, der bisher nur abwesend aus dem Fenster gestarrt hatte, durchbohrte mich nun auch mit einem neugierigen Blick. »Und, wo'in führst du dein *Fille* aus?«

Verwundert lugte ich nach hinten. Henri wurde langsam zur Quasselstrippe, dafür, dass ich mir anfangs nicht mal sicher gewesen war, ob er der englischen Sprache überhaupt mächtig war – oder ob er überhaupt die Fähigkeit hatte zu sprechen.

Verschwörerisch grinsend antwortete ich nonchalant: »Das ist mein Geheimnis.« Ich würde einen Teufel tun und meinen Kumpels erzählen, was ich geplant hatte. Sie wussten bereits genug über mich, ein bisschen Selbstachtung hatte ich dann doch noch.

Um vom Thema abzulenken, richtete ich mich erneut an Marc. »Und, wie waren die Spiele mit den Everblades bisher?«

Marc rümpfte entrüstet die Nase. »Oh Mann, Jonah, wo hast du die letzten Jahre gelebt, hast du dich überhaupt ansatzweise informiert?«

Ich zuckte nur mit den Schultern.

»Die Everblades haben mehrere Jahre in Folge die Playoffs gewonnen. Das wird keine einfache Partie.«

»Definitiv nicht, erst recht nicht, wenn Danny und du wieder eure Beziehungsprobleme auf dem Eis austragt.«

Autsch. Mikkels Worte klangen zwar scherzhaft, doch es schwang eine gewisse Ernsthaftigkeit in seiner Stimme mit, die ich ihm absolut nicht verübeln konnte.

»Ich gebe mein Bestes«, seufzte ich, aber es reichte nun mal nicht. Denn wie in jeder Beziehung gehörten immer zwei Leute dazu.

***

Als wir endlich am frühen Nachmittag in Fort Myers in den Bus stiegen, war die anfängliche Aufregung verflogen und ich fühlte mich einfach nur völlig gerädert nach dem mehrstündigen Flug inklusive Zwischenstopp. Erschöpft ließ ich mich neben Mikkel sinken, der innerhalb weniger Sekunden im Tiefschlaf versank. Hach, was beneidete ich ihn, dass er jetzt schlafen konnte.

Ich war zwar auch todmüde, doch die kreisenden Gedanken über das bevorstehende Spiel ließen mich nicht zur Ruhe kommen. Irgendwann musste ich allerdings doch eingenickt sein, denn als ich meine schweren Augenlider wieder aufschlug, fuhr der Bus gerade von dem schier unendlichen Highway ab und steuerte die Randbezirke von Estero an.

Der Ausblick, der sich meinen müden, verquollenen Augen bot, war so ganz anders, als ich es von Mount Silver gewöhnt war. Statt Laubbäumen, die mit gelbroten Blättern geschmückt waren, zierten grüne Palmen den Straßenrand. Anstatt niedlicher Holzhäuser und schneebedeckter Berge sah ich maritim anmutende Steingebäude und das strahlend blaue Meer. Es wog sanft im weichen Wind und schaumbedeckte Wellen schwappten gemütlich auf den feinen hellen Sand, der so weich aussah, dass ich mich am liebsten dort ausgestreckt und die Augen geschlossen hätte.

Ein bisschen konnte ich meine Eltern verstehen, dass sie nach Florida gezogen waren, um ihre Rente zu genießen. Umso trauriger stimmte es mich jetzt, dass ich ihnen gefühlt nur wenige Minuten meines Lebens gewidmet hatte, obwohl ich ihr einziges Kind war. Eines, mit dem sie zu guter Letzt nicht mehr gerechnet hatten, da meine Mutter erst mit Anfang vierzig schwanger geworden war.

Von einer plötzlichen Sehnsucht erfasst, holte ich mein Handy hervor und öffnete den Chat mit meiner

Mom. Ich knipste ein verschwommenes Foto durch die Busscheibe hindurch.

Ich bin in Florida, sollen wir uns morgen früh spontan auf halber Strecke in Fort Myers treffen?

Da unser Flug erst morgen am Nachmittag ging und außer einer Nachbesprechung im Anschluss ans Frühstück keinerlei Verpflichtungen anstanden, würde ich einfach mit dem Taxi zum Flughafen fahren. Falls meine Eltern überhaupt so spontan Zeit hätten. Warum hatte ich sie nicht eher gefragt? Schließlich war es schon mehrere Monate her, dass ich sie zuletzt gesehen hatte, am Geburtstag meines Dads, um genau zu sein.

Auf einmal schämte ich mich abgrundtief. Denn dass wir kein sonderlich enges Verhältnis hatten, lag schließlich nicht nur daran, dass sie aus Mount Silver fortgezogen waren, sondern viel mehr daran, dass mein Leben sich nur um die NHL gedreht hatte. Doch es war nie zu spät – hoffentlich.

Mein Handy summte und ich blickte auf den Bildschirm. Meine Mom.

Das ist ja eine Überraschung, mein Schatz.

Ich musste lächeln, als ich weiterlas.

Sag uns einfach nur, wohin wir kommen sollen.

Erleichterung machte sich in mir breit. Ich würde ab jetzt definitiv alles anders machen. Dieser Vorsatz hielt ungefähr so lange an, bis wir in dem unpersönlichen

Konferenzhotel ankamen, in dem wir die Nacht verbringen würden.

Nacheinander kletterten wir aus dem Bus und schlurften Richtung Lobby. Viel Zeit blieb nicht mehr, bis wir zum Spiel aufbrechen müssten. Während das Managementteam bereits eincheckte, standen wir in kleinen Grüppchen herum und warteten darauf, dass wir ebenfalls unsere Schlüsselkarten bekamen. Dank unserer gleichen hellgrauen Teamanzüge konnte man uns sofort als Einheit identifizieren. Fast fühlte es sich wie eine Klassenfahrt zu Schulzeiten an, nur dass wir keinen Alkohol im Koffer versteckt hatten.

Endlich kam Stuart Johnson, der erst kürzlich eingestellte Teamassistent, mit einer Handvoll Schlüsselkarten zurück. Die ersten machten bereits Anstalten, sich auf ihn zu stürzen, doch er trat bestimmt einen Schritt zurück und hob abwehrend die Hände.

»Der Coach hat die Zimmer eingeteilt.«

Wie bitte, was? Jetzt fühlte es sich endgültig nach Klassenfahrt an.

»Ed und Petri!« Zwei der älteren Semester nahmen ihre Karten entgegen und machten sich auf den Weg Richtung Aufzug.

»Brad und Henri.« Während Henri keine Miene verzog, spiegelte sich in Brads weitaufgerissenen Augen Furcht wider, darüber, dass er sich mit dem großen, düsteren Kanadier ein Zimmer teilen sollte, sagte jedoch keinen Mucks.

»Mikkel und ...« Ich hob meine Reisetasche, um mich ihm anzuschließen. »Marc.«

Verwundert zog ich meine Augenbrauen in die Höhe und ließ meine Tasche enttäuscht wieder sinken. Egal, viel mehr als schlafen würden wir in unserem Zimmer eh nicht, da war es eigentlich ziemlich unwichtig, mit wem man nächtigen würde.

»Jonah und Danny.«

Was? Danny wirkte mindestens ebenso geschockt wie ich.

»Ich glaube, das ist keine gute Idee«, sagte Danny finster. Dafür, dass wir uns auf den Tod nicht ausstehen konnten, hatten wir die gleichen Gedanken.

Stuart musterte uns abschätzig. »Anweisung vom Coach. Wir sind hier nicht im Kindergarten, reißt euch zusammen, Jungs!« Sein schneidender Tonfall ließ keine Widerworte zu und das Schlimmste war – er hatte recht.

Trotzdem wurde ich den Gedanken nicht los, wie Danny heute Nacht Fettcreme in meine Zahnpastatube füllte, und so miesepetrig, wie Danny blickte, rechnete er damit, dass ich seine Klamotten verstecken würde, während er unter der Dusche stand. Das konnte ja heiter werden.

Mikkel zuckte entschuldigend mit den Schultern, doch das war nicht seine Baustelle. Seufzend bückte ich mich nach meiner schweren Tasche und schlurfte Danny hinterher in Richtung Aufzug. Für mehr, als Sachen abstellen, Hände waschen und auf die Toilette gehen blieb sowieso kaum Zeit. Eigentlich hatte ich mich auf das gemeinsame Essen vor dem Spiel gefreut, doch der Appetit war mir gründlich vergangen. Das würde eine lange Nacht werden ...

***

Während Danny sofort seine Tasche auf dem Bett am Fenster abstellte, musste ich mit der Seite ohne Ausblick vorliebnehmen. Es gab Schlimmeres. Immerhin verfügte das Zimmer über zwei getrennte Queensizebetten und ich lief somit nicht Gefahr, mich heute Nacht versehentlich an Danny zu kuscheln. Im Grunde genommen verstand ich immer noch nicht so genau, wo sein Problem war.

Genau genommen verstand ich es schon. Er hatte Angst, dass ich ihm seinen Platz streitig machte, aber es wäre doch so viel einfacher, wenn wir uns wie zwei erwachsene Menschen benehmen würden. Wir mussten ja nicht die dicksten Freunde werden, aber wo wäre das Problem, höflich miteinander umzugehen? Vielleicht musste ich einfach den Anfang machen.

»Sollen wir dann mal runter zum Essen?« Ich versuchte, ihm ein ehrliches, freundliches Lächeln zu schenken, doch er tippte weiterhin schlecht gelaunt auf dem Display seines Smartphones herum und machte sich nicht mal die Mühe aufzusehen, geschweige denn mir zu antworten. Bestimmt musste er Harlow Bericht erstatten.

»Ich mache mich dann mal auf den Weg.« Immerhin brachte er ein knappes »Jo« über die Lippen, aber das war es auch schon. Er machte es mir wirklich nicht leicht. Genervt stapfte ich davon, anstatt mir weiterhin die Laune vermiesen zu lassen.

Im Restaurant herrschte bereits reges Treiben. Das weitläufige und nicht gerade gemütliche Speisezimmer erinnerte zwar mehr an eine Kantine, aber das Essen sah überraschend lecker aus. Nachdem ich meinen Teller mit allerhand leichtverdaulichen Kohlenhydraten befüllt hatte, entdeckte ich auch Mikkel, Henri und Marc, die sich bereits an einem der Tische niedergelassen hatten. Ed und Thomas hatten sich dazu gesellt, und ich stellte überrascht fest, dass die zwei relativ lustige Zeitgenossen waren.

Ed erzählte von seinen drei Töchtern, von denen die älteste bereits die Highschool besuchte, während die jüngste noch in die Nursery School ging und ihre Eltern mit dem Schabernack, den sie trieb, so manches Mal zur Weißglut brachte. Thomas hingegen prahlte mit der Hundezucht seiner Frau. Das bärtige Urgestein der Silver Crows beherbergte doch in der Tat fünfzehn Chihuahuas zu Hause, und allein die Vorstellung, wie der grimmig guckende knapp vierzigjährige Thomas die kleinen Kläffer ausführte, ließ mich schmunzeln. Wäre ich nicht so viel unterwegs, hätte ich mir vielleicht auch einen Hund angeschafft – auch wenn ich dabei eher an einen Labrador oder Retriever dachte ...

Der Coach stand auf und räusperte sich. »In einer halben Stunde geht es los.«

Einstimmiges Gemurmel ertönte von allen Seiten und die ersten standen bereits auf, um zurück auf ihre Zimmer zu gehen. Ich blieb mit den anderen noch kurz sitzen, auch wenn ich mich gerne zehn Minuten aufs Bett gelegt und die Augen geschlossen hätte.

Irgendwann rappelte ich mich schließlich doch hoch, reckte und streckte mich und warf meinen Kollegen ein müdes Winken zu. »Bis gleich, Jungs.«

Ich entschied mich dazu, die Treppe zu nehmen, da unser Zimmer im ersten Stock war.

Der Raum lag verwaist vor mir. Anscheinend hatte Danny schon das Weite gesucht. Ich nahm mir einen kurzen Moment, setzte mich auf das frisch bezogene Bett und atmete tief durch. Wie gerne ich mich jetzt auf den weichen Federn ausgestreckt hätte, Penny in meinem Arm, *Zero Chill* im Fernsehen.

Mein Herz klopfte unangenehm, das Stechen in meiner Brust war mir neu, ich war mir unsicher, ob ich dieses Gefühl überhaupt jemals in meinem Leben verspürt hatte. Ich vermisste sie, überfiel mich siedend heiß die Erkenntnis, und der Schmerz in meiner Brust ließ nach.

Ich vermisste Penny, weil ich in sie verliebt war. Eigentlich hatte ich es die ganze Zeit schon gewusst, doch dieses Wörtchen mit den acht Buchstaben hatte sich erst jetzt in meinen Kopf geschlichen. Da waren nicht nur diese knisternde Spannung oder der Wunsch, sie besser kennenzulernen. Ich war schlicht und ergreifend Hals über Kopf in das Mädchen verliebt, für das ich schon damals geschwärmt hatte. Vielleicht hatte ich nie damit aufgehört.

Kapitel 17

Jonah

Die Hertz-Arena lag gefühlt mitten im Nirgendwo. Während sich hinter der Silvarena die Wälder erstreckten, herrschte hier karge Einöde.

Der Bus bremste und ich wurde in meinen Sitz gedrückt. Es herrschten immer noch sommerliche Temperaturen von milden zweiundzwanzig Grad, und ich klemmte mir meine Trainingsjacke unter den Arm, als ich nach draußen ins Freie trat.

Nacheinander passierten wir wie eine Entenfamilie die breiten Seitentüren, wo wir bereits empfangen wurden.

»In zehn Minuten Strategiemeeting«, bellte Lloyd Carter. Ich war froh, dass unser Coach im Allgemeinen deutlich gelassener und herzlicher war als seine Kollegen.

Decoup führte uns in die Kabine, während Carter von einer der Hostessen in den Besprechungsraum geleitet wurde. Der Coach warf mir einen traurigen Blick zu, und irgendwie wurde ich das Gefühl nicht los, dass etwas ganz und gar nicht Schönes im Gange war, von dem ich nichts wusste.

****

Umgezogen trabten wir nacheinander in den Besprechungsraum und ließen uns auf den harten Stühlen nieder. Carter räusperte sich, und das Getuschel verstummte. »Wir haben uns zu einer kurzfristigen Anpassung entschieden.« Warum schaute er nur mich an? Und warum senkte der Coach entschuldigend seinen Blick?

»Reihe drei, Thomas, Brad, ihr übernehmt Jonahs und Dannys geplanten Positionen in Reihe eins.«

Brad sah aus, als würde er jeden Moment Luftsprünge machen, ganz zum Ärger von Danny. Während dieser jeden Moment zu explodieren schien, verstand ich nicht, was Carter da erzählte. Irgendwie wollte mein Gehirn die eingegangene Information nicht so recht verarbeiten.

Danny war aufgesprungen, seine Unterlippe bebte, sein Gesicht war tomatenrot angelaufen. »Coach, das ...«

Decoups Mund verzog sich zu einer schmalen Linie, sein Gesichtsausdruck wurde hart, und mir lief es eiskalt den Rücken hinunter, als er jetzt auch mich mit seinen Blicken durchbohrte.

»Jungs, ihr habt Coach Carter gehört. Ihr bleibt als Ersatz auf der Bank und spielt erst wieder, wenn ihr es schafft, ein Team zu sein.«

Langsam, aber sicher, sickerten seine Worte in mein Bewusstsein. Moment. Nein, das konnte nicht sein. Sollte das heißen, ich würde nicht spielen? Ich war nur hergekommen, um auf der Bank zu sitzen, wie ich es früher viel zu oft getan hatte? Fing meine Zeit bei den

Silver Crows jetzt schon so an, wie sie bei den Red Wings geendet hatte?

Danny stapfte mit eisigem Blick aus dem Raum, knallte die Tür ins Schloss, doch ich konnte es ihm in dem Moment nicht verübeln. Wir hatten wohl beide unseren Teil dazu beigetragen, dass unser Zusammenspiel nicht so lief, wie man es sich wünschte. Die Enttäuschung kroch Zentimeter für Zentimeter durch meinen Körper. Mal wieder hatte ich versagt.

Mikkel klopfte mir auf dem Weg in die Umkleide freundschaftlich auf die Schulter, und selbst Henri warf mir einen ungewohnt traurigen Blick zu, doch ich wollte ihr Mitleid nicht. Ich hatte es nicht verdient. Geknickt schlich ich Richtung Tür, aber Decoup hielt mich zurück, die ergrauten Brauen zusammengezogen, die Wangen eingefallen. »Ich verlasse mich auf dich, Jonah, dass ihr das hinkriegt.«

Und wenn nicht? Was dann? Ich ertrug die Enttäuschung in seinem Blick jetzt schon kaum noch. Nichtsdestotrotz nickte ich. »Ja, Sir.«

Geknickt schlich ich zur Umkleide. Während im Team bereits die pure Aufregung auf das bevorstehende Spiel gegen eine der besten Mannschaften der Liga herrschte, hatte sich bei mir völlige Resignation eingestellt. Selbst Danny saß schlaff in seinem weißen Aufwärmtrikot in der Ecke und rührte sich kaum. Ich rechnete ihm jedoch hoch an, dass er seine Wut nicht an seinem Schatten, dem rotgelockten Brad, ausließ, für den die doppelte Reihenaufstellung eine große Chance war. Vielleicht war Danny ja eigentlich gar kein so übler Kerl.

Hatte ich früher Frust und Wut verspürt, wenn ich die Bank drückte, so war es jetzt Trauer. Es tat weh, meinen Kollegen und Freunden beim Spielen zuzusehen, während Danny und ich neben Ersatzgoalie Lester Thompson standen und aufs Eis starrten. Und das Allerschlimmste war, worüber ich mich eigentlich hätte freuen müssen: Wir waren gut.

Das Spiel war deutlich schneller als üblich, und man konnte nicht von der Hand weisen, dass uns die Everblades in ihren tiefgrünen Trikots überlegen waren. Normalerweise. Denn das, was unsere Jungs heute hinlegten, war nicht von dieser Welt. Irgendwann vergaß ich fast, dass ich nicht spielen durfte, blendete das aufgeregte Grölen der Everblades-Fans aus und starrte gebannt aufs Eis.

Ein Pfiff ertönte – Abseits. Der grüne Spieler mit der Nummer dreiundzwanzig hatte den Puck über die Mittellinie befördert, bevor er selbst seine Hälfte überquert hatte. Im erneuten Face-Off sicherte sich Brad den Puck. Er war nicht nur sehr klein, er war auch sehr schnell. Im Gegensatz zu seinem Freund wusste er, was Teamgeist hieß, und spielte den Puck zu Henri. Dieser passte zurück und Brad schoss zielsicher Richtung Tor.

Ich kniff die Augen zu, wagte kaum hinzusehen. Es wurde still in der Arena. Dann erklang ein weit entfernter Jubelschrei und ganz vorsichtig öffnete ich erst das rechte und dann das linke Auge.

»Tor für unsere Gäste aus Mount Silver.« Die Stimme des Stadionsprechers klang seltsam hohl, ganz im Ge-

gensatz zu den immer lauter werdenden Anfeuerungsrufen aus unserem weit oben gelegenen Fanblock. Wir
lagen tatsächlich in Führung.

Im zweiten Drittel erzielten die Everblades den Aus-
gleichstreffer. Auch Danny beobachtete inzwischen
konzentriert das Geschehen. Es hatte etwas für sich,
das Spiel einmal aus einer völlig anderen Perspektive
zu erleben.

Ein Pfiff ertönte und plötzlich sah ich, wie sich eines
der grünen Marsmännchen auf Henri stürzte und ihn
grob am Kragen packte. Besorgt hielt ich die Luft an.
Henri hatte den gegnerischen Spieler versehentlich mit
dem Stock erwischt. Der Schiedsrichter versuchte, die
beiden Streithähne zu trennen, doch keine Chance. Immer mehr Spieler schlossen sich der Rangelei an. Ich
war kurz davor, über die Bande zu hüpfen und mich ins
Getümmel zu werfen.

»Videobeweis«, rief Danny neben mir und unwillkürlich grinste ich ihn an. Und tatsächlich, als wäre er er-
hört worden, zogen sich die Schiedsrichter zur Bera-
tung zurück. Henri kam schwer schnaufend an der
Bande an. Sein Helm saß schief und einer seiner Handschuhe lag noch am Boden, aber irgendwie war es einem der Linienrichter gelungen, die Auseinanderset-
zung zu beenden.

»Ja!« Danny reckte die Faust in die Höhe.

»Zwei Strafminuten für die Nummer dreizehn wegen
übermäßiger Härte.« Das war unsere Chance.

Goodbye My Friend von den Spice Girls erklang, während die Nummer dreizehn wutschnaubend zum Rand
fuhr und von dem Linienrichter auf die Strafbank ver-
frachtet wurde. Obwohl die Everblades nun nur noch

zu viert auf dem Feld waren, sah ich überall nur grün, statt unserer schwarzen Auswärtstrikots. Den Everblades selbst schien es ähnlich zu gehen, und noch bevor die erste Minute des Powerplays abgelaufen war, machte Henri den entscheidenden Schuss. Es stand zwei zu eins für uns.

Im letzten Drittel wurden die Fans der Everblades wieder lauter. Sie feuerten ihre Mannschaft so laut und energiegeladen an, dass die wenigen Menschen, die aus Mount Silver angereist waren, kaum gegen den Lärm ankamen. Die Nummer sieben raste über das Eis, Marc rutschte zur Seite und der Puck war drin.

»Tor für die *Florida Everblades*. Der Assistent mit der Nummer achtzehn, Liam Hook, und der Torschütze mit der Nummer fünf, Igor Schuster!«

Nein, nein, nein, wäre ja auch zu schön gewesen.

Und dann begann die letzte Spielminute. Die Jungs waren langsamer geworden. Man sah ihnen die Anstrengung an. Brad wirkte, als würde er jeden Moment zusammenklappen, und Henris Blick war noch dunkler als sonst. Lediglich Mikkel wirkte mit seinen blonden Haaren, die wie frisch geföhnt unter seinem Helm hervorlugten, energiegeladener denn je. Vielleicht war das auch der Grund, weshalb er es schaffte, an den Puck zu gelangen. Er passte zu Ed, welcher wiederum zu Brad spielte, der über den linken Flügel angreifen würde.

Die Sekunden liefen bereits auf der großen Anzeigetafel nach unten. Eine Verlängerung würden die Jungs nicht durchhalten. Der Goalie der Everblades hob seinen Schläger, rechnete damit, dass Brad in die rechte

Ecke zielte, doch das tat er nicht. Er zielte nach links und traf.

Dann ertönte die Sirene. Das Spiel war zu Ende und wir hatten gewonnen. Falsch, die Jungs hatten gewonnen, während Danny und ich auf der Bank gesessen hatten. Der Schmerz kehrte mit voller Wucht zurück und traf mich unvorbereitet.

***

Obwohl die Kissen wunderbar fluffig und die weiße Decke nach einem frischen Waschmittel duftete, fand ich nicht in den Schlaf. Auch wenn das Spiel für mich nicht gerade erfolgreich verlaufen war, so hatte ich doch mit einem Großteil meiner Kollegen unseren Sieg gefeiert.

Natürlich waren Mikkel, Henri und Marc dabei gewesen, doch auch Ed und Thomas hatten sich uns angeschlossen. Selbst der Kapitän und sein Kumpel Petri waren erstaunlich gelöst gewesen und sogar Brad hatte sich uns angeschlossen. Er war einer der wenigen, der durch die Kooperation mit dem Community College in unser Team gekommen war. Ohne Dannys Anwesenheit war er völlig gelöst und hatte sich als netter, intelligenter junger Mann entpuppt.

Doch von Danny fehlte immer noch jede Spur, das Bett neben meinem war leer. Es fiel mir schwer, zuzugeben, aber auch wenn halb eins nicht zwangsläufig die Zubettgehzeit für einen erwachsenen Mann war, so machte ich mir dennoch Sorgen um ihn.

Eine weitere gefühlte Unendlichkeit starrte ich in die dunkle Leere, doch diese nagenden Gedanken ließen sich nicht einfach per Knopfdruck ausstellen.

Ich sprang aus den Federn, zog meine Joggers über die Boxershorts und schlüpfte in Hoodie und Schuhe. Leise schloss ich die Zimmertür und tappte so geräuschlos wie möglich auf den Flur. Nur die Nachtbeleuchtung war eingeschaltet und tauchte den kargen Korridor in ein gespenstisches Licht.

Kurz blickte ich mich um, um mich zu orientieren. Schnell lief ich vier Zimmer weiter und lauschte unentschlossen an der Tür, hinter der Henri und Brad wahrscheinlich friedlich schlummerten. Zaghaft klopfte ich an. Dann ein weiteres Mal und schließlich näherten sich Schritte. Henri blickte mir finster entgegen.

»Jonah.« Mehr sagte er nicht, schaute mich jedoch vorwurfsvoll an.

»Danny ist weg«, flüsterte ich, und Henri schien endlich aufzuwachen und zu verstehen, was ich ihm mitteilen wollte. »Weck Brad, er hat vielleicht eine Ahnung, wo Danny sein könnte, ich mache mir ernsthaft Sorgen.«

Henri öffnete die Tür ein Stück und ich schlüpfte in das dunkle Zimmer. Er machte zwar keine Anstalten, Brad aus seinen Träumen zu reißen, stieg aber ebenfalls in seine Klamotten. Dann musste ich wohl den Part des Weckens übernehmen.

Sachte rüttelte ich an Brads Schultern, dessen rote Locken kreuz und quer in alle Richtungen abstanden. »Brad, wach auf.«

Erschrocken zuckte er zusammen und setzte sich ruckartig auf. Panisch schaute er mich an und ich dachte, er würde jeden Moment zu schreien beginnen.

»Wir brauchen deine Hilfe, Danny ist weg.« Als er den Namen seines Freundes hörte, war er auf einmal hellwach. Er sprang in Windeseile auf und zog sich einen Pullover über. Eine Hose trug er zum Glück schon.

Während wir über den dunklen Flur schlichen, erklärte ich den beiden, dass Danny nicht zurückgekommen war. Ratlos durchquerten wir die Lobby und traten schließlich hinaus ins Freie, nicht wissend, wo wir starten sollten.

»Hast du eine Idee, Brad?«

Er zuckte verschämt mit den Schultern. »Ich tippe, er hat sich volllaufen lassen, also sollten wir uns auf die Suche nach der nächsten Bar machen.«

Während Brad und ich kopflos losstürmen wollten, zückte Henri sein Smartphone und verkündete schließlich gelassen: »Die nächste Bar ist ungefähr fünf'undert Meter dort die Straße 'inunter.«

Warum war ich nicht selbst darauf gekommen? Einige Grillen zirpten in der Dunkelheit, ansonsten war es völlig still, während wir die Straße entlang marschierten.

»Psst«, Henri blieb abrupt stehen und legte seinen tätowierten Finger an die Lippen, »isch glaub, isch 'öre da was.« Und tatsächlich, nicht weit entfern drangen vom Nachtwind verzerrte Stimmen zu uns herüber.

Panik breitete sich in Brads Blick aus und wir rannten los. Die Umrisse zweier Gestalten zeichneten sich in der Dunkelheit ab. Ich rannte schneller. Eine dritte Gestalt schälte sich aus der Schwärze.

»Hey, du Loser, gib uns endlich dein Portemonnaie.«

Oh fuck, die beiden Typen, die sich über den ganz offensichtlich ziemlich betrunkenen Danny beugten, wirkten nicht zu Scherzen aufgelegt.

»Los, wirds bald!«

Ich sah etwas Silbernes aufblitzen. Gib ihnen einfach dein Scheiß-Portemonnaie, wollte ich rufen, doch Danny schien gar nicht daran zu denken. Stattdessen lachte er, wobei ein Hickser aus seiner Kehle drang. Holy shit!

Ich nahm all meinen Mut zusammen und rief: »Lasst ihn los.«

Der Typ drehte sich zu mir um und ich wünschte, er hätte es nicht getan. Die pure Gewaltlust sprach aus seinen Augen. Henri hatte zu mir aufgeschlossen. »'ast du nischt ge'ört, du sollst ihn loslassen.«

Der zweite Typ, der unentschlossen neben seinem Kumpanen stand, machte Anstalten, das Weite zu suchen. Henris Blick war so dunkel, dass selbst ich Angst bekam.

Der Typ mit dem Messer schaute einen kurzen Moment zur Seite, abgelenkt von Henri, und ich nutzte die Gunst der Stunde und schlug ihm das Messer aus der Hand. Mein Herz pumpte das Blut im Millisekundentakt durch meinen Körper und ich fragte mich, was ich hier eigentlich tat. Ich sah mein Leben bereits an mir vorbeirauschen, als Henri seinen Fuß auf die silberne Klinge stellte.

Danny, der nun endlich zu begreifen schien, was hier vor sich ging, zitterte wie Espenlaub. Henris Stimme war eisig, in ihr schwang solch eine Bedrohlichkeit mit, dass es mir kalt den Rücken hinunterlief. »Isch schlage vor, ihr geht jetzt.«

Wir alle starrten Henri an, der gerade mehr wie ein Mafiaboss als ein Eishockeyspieler wirkte.

»Lass uns abhauen.« Und damit lief der erste Kerl von dannen. Der andere schien noch zu überlegen, aber als er bemerkte, dass er nun auf sich alleine gestellt war, drehte auch er sich um und verschwand in der Dunkelheit.

Die Stille wurde nur von unserem lauten Atem durchbrochen und dem Rauschen des Adrenalins, das immer noch durch unsere Adern schoss. Und da war noch etwas anderes. Das kurze Aufschluchzen eines verletzten Tieres. Danny.

Die plötzliche Nüchternheit traf ihn mit einem Ruck und er schlug die Hände vors Gesicht. Ich legte meinen Arm um seine Schulter und Brad stützte ihn von der anderen Seite. Mit Henris Geleitschutz machten wir uns auf den Weg zurück ins Hotel. Ohne Worte, ohne Vorwürfe. Als Team unterstützte man sich, auch wenn einer Mist baute.

***

Am nächsten Morgen wachte ich auf, schon bevor mein Wecker klingelte. Danny wälzte sich unruhig hin und her, wurde jedoch nicht wach. So leise wie möglich machte ich mich fertig und packte meine Sachen. Ich schulterte meine Sporttasche und war drauf und dran, das Zimmer zu verlassen, als ich Dannys raue Stimme hörte. »Jonah?« Langsam drehte ich mich um, schaute zu dem jungen Mann, von dessen Selbstsicherheit nur noch dunkle Augenringe übrig waren. »Danke.«

»Nicht dafür, Danny, nicht dafür«, antwortete ich ehrlich.

Er rieb sich durch das verquollene Gesicht, ein gequältes Stöhnen drang aus seiner Kehle. »Es ... es tut mir leid. Ich hatte einfach Angst ...«

»Danny«, unterbrach ich ihn, »was passiert ist, ist passiert, wir haben uns wohl beide keinen Preis für unser Verhalten verdient. Hauptsache wir machen es in Zukunft besser.«

Er nickte, ein vorsichtiges Lächeln umspielte seine Lippen – zumindest kurz, dann ließ er seinen Kopf ermattet in die Kissen zurücksinken.

»Schlaf deinen Rausch aus, wir sehen uns später.«

Vor dem Hotel wartete bereits das Taxi auf mich, um mich nach Fort Myers zu bringen, wo ich meine Eltern in der Nähe des Flughafens in einem Diner treffen würde.

Draußen rauschte der hereinbrechende Morgen an mir vorbei, das Meer rückte in immer weitere Entfernung und schließlich fuhr der Taxifahrer auf die Autobahn. Als wir den Highway verließen, war es kurz vor zehn, und es würde nur noch wenige Minuten dauern, bis ich meine Eltern in die Arme schließen würde. Beim Gedanken daran empfand ich das erste Mal nicht nur Pflichtgefühl oder Stress. Ich spürte Vorfreude.

Als ich aus dem Taxi stieg, konnte es mir auf einmal gar nicht schnell genug gehen. Dem Fahrer drückte ich ein paar Scheine in die Hand, der sich angesichts des großzügigen Trinkgelds überschwänglich bedankte, bevor er davonbrauste. Auf dem Parkplatz entdeckte ich bereits das auffällige rote Auto meiner Eltern und musste grinsen, als ich daran dachte, wie sehr sich mein Vater gegen die Farbauswahl gesträubt hatte.

Dann betrat ich das gemütliche Diner, das bereits gut besucht war. Überall saßen lachende Familien, die French Toasts und Rührei in sich hineinschaufelten. In der Ecke saß ein älteres Ehepaar.

Mom und Dad.

Ich schlich mich an sie heran und schlang meine Arme um meine Mommy, atmete ihren Duft ein, der mich an eine Zeit erinnerte, in der mein Leben noch unbeschwert war. Doch nun wusste ich, dass es wieder so werden konnte. Mit Danny würde alles gut werden, ich hatte Eltern, die mich liebten, ich hatte einen Beruf, der zugleich Hobby war, und Penny war erneut in mein Leben getreten. Das war mehr, als ich noch vor wenigen Wochen vermutet hatte.

Kapitel 18

Penny

Bestimmt würde ich mein Leben nicht von einem Kerl abhängig machen – um Gottes willen –, und trotzdem hatte ich das ganze Wochenende auf heißen Kohlen gesessen.

Nachdem ich gestern einen weiteren *wunderbaren* Artikel im Social Media Feed der Mount Daily entdeckt hatte, in dem Jonah mal wieder nicht gerade gut davonkam, rechnete ich mit dem Schlimmsten, doch das Gegenteil schien der Fall zu sein. Nachdem ich die letzten Tage nur kurze Nachrichten, geschrieben zwischen Tür und Angel, von ihm erhalten hatte, machte er seine Zurückhaltung jetzt ums Dreifache wieder wett. Erneut las ich seine Worte. Es waren nicht viele, dafür schienen sie mir umso bedeutsamer.

Ich freue mich auf gleich, auf alles, was kommt, mit dir.
XX Jonah

Mamá warf mir einen skeptischen Blick zu, sagte jedoch nichts, als ich mein Handy flugs mit dem Display nach unten zur Seite legte.

Ich kippte den Rest aus meinem Wasserglas hinunter, hauchte Dad einen Kuss auf die Wange und schmiegte mich kurz an meine Mutter, die mir rührselig den Rücken tätschelte. »Pass auf dich auf, Querida, und wehe, er benimmt sich nicht. Dann kriegt er es mit deiner Mamá zu tun.«

Oh Gott, hoffentlich würde sie mir nicht wieder ein Päckchen Kondome zustecken, dabei hatte ich noch nicht mal erwähnt, dass ich ein Date hatte, aber manchmal kannten mich meine Eltern eben besser als mir lieb war.

Beide winkten mir hinterher, als würde ich mich auf eine monatelange Weltreise begeben. Ein letztes Mal blickte ich zurück, bevor ich schließlich schnellen Schrittes in Richtung Innenstadt lief. Trotz der niedrigen Temperatur, die nur noch wenige Grade über dem Nullpunkt lag, fror ich in meinem dünnen Kleid nicht. Dafür war ich einfach viel zu aufgeregt.

Stunden hatte ich vor dem Spiegel verbracht, mich von einem Outfit ins Nächste geworfen, bis ich schließlich beschlossen hatte, dass es egal war, was ich trug. Wenn Jonah mich mochte, dann mochte er mich. Es war egal, ob ich nun Kleid oder Hose, schwarz oder bunt trug, lässig oder schick.

Schlussendlich hatte ich mich für ein kurzes, weit geschnittenes Kleid in Royalblau entschieden. Dazu trug ich meine Docs und einen dicken, schwarzen Teddymantel. Eine Zeit lang hatte ich Angst gehabt, darin wie ein pummeliger Schwarzbär auszusehen, doch diese Sorge hatte ich abgelegt. Ich mochte den kuscheligen Stoff und ich hoffte, dass Jonah ihn ebenso mögen würde, denn gegen eine kleine Knuddeleinheit hatte ich nichts einzuwenden.

***

Auf die Minute genau rückte die breite Fensterfront des Cosy Coffees in mein Sichtfeld. Und da stand er. Etwas zu langes, verstrubbeltes Haar, Jeans und dunkler Hoodie. Sein Blick so stechend grün wie eh und je. Und sein schiefes Lächeln, das er mir zuwarf, zerschmolz mein Herz zu einem pulsierenden Klumpen, der bebend in meiner Brust pochte.

»Jonah.« Meine Stimme war nur noch ein heiseres Krächzen.

»Hallo, Penny.« Während ich noch überlegte, wie es nun weiter ging, zog er mich einfach an sich und hauchte einen federleichten Kuss auf meine Lippen. »Ich habe dich vermisst.«

Es klang kitschig, aber dennoch vollkommen ehrlich. Die ersten Straßenlampen gingen an und tauchten die Fußgängerzone in warmes Licht.

»Starten wir mit einem Kaffee zur Stärkung?« Er grinste mich an und die winzige abgebrochene Ecke seines Zahns wurde sichtbar.

»Das klingt gut.« Hand in Hand betraten wir das Café. Und es fühlte sich so gut an.

Wir setzten uns an einen runden, metallenen Tisch, der von Pflanzen umgeben war. Wie immer bestellte ich einen Salty-Hazlenut-Latte.

»Den nehme ich auch. Und einen Lemon-Poppyseed-Cookie, bitte.« Ich bemerkte den Blick der Bedienung auf uns – falsch, ich spürte, wie sie Jonah förmlich mit ihren Blicken auszog, doch es interessierte ihn nicht im Geringsten. Er war höflich, doch seine Aufmerksamkeit galt allein mir.

»Und, wie war die Reise?« Am liebsten hätte ich mich im gleichen Moment für meine dämliche Frage selbst geohrfeigt, doch Jonah lächelte nur versonnen.

»Gut. Anders als erwartet, aber es war gut.« Ich nickte und gab ihm zu verstehen, dass ich zuhörte, wenn er darüber sprechen wollte, und das tat er.

»Der Coach hat Danny und mich in ein Zimmer gesteckt, und ich glaube, es war die beste Entscheidung, die er treffen konnte. Du hättest mal Decoups Gesicht sehen sollen, als wir uns beim Rückflug auch noch freiwillig nebeneinander gesetzt haben, ohne uns die Köpfe einzuschlagen. Und das, obwohl wir beide nicht gespielt haben.«

Sein Blick war in die Ferne gerichtet und ich war mir sicher, dass ich gerade wahrscheinlich genauso dreinschaute, wie Julien Decoup es getan hatte.

»Und ich habe mich mit meinen Eltern getroffen. Sie wohnen ja inzwischen in Florida. Umso schöner ist es irgendwie, dass ich wieder hier bin und so ein Stück Zuhause zurückgewonnen habe, wo sie schon so weit weg wohnen.«

»Ja, obwohl es mich manchmal nervt, dass ich noch zu Hause wohne, bin ich auch froh, mich mit meinen Eltern so gut zu verstehen und sie in meiner Nähe zu wissen. Ich glaube, das kann nicht jeder von sich behaupten.«

Kurz kniff er die Augen zusammen, zwischen den Brauen eine steile Falte, dann blickte er mich an und lächelte. »Ich glaube, ich verstehe das.«

»Euer Kaffee, bitte schön.« Die Kellnerin stellte die Bestellung vor uns ab und unterbrach so den vertrauten Moment. Genüsslich nahm ich einen Schluck von meinem Heißgetränk, während Jonah in seinen verführerisch glänzenden Cookie biss. Obwohl ich eben noch das Gefühl hatte, vor Aufregung nie wieder einen Bissen hinunterkriegen zu können, so fühlte ich mich jetzt seltsam entspannt.

Als hätte er meine Gedanken gelesen, hielt er mir den soften Keks vor die Nase. »Probier mal.«

Der Cookie war die perfekte Mischung aus süß, saftig, ein bisschen fruchtig – einfach lecker. *Genau wie Jonah.* Oh Mann, hatte ich das gerade wirklich gedacht?

Plötzlich blickte er erschrocken auf seine Uhr. »Wir müssen langsam los!«

Fragend wendete ich mich ihm zu und kippte den letzten Rest meines Kaffees hinunter.

»Dachtest du etwa, das hier wär es schon gewesen?«

Ich wusste nicht, was ich dachte, aber wäre es so, wäre ich völlig zufrieden damit.

Bevor ich mich dagegen wehren konnte, hatte Jonah schon die Rechnung bezahlt. Draußen war es inzwischen relativ dunkel geworden und die meisten Geschäfte hatten bereits die Abendbeleuchtung eingeschaltet und die Ware nach drinnen geholt. Die Fußgängerzone von Mount Silver machte sich für die Nacht bereit, doch in einem Haus brannte noch Licht – im *Handmade Tale*. Und genau dort führte Jonah mich hin. Ich hatte keinen blassen Schimmer, was wir dort vorhatten.

Zusammen betraten wir das gemütliche Geschäftchen, das nicht nur sämtlichen Krimskrams von Deko bis hin zu Kerzen und Keramik anbot, sondern auch eine erstaunlich große Auswahl an Bastel- und Handarbeitsutensilien.

Edith war im hinteren Bereich des Geschäfts, wo bereits ein paar Tische aufgestellt waren, auf denen Snacks, Tassen und eine große Teekanne auf einem Stövchen standen. Andere Menschen konnte ich jedoch nicht entdecken. Edith drehte sich um und strahlte erfreut, als sie uns erblickte.

»Jonah ... Ach, und Penny ist also deine Begleitung. Wie schön, dass ihr hier seid, ihr seid die einzigen Teilnehmer heute Abend, aber davon lassen wir uns die Laune nicht verderben.«

Sie zwinkerte uns zu, während ich mich nach wie vor fragte, was wir hier vorhatten. Edith drehte das Geöffnet-Schild auf Geschlossen. »Na, dann wollen wir mal loslegen.«

Sie führte uns zu dem vorbereiteten Tisch, und erst jetzt entdeckte ich die bunten Garne in den verschiedensten Farben, die dort bereitlagen.

»Ich begrüße euch ganz herzlich beim ersten Makramee-Workshop. Zunächst stelle ich euch ein paar Modelle vor, die wir an einem Abend schaffen, und dann würde ich sagen, legen wir einfach los.«

Jonah musste die Überraschung auf meinem Gesicht bemerkt haben, denn er grinste frech. »Damit hättest du jetzt nicht gerechnet.«

Nein, das hatte ich wirklich nicht. Der Herz-Schlüsselanhänger an seinem Portemonnaie kam mir in den Sinn. Nun hatte ich zumindest des Rätsels Lösung, wer ihn gemacht hatte.

Während ich mich für den Anfang an einen weniger komplizierten Wandschmuck gewagt hatte, war Jonah fleißig dabei, eine Blumenampel zu knüpfen. Obwohl ich diejenige war, die normalerweise fummelige Arbeiten mit Nadel und Faden erledigte, war Jonah derjenige, dessen Finger so geschickt das Garn zu einem wunderschönen Muster verknotete, dass ich mich unwillkürlich fragte, was er mit seinen Fingern sonst noch alles anstellen konnte.

Schnell blickte ich zurück auf meine Handarbeit, die im Gegensatz zu Jonahs Werk alles andere als professionell aussah. Doch das machte nichts. Denn ich hatte wirklich Spaß. Es war vielleicht kein klassisches Date, doch wir plauderten über dies und jenes, über alles und nichts, während Edith uns von zukünftigen Kursideen berichtete und sich mit Jonah über ihre neueste Dekolieferung austauschte.

Minute um Minute wandelte sich Jonah zunehmend vom Eishockeyspieler zu einem ganz normalen jungen Mann. Einem mit Ecken, Kanten und Talenten, mit denen ich niemals gerechnet hatte.

»Sag mal, wie kam es eigentlich dazu, dass du in deiner Freizeit Makramees knüpfst?«

Sein Lächeln, mit dem er mich bedachte, war geheimnisvoll. »Das wüsstest du wohl gerne.« Er gluckste und verunsicherte mich damit noch mehr. »Die Antwort ist so langweilig, dass du enttäuscht sein wirst. Vor einigen Jahren bin ich ein paar Wochen ausgefallen, weil ich mir den Fuß verdreht habe, und auf Dauer wird es ganz schön langweilig, im Bett zu liegen – alleine.« Natürlich brachte Jonah meine Wangen zum Glühen. »Ich habe mich den halben Tag durch irgendwelche

TikToks gescrollt und zu Tode gelangweilt, bis ich plötzlich in einem Video diese außergewöhnliche Wanddeko gesehen habe. Glücklicherweise hatte ich noch ein paar Rollen Paketkordel zu Hause. Und tadaaa, einige Stunden später hab ich mein erstes Makramee in den Händen gehalten.« Er grinste spitzbübisch und ich konnte mir bildlich vorstellen, wie Jonah mit verbundenem Fuß, konzentriert die Zunge zwischen den Zähnen, in seinem Bett lag und Deko bastelte.

***

Nach zwei Kannen Tee, einer ausführlichen Berichterstattung zur aktuellen Winterkollektion und dem neusten Dorfklatsch war es schließlich so weit. Auch ich hielt meine erste selbstgeknotete Wanddekoration in den Händen. An dem hellen Holzring wanden sich drei Federn in unterschiedlichen Rosétönen hinab, die sich schließlich am Ende zu einem breiten Flechtwerk verbanden. Es sah zwar nicht so professionell aus wie Jonahs Blumenampel, dennoch liebte ich es. Weil es mich für immer an unser erstes Date erinnern würde.

Obwohl Edith mehrfach versicherte, dass es ihr Job wäre aufzuräumen, halfen wir ihr dennoch, das benutzte Geschirr beiseitezuschaffen und die Wollreste zu sortieren, was mich wieder einmal mehr davon überzeugte, dass Jonah nicht mehr der Mann aus Highschoolzeiten war. Er war kreativ, er war originell und hilfsbereit.

Nachdem wir uns von Edith verabschiedet und ihr versprochen hatten, bald wieder vorbeizuschauen, standen wir unschlüssig vor dem Handmade Tale. Die Bürgersteige waren bereits hochgeklappt und kaum eine Menschenseele befand sich noch in der heimelig beleuchteten Fußgängerzone. Der Abend war zu Ende, doch die Nacht war noch jung.

Die goldenen Sprenkel in Jonahs grünen Augen funkelten in der Dunkelheit und ich betete, dass er den ersten Schritt machen würde.

»Sollen ... willst du noch mit zu mir kommen? Wir können quatschen oder einfach nur einen Film gucken, wozu du Lust hast.«

Innerlich reckte ich die Faust in die Höhe. Ich wollte mehr von diesem Jonah kennenlernen. Ganz automatisch landete meine Hand in seiner und wir spazierten zu seinem Auto, das ein Stück entfernt vom Marshmolly geparkt war.

Die Sitze waren eiskalt und das erste Mal an diesem Abend fror ich ein wenig. Jedoch nur so lange, bis ich Jonahs Hand auf meinem Knie spürte und die Hitze unvermittelt durch mich hindurch schoss. Er parkte den Wagen aus und je näher wir den Randbezirken der Stadt kamen, desto heller schienen die Sterne am immer dunkler werdenden Himmel. Die Spitzen der Rocky Mountains wurden in magisches Licht getaucht und ich hielt den Atem an.

»Wir sind da.« Jonah stellte das Auto vor einem gepflegten Mehrfamilienhaus ab und zusammen spazierten wir im Licht der Sterne zur Tür. Der Hausflur war ordentlich und sauber und ich war gespannt, was mich hinter der Wohnungstür erwarten würde. Er steckte den Schlüssel in das Schloss und zusammen betraten wir sein Reich.

Ich schlüpfte aus meinen Stiefeln, stellte sie in den nichtssagenden Flur und tapste hinter Jonah in die Richtung, in der ich das Wohnzimmer vermutete. Er knipste eine Stehlampe an, die das Zimmer in gemütliches Licht tauchte. Die Einrichtung war neu und seriös, doch die kleinen Details, die sich überall versteckten, waren Hundertprozent er. Ein gemütlicher, flauschiger Teppich am Boden, zierliche Pflänzchen in rustikalen Steintöpfen, Kerzen auf jedem Tisch, bunte Kissen auf dem Sofa und eine Reihe Bilder an den Wänden.

Während ich mich noch fasziniert auf der Suche nach Kleinigkeiten umblickte, die mir noch mehr über ihn verrieten, zündete er einige Kerzen an. Ein wohliger Duft durchströmte das Wohnzimmer. Ich ließ mich auf das riesige Sofa sinken und kuschelte mich unter die Decke, die dort lag.

Er ging hinüber zu einem Regal, auf dem, wie ich erst jetzt bemerkte, ein Plattenspieler stand. »Soll ich uns ein bisschen Musik anmachen?«

Seine Stimme war dunkel, weich und samtig – ich hätte ihm ewig zuhören können, auch wenn mir gerade nach Reden nicht mehr der Sinn stand. »Ja, Musik wäre schön.«

Er befreite eine der LPs aus ihrer Hülle, legte sie in den Spieler und kurze Zeit später fuhr die Nadel über das Vinyl und ließ die ersten Töne von *Let It Be* erklingen. Dann drehte er sich um und sein Blick fand den meinen. Die Musik spielte leise im Hintergrund, doch ich hörte bloß seinen Atem, seine Schritte, die sich mir näherten, und meinen Herzschlag, als seine Lippen auf die meinen sanken.

Der Kuss war federleicht. Sanft teilte seine Zunge meine Lippen, streichelte über die meine. Hatten sich unsere Münder eben noch zärtlich getroffen, so konnten sie nun nicht mehr voneinander ablassen. Jonah stand immer noch über mich gebeugt, ich war eingemummelt in die Decke, in der es mir plötzlich viel zu warm wurde.

Als hätte er meine Gedanken gehört, glitten seine Finger an mir hinab, über meinen Hals, meine Brüste, schoben sachte den Stoff der Decke nach unten, liebkosten meine Taille, meine Oberschenkel. Seine Lippen wanderten von meinem Mund zu meinem Hals, während seine Hände sich immer weiter nach unten bewegten, nur um dann wieder nach oben zu fahren und die Innenseiten meiner Oberschenkel zu streicheln. Ich sog scharf die Luft ein, als seine Fingerspitzen über meine Mitte glitten. Ich spürte, wie Feuchtigkeit den dünnen Stoff meines Slips benetzte.

Seine Hand strich wieder über meine Oberschenkel, meine Hüften, zogen sich zurück. Hungrig nach mehr hob ich mein Becken, gab ihm das Okay, mich aus meiner Strumpfhose zu befreien. Sanft, in völliger Ruhe, rollte er den Stoff hinab, während er zarte Küsse auf meinen Bauch hauchte.

Mein Kleid war nach oben gerutscht, entblößte meinen Körper, doch Jonah schaute mich mit solch funkelnden Augen an, dass ich jegliche Selbstzweifel über Bord warf und einfach nur noch fühlte. Ich fühlte seine Hand, die sich erneut zu meiner Mitte tastete, den nassen Stoff meines Höschens rieb, um ihn schließlich nach unten zu ziehen. Gebannt hielt ich die Luft an, als sein Mund immer weiter nach unten wanderte, doch das Kribbeln in meinem Körper machte es mir unmöglich nachzudenken.

Seine Hand, die nun beinahe ehrfürchtig durch meine Schenkel glitt, hinauf zu meiner Perle, sie mit meiner eigenen Nässe benetzte, raubte mir den Verstand. Sein Mund wanderte weiter nach unten, ich … ich wollte ihn einfach nur fühlen, ich wollte seine Lippen genau dort. Ich schloss die Augen, während er seine Tortur quälend langsam fortsetzte, doch dann plötzlich innehielt. »Schau mich an, Penny.«

Und ich schaute ihn an, sah die Lust in seinem Blick und die Ehrfurcht, mit der er meinen Körper betrachtete. Endlich senkte er seine Lippen auf meine Mitte. Seine Zunge fuhr sachte über meine Klit, umkreiste sie, während seine andere Hand langsam meinen Oberschenkel hinauf wanderte. Mein Atem wurde lauter. Ich wollte mehr. Er fuhr mit seiner Zunge durch meine Feuchte, leckte über den Knoten voller pulsierender Nerven. Ich spürte einen Lufthauch, seine Hand, die sich immer weiter vorwagte.

Seine Finger schoben sich quälend langsam in mich. Ein Stöhnen vermischte sich mit der Musik im Hintergrund. Ich hörte seine Stimme, die weich wie Butter war: »Du bist wunderschön, Penny.« Spürte seine Lippen, die wieder meine empfindlichste Stelle umkreisten, seine Finger, die aus mir hinaus und wieder hineinglitten. Seine andere Hand, die mich streichelte. Ich drängte mich ihm entgegen und ließ mich fallen.

Mein Atem wurde lauter, sämtliche Muskeln zogen sich in meinem Körper zusammen, während er mich immer weiter streichelte, mich mit seiner Zunge neckte, mich mit seinen Fingern in den Wahnsinn trieb. Ich schaute in seine grünen Iriden und das Licht explodierte vor meinen Augen. Ein unkontrolliertes Stöhnen entwich meiner Kehle, abertausend Endorphine durchfluteten meinen Körper, und ein seliges Lächeln stahl sich auf meine Lippen.

Kapitel 19

Penny

Nachdem mich Jonah mitten in der Nacht nach Hause gefahren und ich mich nach drinnen geschlichen hatte, war ich todmüde ins Bett gefallen, um wenigstens noch ein paar Stunden Schlaf zu bekommen. Wir hatten nicht nur mehrere Folgen *Zero Chill* gesuchtet, sondern über Gott und die Welt gequatscht.

Nachdem er mich so gelöst erlebt hatte, hatte ich Angst gehabt, dass es danach komisch zwischen uns sein würde, doch das Gegenteil war der Fall. Es fühlte sich an, als wären wir uns noch nähergekommen. Nun, das waren wir uns ja auch oder er zumindest mir.

»Alles gut, Querida?« Mamá schaute mich argwöhnisch an, während ich ein paar Snacks für die Mittagspause in meiner Tasche verstaute.

»Klar, was soll denn sein?« Meine Stimme war ein wenig zu grummelig, was dazu führte, dass sie nicht überzeugt wirkte.

»Da hat wohl jemand zu wenig Schlaf bekommen«, murmelte sie grinsend.

Damit sie nicht sah, wie mir die Röte ins Gesicht stieg, verstaute ich schnell noch eine Wasserflasche in meiner Tasche und tat so, als hätte ich ihre Andeutung nicht gehört. Konnte man in dieser Familie nicht einmal ein Geheimnis haben?

***

Bereits von Weitem sah ich Leonards Ustavovichs SUV, der wie bereits letztes Mal mitten vor dem Silverstuff im Halteverbot stand. Sollte ich ihn vielleicht darauf hinweisen, dass hier eine sehr genaue Verkehrsstreife regelmäßig ihr Unwesen trieb? Dahinter parkte nun ein Van, der sich ebenso wenig für die Regeln zu interessieren schien, wie der Öffentlichkeitsreferent es tat. Wenn das mal nicht Lisa Loom war, die Fotografin, die jedes Jahr unsere Kampagnen inszenierte. Bewaffnet mit professionellem Beleuchtungsequipment sowie ihrer überdimensionalen Kameratasche, wankte sie ins Innere und ich beeilte mich, ihr zu folgen

Als ich die Tür aufdrückte, wäre ich beinahe in Jonahs Arme gepurzelt, der in steifer Pose in der Mitte des Raumes stand und gequält die Anweisungen von Madame Hiver befolgte, während Lisa noch das Set aufbaute. Er trug bereits seinen Anzug und ich ärgerte mich, dass ich nicht ein paar Minuten früher dagewesen war, um ihm beim Anziehen zu helfen.

»Jonah!« Sein angestrengter Gesichtsausdruck lockerte sich und er wirkte wirklich erleichtert, dass ich jetzt da war. Auch wenn wir nicht so recht wussten, wie wir uns in der Öffentlichkeit begrüßen sollten, reichte mir sein ehrliches Lächeln und der tiefe Blick aus seinen smaragdgrünen Augen, um zu wissen, dass unsere Geschichte noch lange nicht vorbei war.

Madame Hiver räusperte sich und mir wurde siedend heiß bewusst, dass ich vor lauter Schwärmerei für Jonah völlig vergessen hatte, sie und auch die anderen Menschen im Raum zu begrüßen.

»Guten Morgen, alle zusammen, hier ist ja schon einiges los«, versuchte ich, die Situation zu retten.

»Pénélopéeeeeee, du kannst ruhig weiter an den Musterstücken arbeiten.«

Was? Ich wusste nicht, wer von uns beiden panischer blickte, ich oder Jonah. Zum Glück offenbarte sich mir Lisa unwissentlich als Komplizin. »Madame Hiver, ich würde sie gerne hierbehalten. Ich bräuchte jemanden, der zwischendurch einige Dekorationselemente neu arrangiert, hier und da etwas verrückt, oder wollten Sie das tun?« Ich hätte sie küssen können, wie sie da hinter einem Ringlicht hervorlugte. Auffordernd schaute sie zu Madame Hiver, die gerade dabei war, Leonard Ustavovich mit ihren Blicken auszuziehen. Könnten sich die beiden nicht einfach ins Büro verziehen?

Als hätte sie meine Gedanken gehört, ergänzte Lisa: »Wir kommen hier schon zurecht. Gehen Sie beide ruhig ins Büro, das ist für unser Model auch angenehmer und die Fotos werden deutlich natürlicher, je weniger Leute sich einmischen.«

Empört verzog meine Chefin ihr Gesicht, sagte jedoch nichts, da sie im Stillen, genau wie ich, wusste, dass Lisa recht hatte. Und würde sie nicht so atemberaubende Fotos machen, da war ich mir sicher, hätte Madame Hiver sich keines ihrer Worte gefallen lassen. Doch so wandte sie sich an Leonard Ustavovich und bedeutete ihm, ihr ins Büro zu folgen. Hocherhobenen Hauptes stolzierte sie an uns vorbei, und als die Tür ins Schloss fiel, atmeten alle hörbar aus. Jonah am lautesten.

»So, Jonah«, übernahm Lisa das Kommando, »setz sich bitte da vorne auf den Sessel. Penny, du legst noch dieses Fell auf den Boden.«

Ich tat wie geheißen, während Lisa hinter Jonah eine Fotowand befestigte, die den Eindruck vermittelte, dass er sich mitten in einer kuscheligen Berghütte befand. Jonah saß stocksteif auf seinem Sessel und fühlte sich sichtlich unwohl. Dabei war er früher so ein Poser gewesen. Er hatte sich wirklich verändert.

»Nichts so steif, Jonah. Beug dich mal ein bisschen nach vorne, leg die Arme auf deinen Knien ab.« Lisa seufzte – verständlich. Das, was Jonah da tat, sah nicht natürlich, sondern eher nach einer ausgefallenen, äußerst anstrengenden Yogapose aus.

Genervt ließ die Fotografin ihre Kamera sinken. »So wird das nichts. Du bist so locker wie ein Eishockeyschläger.«

»Oh, die federn durchaus mit dem Schlag mit«, feixte Jonah, doch Lisa schien seinen Scherz nicht sonderlich amüsant zu finden.

Stattdessen drehte sie sich nun zu mir. »Du.«

»Was, ich?«

»Siehst du hier sonst noch irgendwen, Penny?« Lisa rollte mit den Augen und kam zu mir, nur um mich dann in Richtung Beleuchtung zu schieben. »Hilf ihm mal, sich ein bisschen einzugrooven.«

»Aber ...«

»Nichts aber, die Fotos sind nur für mich.«

Oha, jetzt hätte sie anstatt einem verstockten Model gleich zwei. Unwohl zog ich an meinem Trägerrock, der mir im grellen Scheinwerferlicht plötzlich viel zu kurz vorkam. Genau wie meine Haare, die mir plötzlich zu kraus erschienen, meine Oberschenkel, die auf einmal zu dick waren. Doch Jonah packte mich bereits an der Hand und zog mich auf die Lehne des breiten Ohrensessels. Er flüsterte etwas in mein Ohr und ich hatte keine Zeit, peinlich berührt zu sein, da ich in diesem Moment das Klicken der Kamera hörte.

Das bedeutete Rache. Ich piekte ihm in die Seite und ein melodisches Lachen entwich seiner Kehle. Klick. Er legte den Arm um mich, als wollte er mich in den Schwitzkasten nehmen. Klick. Schnaufend und lachend kamen wir wieder zu uns und unsere Blicke trafen sich. Ich schaute erst in seine leuchtenden Iriden, zu seiner Brust, die sich unter dem Hemd, von dem lässig ein paar Knöpfe offen standen, hob und senkte. Klick.

»Gut, das war gut.«

Angesichts Lisas Stimme zuckte ich zusammen. Tatsächlich hatte ich es geschafft, ihre Anwesenheit völlig zu vergessen.

»So, und jetzt du alleine, Jonah.« Lisa gab ihm erneut Anweisungen, wie er sich zu positionieren hatte, doch sein Blick ruhte nur auf mir, während er lässig die Beine über den Sessel schwang, das Jackett öffnete und schloss, sich nach hinten und nach vorne lehnte.

Lisa klatschte begeistert in die Hände. »Da ist definitiv einiges dabei.« Sie setzte den Schutz auf ihr Telestativ und begann, die Beleuchtung abzubauen. Die lockere Stimmung von eben war verflogen und wir waren wieder in der Realität angekommen. Jonah und ich, zwei

Menschen, die sich zueinander hingezogen fühlten, und doch nicht wussten, wie sie sich verhalten sollten.

Jonah räusperte sich. »Kommst du morgen zum Spiel?«

Würde ich eine weitere Begegnung mit Harlow überleben? Auf der anderen Seite hätte ich sonst niemals Sasha kennengelernt und ich wollte Jonah spielen sehen, ich wollte sehen, wie sie gewinnen würden. Ich wollte bei ihm sein. »Ja, ich komme.«

Jonahs zaghaftes Lächeln verwandelte sich in ein breites Grinsen, und ich musste zugeben, dass ich in diesem Moment wahrscheinlich sogar zugestimmt hätte, selbst wenn ich direkt neben Harlow hätte sitzen müssen.

»Hilfst du mir aus dem Anzug?«

Lisa war mit dem Zusammenbau der Gerätschaften beschäftigt, und obwohl ich wusste, dass Madame Hiver und Ustavovich jederzeit aus dem Büro kommen konnten, folgte ich Jonah wie selbstverständlich zur Umkleidekabine. Mein Herz hatte sich in eine Horde Wildponys verwandelt, denn es galoppierte ungezähmt in meiner Brust. Und auch meine Hände taten, was sie wollten, als sie Jonah einen Schubs verpassten, sodass er auf dem bequemen gepolsterten Hocker in der Kabine landete. Dann zog ich den schweren, undurchdringlichen Vorhang hinter uns zu.

Jonah saß auf dem Hocker, verfolgte mit seinem Blick jede meiner Bewegungen, hielt mich mit ihm gefangen. Ich fühlte mich schön und ich fühlte mich selbstbewusst, als ich auf ihn zuging und mich auf seinen Schoß sinken ließ. Meine Lippen näherten sich den seinen unaufhaltsam. Erst sachte, zärtlich, dann sicher und ungestüm. Ich wusste, was ich wollte. Ich wollte ihn küssen. Ihn, nur ihn, damals, jetzt und in der Zukunft.

Ich schlang meine Arme um seinen Nacken, presste mich enger an ihn, während unsere Münder einen Kampf ausfochten, bei dem keiner gewann. Dann gaben wir uns geschlagen, unsere Küsse wurden zärtlicher, er stupste mit seiner Nasenspitze gegen die meine, strich über meine Wange, sah in meine Augen.

»Penny.« Das war alles, was er sagte, und obwohl es noch viel zu früh dafür war, wünschte ich mir, er hätte weitergesprochen.

»Na, dann schauen wir mal, wie es mit dem Shooting läuft.« Ustavovichs Stimme. Hektisch sprang ich auf und schlüpfte durch den Vorhang. Genau im rechten Moment. Das Equipment war weggeräumt und Lisa warf mir einen spöttischen Blick zu, als sie mich entdeckte.

»Es hat alles geklappt. Madame Hiver, Mr Ustavovich, ich werde die Fotos bearbeiten und ihnen eine Auswahl schicken.«

Meine Chefin blickte verwirrt in die Runde und der Pressesprecher der Silver Crows eilte ihr zur Hilfe. »Vielen Dank, Miss Loom. Schaffen Sie es, dass die Plakate spätestens zum Wochenende in den Druck gehen können?«

»Oh ja, das wäre wirklich von Vorteil«, mischte sich nun auch Marguerite Hiver ein, die aus ihrer Starre erwacht schien und Lisa streng musterte. Diese nickte jedoch nur und ließ sich nicht weiter irritieren.

Der Vorhang der Umkleide öffnete sich und Jonah trat nun in Trainingshose und Hoodie hervor. Sein

Haar war völlig verstrubbelt und er grinste schief in die Runde.

Ustavovich blickte auf seine protzige Armbanduhr. »So, Jonah, wir müssen dann auch los. Penélopé«, er nickte mir zu, »Marguerite, es war mir wie immer eine Freude.« Meine Chefin grinste schüchtern und Jonah warf mir einen vielsagenden Blick zu. »Also dann, die Damen.«

Jonah hob die Hand zum Abschied, während Ustavovich bereits zum Ausgang eilte. Als auch Madame Hiver in Richtung Büro lief, spitzte er seine Lippen zu einem Kussmund. Dann drehte er sich um und spazierte lässig von dannen.

»Scheiße, nicht schon wieder«, dröhnte es von draußen und ich sah, wie Ustavovich mit einem Papier wedelte, das verdächtig nach einem Strafzettel aussah. Ups, das hatte ich ja ganz vergessen ...

Grinsend drehte ich mich um und griff nach Jonahs Anzug. Was damit wohl passieren würde? Ich klemmte mir den Zweiteiler unter den Arm und machte mich auf den Weg ins Büroatelier meiner Chefin. Vorsichtig klopfte ich, bis ich das mir vertraute »Entrez!« hörte.

»Ich wollte fragen, was nun mit dem Anzug passiert.« Meine Chefin beäugte mich genervt und deutete Richtung Showroom. »Der kommt natürlich vorerst als Prototyp in die Näherei. Bitte erstell auch noch die Maßkarte.«

Wie hatte ich nur fragen können ... Als ich gerade kehrtmachen wollte, wurde mir plötzlich bewusst, dass Jonah die Fliege mit dem Eishockeymuster nicht getragen hatte. Dabei hatte ich sie extra für diesen Anlass genäht. Ob ich Madame Hiver danach fragen sollte? Während ich noch hin und her überlegte, hatte meine Neugierde bereits den Sieg für sich ausgefochten.

»Jonah hat die Fliege beim Shooting gar nicht getragen.« Es war keine Frage, sondern eine Feststellung.

Abschätzig musterte mich meine Chefin, ehe sie nonchalant mit den Schultern zuckte. »Leonard war letztendlich auch der Meinung, dass sie zu albern war.« Ihr Blick ruhte mitleidig auf mir. »Das passt weder zu uns als luxuriöser, seriöser Abendausstatter, noch zu Jonah als Starspieler der Silver Crows.«

Autsch. Wieso meinten sie, Jonah besser zu kennen, als ich es tat? Und hatte er die Fliege etwa auch albern gefunden und sich nur nicht getraut, etwas zu sagen, aus Angst, mich zu verletzen? Ich würde ihn, wenn wir uns das nächste Mal unter vier Augen sahen, darauf ansprechen. Aber zuerst musste ich herausfinden, wie wir zueinander standen. Ich wollte der Sache endlich einen Namen geben.

Kapitel 20

Jonah

Das heutige Spiel gegen die *Bloomington Bisons* würde nicht nur für mich eine neue Erfahrung werden, sondern auch für den Rest der Mannschaft. Das Team aus Illinois, ein Franchise der New York Rangers, feierte nämlich diese Saison ihr Debüt. Auch in der ECHL gab es inzwischen immer öfter Farm Teams, die für große Mannschaften in der NHL den Nachwuchs ausbildeten und Spieler stellten.

Früher hätte ich mich selbst über diese Chance gefreut. Nachdem ich jedoch lange Zeit Teil diverser Farm Teams gewesen war, war ich jetzt umso erleichterter, dass die Silver Crows ihr eigenes Ding machten und bisher von keinem größeren Verein angekauft worden waren. Irgendwie hoffte ich, dass das so bleiben würde und der Spaß und die Liebe zum Sport im Mittelpunkt stehen blieb, statt das Streben nach Höherem. Diese Zeit hatte ich hinter mir gelassen.

Doch heute war nicht nur der Tag, an dem die Bisons das erste Mal in Mount Silver aufs Eis gingen, sondern auch der Tag, an dem Danny und ich als Freunde und nicht als Feinde zusammen spielen würden. Wir waren beide Teil der ersten Reihe und der Starting Six und ich

hoffte, dass wir den Coach und vor allem unsere Teamkollegen nicht enttäuschen würden.

Nach unserer Pleite beim letzten Heimspiel war die
Arena nicht ausverkauft, und doch war ich aufgeregter
als je zuvor. Denn auch wenn ich nur noch in der Minor
League spielte, so wollte ich nach wie vor gewinnen.
Von draußen schallte erst *Eye Of The Tiger* in die Kabine
hinein, um dann nahtlos in einen Song aus den Zwei-
tausendern überzugehen, den man mithilfe ein paar
Technobeats aufgemöbelt hatte.

Ich war bereits voll ausgerüstet, während Mikkel
noch damit beschäftigt war, seine Schutzmontur anzulegen. Er nickte mir zu, zum Zeichen, dass er so weit
war, und zusammen staksten wir in Richtung Eis.

Das Aufwärmtraining war bereits im vollen Gange
und Norbert war damit beschäftigt, meinen Kollegen
den Puck zuzupassen, damit sie aufs Tor zielen konnten. Da Marc noch einige Dehnübungen machte, hatte
Lester übernommen, und auch wenn ich ihn nur mäßig
mochte und Marc eindeutig der Erfahrenere war,
wünschte ich mir dennoch, dass der jüngere Goalie
seine Chance bekommen würde.

Gemächlich setzte ich den ersten Fuß auf die eisig
glänzende Fläche, während Mikkel seinen Helm überzog. Wie fuhren in Richtung Tor und unauffällig
schielte ich in Richtung Tribüne. Und da war sie, direkt
neben Sasha, so gegensätzlich wie Feuer und Eis. Ihre
schwarzen Locken fielen wild über ihre Schultern, ihre
Wangen waren gerötet. Sie hatte einen Crows-Schal
um den Hals geschlungen und ich hoffte inständig,
dass sie die Gelegenheit bekommen würde, ihn heute
zu schwingen.

Als sie mich entdeckte, verwandelte sich ihr geschwungener Mund in ein breites Grinsen. Sie sah so wunderschön aus, wenn sie lachte, besonders dann, wenn ich dafür verantwortlich war. Kurz drehte sie sich zu ihrer neuen Freundin, stieß sie mit dem Ellenbogen an und dann schauten beide zu mir herüber. Ich formte meine Finger zu einem Victory-Zeichen, in der Hoffnung, mein Versprechen einhalten zu können.

Mikkel, der schon die zweite Runde drehte, kam neben mir zum Stehen und schüttelte nur den Kopf. »Oh Mann, Jonah, dich hat es echt erwischt.«

Zuerst wollte ich das Ganze abstreiten, doch warum eigentlich? »Ja, das hat es«, antwortete ich schlicht und Mikkel klopfte mir auf die Schulter.

»Das freut mich für dich, Mann.« Er warf den beiden Mädels eine Kusshand zu und grinste schelmisch. Das war so typisch für ihn, man musste den Schweden einfach liebhaben, und es wunderte mich, dass die Mädels bei ihm nicht längst Schlange standen.

Nachdem wir noch einige Pucks hin und her gespielt und mit den üblichen Penalty-Schüssen das Aufwärmtraining abgeschlossen hatten, fuhren wir vom Eis, um in unser hellgraues Heimtrikot zu schlüpfen und eine letzte Ansprache vom Coach über uns ergehen zu lassen.

***

Obwohl längst nicht alle Plätze belegt waren, war die Stimmung aufgeheizt, als wir auf der Mittellinie zum Stand kamen. Die Bisons in ihren roten Trikots waren nicht nur alle blutjung, sie sahen auch verdammt überzeugt aus. Und sie hatten ihre Fans mitgebracht, die genauso motiviert wie ihre Spieler waren.

Bereits jetzt übertönten sie unsere Anhänger und ein mulmiges Gefühl breitete sich in meiner Magengegend aus. Wir durften nicht schon wieder zu Hause verlieren. Wir brauchten wenigstens einen Heimsieg, um neue Kraft zu tanken. Kurz blickte ich in Richtung Publikum – ich musste Penny sehen, brauchte den warmen Blick aus ihren Augen, und ich fand ihn. Sie reckte ihre Daumen in die Höhe und das Lächeln, das sie mir schenkte, war so viel stärker, als ich mich fühlte.

Ich atmete ein letztes Mal tief durch und machte mich bereit für den Bully. Einer der Bisons, von dem ich mich fragte, ob er überhaupt schon volljährig war, sicherte sich den Puck und raste auf Marc zu. Nein, so durfte es nicht starten. Mikkel umrundete ihn und ich konnte förmlich hören, wie das Publikum die Luft anhielt, als die beiden in die Bande rasten. Der Puck schlitterte übers Feld, direkt auf Ed zu, der nun in meine Richtung fuhr und abspielte, mitten in die Kelle eines Bisons. Verdammt. Die zweite Reihe kam aufs Eis und wir hatten kurz Zeit, um zu verschnaufen.

Nach dem ersten Drittel stand es immer noch null zu null, doch einige von uns spürten bereits ihre alten Knochen. Die *Bloomington Bisons* hatten uns übers Feld gejagt und wir konnten von Glück reden, dass Marc heute völlig in seinem Element war und jeden noch so präzisen Torschuss abwehrte.

Im zweiten Drittel zogen die Bisons das Tempo nochmal merklich an. Das Spiel war schnell und hart, doch es machte Spaß, da wir zum ersten Mal als ein Team auf dem Eis standen.

Ein Pfiff ertönte. Zwei Strafminuten für die Bisons. Die Nummer einunddreißig fuhr schimpfend vom Eis, während Danny sich für das Face-Off bereitmachte. Das war unsere Chance. Wenn wir dieses Powerplay nicht nutzten, dann war es vorbei. Das fühlte ich.

In der Arena war es laut geworden und endlich hörte ich auch unsere Fans. Wir mussten es schaffen, für sie. Ich fing den Puck mit meinem Schläger ab und spielte zu Danny, der sich mühsam bis zum Tor vorgearbeitet hatte, er passte zurück zu mir und ich gab alles. Der Puck knallte gegen meinen Stock und wie in Zeitlupe beobachtete ich, wie die schwere schwarze Scheibe Richtung Tor flog. Der Goalie ging in den Butterfly, streckte seine Hände aus, doch der Puck segelte einfach an ihm vorbei. Erst als ich die Menge hinter mir jubeln hörte, wusste ich, dass ich es geschafft hatte.

»Tor für unsere Lieblingsmannschaft, die Silver Crows! Der Assistent mit der Nummer fünf, Danny ...«

»McCarthy«, johlte das Publikum.

»Und der Torschütze mit der Nummer fünfzehn, Jonah ...« »Bennett!« Das Publikum eskalierte.

Danny fuhr breit grinsend auf mich zu und klopfte mir auf die Schulter. Hintereinander fuhren wir an unseren Kollegen vorbei, die uns freudig abklatschten, doch meine Augen wanderten zu Penny. Sie strahlte und ich wünschte mir, noch mindestens zehn weitere Tore zu schießen.

***

Es wurden keine zehn, aber immerhin lieferte ich die Vorlage für ein weiteres, das diesmal auf Dannys Konto ging. Im letzten Drittel hatten wir zwar noch ein Gegentor kassiert, doch das konnte unsere Freude nicht mindern, als wir schließlich nach unserer Siegesrunde vom Eis fuhren. Selbst Decoup fiel es schwer, streng zu bleiben, und er lobte uns ausführlich, bevor er uns unsere Fehler unter die Nase rieb. Doch das war uns allen gerade sowas von egal.

Es war Danny, der schließlich grinsend in die Runde schaute. »Wer hat alles Lust, noch mit zu mir zu kommen?«

Zustimmendes Johlen erklang. Nur Marc blickte noch etwas skeptisch drein. »Ich frag mal meine Freundin, ich hab sie die letzten Tage kaum gesehen.«

Er wirkte etwas unglücklich und auch mir versetzte die Aussicht, schon wieder einen Abend ohne Penny zu verbringen, einen Stich ins Herz. Es war alles noch so frisch, ich wollte mehr Zeit mit ihr verbringen – und zwar ohne die Anwesenheit von Leonard Ustavovich oder ihrer Chefin.

Danny hob verständnislos die Schultern. »Bring deine Freundin doch einfach mit! Das gilt natürlich auch für die anderen!«

Beinahe zeitgleich zückten Marc und ich unsere Smartphones, um Sasha und Penny die frohe Botschaft zu überbringen.

Als wir schließlich mit Henri und Mikkel im Schlepptau hinaus in die Dunkelheit traten, warteten unsere Mädchen bereits vor dem Seiteneingang auf uns. Ich hauchte Penny einen Kuss auf die Wange. »Jungs, das ist Penny, und das, Penny, sind Henri und Mikkel.«

Mikkel umarmte Penny kurzerhand und begrüßte sie herzlich. Henri wirkte mürrisch wie immer, doch das machte nichts. Dafür fühlte sich das alles hier viel zu gut an.

Wir verteilten uns auf zwei Autos und machten uns auf den Weg Richtung Stadtmitte, wo Danny das Haus seiner Eltern übernommen hatte. Auf dem Hof parkten bereits einige Autos, und die Eingangstür des dunklen, jedoch gemütlich wirkenden Holzhauses war hell erleuchtet. Automatisch griff ich nach Pennys Hand, als wir die Haustür ansteuerten. Noch bevor wir geklingelt hatten, wurde die Tür aufgerissen und Danny strahlte uns entgegen.

Innendrin war alles genauso urig, wie das Äußere hatte vermuten lassen. Penny zuckte zusammen, als sie den ausgestopften Schwarzbären im Flur entdeckte, und auch ich konnte mir durchaus eine schönere Dekoration vorstellen.

Danny, der unseren überraschten Blick bemerkt hatte, schnitt eine Grimasse. »Ist noch von meinem Dad. Er steht nur hier, weil er mich immer an ihn erinnert.«

Eine gewisse Traurigkeit schwang in seiner Stimme mit und ich klopfte ihm unbeholfen auf die Schulter, als mir die Bedeutung seiner Worte bewusst wurde.

»Was wollt ihr trinken?«

Wir entschieden uns alle für Light Beer, was Danny aus dem überdimensionalen Kühlschrank in der Küche holte, bevor wir ins Wohnzimmer traten. Die Wände waren hölzern vertäfelt und auf der Sofalandschaft hatten es sich bereits ein Teil unserer Teamkollegen bequem gemacht. Brad hatte eine riesige Schüssel

Chips auf dem Schoß stehen und Thomas streichelte einen großen Labrador, der friedlich am Boden lag. Und im Sessel saß niemand Geringeres als Harlow Collins. Ihr Gesichtsausdruck war ähnlich begeistert wie meiner, als sie uns entdeckte.

»Was machen die denn hier?« Sämtliche Gespräche verstummten, als Harlows schrille Stimme anklagend durchs Wohnzimmer schallte.

»Harlow!« Danny trat auf seine Freundin zu und legte beschwichtigend seine Hand auf ihre Schulter, die aus dem asymmetrischen engen Pullover hervorragte.

Ihre Augen verengten sich zu Schlitzen und sie stieß mit ihrem Zeigefinger gegen Dannys Brust. »Erst beschwerst du dich jeden Tag bei mir, was Bennett doch für ein selbstsüchtiger Idiot sei, und jetzt seid ihr plötzlich beste Freunde?«

Niemand traute sich, ein Wort zu sagen, Danny lief knallrot an, doch ich verübelte es ihm nicht. Wäre ich er gewesen, vielleicht hätte ich zunächst genauso reagiert. Er war schließlich schon viel länger bei den Crows als ich und er hatte um seinen Status gefürchtet. Doch wir hatten unsere Differenzen geklärt.

Immer noch sagte niemand etwas, alle Blicke waren auf Harlow und Danny gerichtet, bis plötzlich Pennys Stimme die Stille zerriss. »Harlow, du bist doch Journalistin.«

Ich verstand nicht, was das zu bedeuten hatte, und auch Harlow schaute sichtlich irritiert. »Ja, schon, aber ich wüsste nicht, was dich das angeht.«

Danny hingegen riss die Augen auf, als würde er verstehen, worauf Penny hinauswollte. »Sag mal, Danny, arbeitet deine Freundin zufällig bei der Mount Daily?«

Er nickte zögerlich und Penny wandte sich erneut an die grimmig dreinblickende Harlow. »Sag bloß, du bist für den Sportteil verantwortlich.«

Und da fiel es mir wie Schuppen von den Augen. Danny schlug die Hände vors Gesicht.

»Harlow, nicht wirklich! Ich dachte, du wärst für die Politik-Rubrik verantwortlich.«

Sie zuckte mit den Schultern, offensichtlich war sie sich keiner Schuld bewusst. »Das bin ich ja auch, aber unser Sportredakteur ist krank, da habe ich mich kurzfristig angeboten, seinen Teil zu übernehmen.«

»Das hast du nicht getan.« Dannys Stimme triefte vor Verachtung. »Ich habe dir diese Dinge im Vertrauen erzählt, und nicht, damit du sie in der Zeitung herausposaunst.«

»Ich wollte dir helfen, Schatz«, gurrte sie, offenbar bemüht, eine neue Taktik einzuschlagen. Doch es half nichts. Danny schüttelte mit dem Kopf, völlig überrumpelt vom Verhalten seiner Freundin.

Er drehte sich zu mir, völlig überfordert von den neuen Informationen. »Jonah, es tut mir so leid, ich ...«

Doch ich winkte ab. Ich war nicht böse, ich war einfach nur froh zu wissen, wie es zu diesen unseriösen Artikeln, in denen man kein gutes Haar an mir gelassen hatte, gekommen war.

Dannys Stimme war eisig, als er sich erneut an Harlow wandte: »Raus hier. Du hast hier nichts mehr zu suchen.«

»Aber Danny, Darling, ich habe das doch nur für dich getan. Ich wollte dir helfen!«

Er schnaubte fassungslos. »Wenn du wirklich etwas für uns tun willst, dann lässt du dich hier nie wieder blicken. Und du kannst dir sicher sein, wenn ich noch einen schlechten Artikel über Jonah oder irgendeinen anderen meiner Jungs lese, dann bist du deinen Job schneller los, als du *Mount Daily* sagen kannst. Und jetzt raus.«

Das ließ Harlow sich nicht zweimal sagen. Sie drehte sich auf dem Absatz ihrer Overkneestiefel um und schnaubte: »Lange hätte ich es in diesem gottverdammten Kaff eh nicht ausgehalten. Ich frage mich, warum ich überhaupt zurückgekommen bin.« Sie blickte zu mir. »Hier wohnen nur Versager. Jonah, du bist noch ein genauso verdammter Idiot wie früher! Wie konnte ich nur in jemanden wie dich verknallt sein?« Überrascht starrte ich sie an. Harlow war in mich verknallt gewesen? Bevor ich jedoch weiter über ihre verbitterten Worte nachdenken konnte, verließen bereits die nächsten Anschuldigungen ihren Mund. »Und du, Danny, wag es ja nicht, wieder bei mir aufzukreuzen und rumzuheulen, weil Jonah dir deinen Platz weggenommen hat.« Dieser lief knallrot an und blickte entschuldigend zu mir, doch ich lachte nur. Nach allem, was Harlow sich geleistet hatte, fiel es mir schwer, sie ernst zu nehmen.

Sie stolzierte aus dem Raum und kurz darauf hörten wir das Knallen der Haustür.

Henri, der bisher noch keinen Ton von sich gegeben hatte, hob unbeeindruckt sein Light Beer in die Höhe. »Santé.« Mehr Worte waren gerade nicht nötig.

Kapitel 21

Penny

Der Wind pfiff laut, während ich mit Jonah über das Eis glitt. Ich trug mein roséfarbenes Winterball-Kleid, während Jonah in seinen neuen Anzug gehüllt war. Seine Hand streichelte über meinen Arm und ich verlor das Gleichgewicht.

»Querida.« Wieso war seine Stimme auf einmal so anders? »Querida, aufwachen.«

Ich taumelte erneut und fiel. Die frostige Winterlandschaft um mich herum verblasste, während ich fiel und fiel, ohne den Boden zu erreichen.

Erschrocken blickte ich in die warmen braunen Augen meiner Mamá, die an meinem Arm rüttelte. Just in diesem Moment begann der Wind erneut über unseren Köpfen zu pfeifen – es war das vehemente Klingeln meines Handyweckers. Immer noch verwirrt richtete ich mich auf. »Mamá?«

»Dein Wecker klingelt schon seit einer halben Ewigkeit. Ist es so spät geworden gestern Abend?«

Ich nickte, während ich mich mühselig aufrichtete. Es war definitiv keine gute Idee gewesen, mich mit vier

Stunden Schlaf zufriedenzugeben, wenn ich am nächsten Tag arbeiten musste. Trotzdem bereute ich den gestrigen Abend nicht einen Moment.

Nicht nur, dass endlich herausgekommen war, wer die fürchterlichen Artikel über Jonah zu verantworten hatte, ich hatte es genossen, Zeit mit ihm und seinen Freunden zu verbringen, die so ganz anders waren, als ich vermutet hatte. Kein einziger von ihnen war arrogant, vorurteilsbelastet oder hatte mich mit abfälligem Argwohn betrachtet. Sie alle hatten mich wie selbstverständlich in ihrer Mitte aufgenommen, sich für mich als Menschen interessiert und sie schienen ernsthaft darüber erfreut, dass Jonahs Wahl auf mich gefallen war.

Doch so sehr ich den Abend genossen hatte, so sehr wünschte ich mir auch, Zeit mit Jonah alleine zu verbringen. Zwar hatte ich schon seine sportliche und seine kreative Seite kennengelernt, seine kumpelhafte und seine charmante, seine zärtliche und seine wilde, doch ich wollte auch alle anderen Seiten von ihm kennenlernen. Ich wollte Nägel mit Köpfen machen.

***

Während ich an dem Kleid für Mrs Hobbs' Tochter arbeitete, eine weniger tief ausgeschnittene Variante ihres eigenen, wartete ich auf das erlösende Surren meines Smartphones. Oh Mann, ich hasste mich dafür. Aber so sehr ich auch konzentriert in die Stille lauschte, außer dem Rattern meiner Nähmaschine war nichts zu hören.

Als ich endlich um Punkt fünf Uhr die Nadel sinken ließ, war ich zwar weit vorangeschritten, hatte das Kleid jedoch versehentlich zehn Zentimeter kürzer gemacht als vorgesehen. Aber ich war guter Dinge, dass mir etwas einfallen würde, um den Karren aus dem Dreck zu ziehen. So würde Addison Hobbs wenigstens nicht wie eine Miniaturausgabe ihrer Mutter aussehen. Das müsste ich nur noch eben dieser sowie meiner Chefin schmackhaft machen ...

Nachdem ich mich mit kleinen Augen und kaum noch vorhandener Energie verabschiedet hatte, schleppte ich mich mit letzter Kraft nach draußen. Die eisigen Temperaturen, die heute Morgen auf den Nullpunkt gefallen waren, ließen mich augenblicklich wachwerden. Oder waren es die smaragdgrünen Augen, die mich schelmisch von der gegenüberliegenden Straßenseite anfunkelten?

»Ich habe gehört, hier braucht jemand dringend einen Kaffee aus dem Cosy's!«

Das laute Gähnen, das sich tief aus meinem Innersten befreite, war Antwort genug. Jonah lachte und kam auf mich zu.

Wie selbstverständlich drückte er einen sanften Kuss auf meine kalten Lippen und ich schmolz dahin. »Und, wie war die Arbeit heute?«

Ich zuckte mit den Schultern. »Es geht, war schon besser, war schon schlechter.«

Dann erzählte ich ihm von dem missratenen Abendkleid. Er lachte – dieses gelöste melodiöse Lachen, das mir jetzt schon so ans Herz gewachsen war.

»Ich bin mir sicher, wenn jemand dafür eine Lösung findet, dann du. Deine Chefin sollte endlich mal einsehen, was sie an dir hat!« Seine Stimme hatte einen vehementen Tonfall angenommen und ich wusste, dass er recht hatte, doch heute Abend hatte ich keine Kraft mehr, mir darüber Gedanken zu machen.

»Erzähl mir lieber, wie das Training war.«

Er seufzte und ich blickte fragend in sein Gesicht, das gleichzeitig größte Glückseligkeit und Besorgnis ausdrückte.

»Du musst nicht.« Beruhigend legte ich meine Hand auf den weichen Fleecestoff seiner Jacke.

»Es läuft richtig gut. Aber genau das ist es ja. Was ist, wenn es das plötzlich nicht mehr tut?« Seine sonst stechenden Augen verschmolzen mit der einkehrenden Dunkelheit. »Ich habe schon einmal versagt. Ich will nicht versagen und ich will hier nicht weg. Weg von dir.«

Mein Herz ratterte wie verrückt, als mir bewusst wurde, was er gesagt hatte. Ich schob meine Hand in seine, die bestimmt doppelt so groß war. »Das musst du auch nicht. Du hast es in der Hand und es wird alles gut.«

Ein Lächeln zupfte an seinen Mundwinkeln, bis es sich schließlich den Weg an die Oberfläche bahnte. »Ich glaube, du hast recht.«

»Das habe ich immer.« Als ich das angriffslustige Blitzen in Jonahs moosgrünen Augen sah, flüchtete ich ins Innere des Cosy Coffees, bevor er auf die Idee kam, mir zu widersprechen.

Da mir mal nach etwas anderem war, bestellte ich einen schlichten Flat White. Irgendwie hatte ich im Gefühl, dass es heute noch genug Aufregung geben würde. Die Barista drückte uns die Kaffeebecher in die Hände und ich war froh, etwas Warmes zu haben, woran ich mich in der Kälte festhalten konnte.

Ich nippte an meinem starken Milchkaffee und Jonah tat es mir gleich, während er unruhig auf der Stelle herumtippelte. War ihm etwa ausnahmsweise kalt? Dabei trug er sogar eine Jacke, nachdem er bis vor kurzem noch im Pullover herumgelaufen war.

»Willst du vielleicht mit zu mir kommen?« Er hatte die Worte so schnell hinausposaunt, dass ich Mühe hatte, gedanklich zu folgen.

»Also das soll jetzt keine blöde Masche sein, aber ich bin morgen schon wieder weg, das ganze Wochenende, weil es von Utah direkt weiter nach Nevada geht.«

»Jonah!« Meine Stimme war lauter als beabsichtigt. »Ich komme gerne mit zu dir. Allein schon wegen deiner schönen Wohnung.«

Sein Blick war goldwert. Als er merkte, dass ich ihn nur ein wenig foppte, kniff er seine Augen zusammen und verzog seine Lippen zu einem schmalen Lächeln. »Du legst es heute echt drauf an.«

Und obwohl ich in meinem Kurzmantel nicht gerade dem Wetter angemessen angezogen war, wurde mir angesichts seiner dunklen Stimme heiß.

***

Als Jonah endlich die Tür zu seinem Appartement aufschloss, strömte mir nicht nur heimelige Wärme entgegen, sondern auch ein leckerer Duft nach gebackenem, geschmolzenem Käse und Basilikum. Mein Magen gab ein unüberhörbares Knurren von sich und kurz überlegte ich, ob ich mich schämen sollte. Die pummelige Penny hatte natürlich Hunger.

Natürlich hatte sie das! Denn sie hatte den ganzen Tag gearbeitet und noch nichts Vernünftiges gegessen. Jeder Mensch hätte da Hunger. Ich drängte die Gedanken zur Seite und hoffte, dass Jonah das Rumoren in meinem Bauch nicht gehört hatte. Hatte er aber, doch es schien ihn nicht im Geringsten zu stören. Warum sollte es das auch?

»Wie gut, dass wir das Essen nur nochmal kurz warm machen müssen. Ich bin auch ganz schön hungrig.«

»Du hast gekocht?« Eine unnötigere Frage war mir wohl nicht eingefallen, doch er nickte völlig selbstverständlich.

»Ich bin zwar kein Superkoch, aber meine Lasagne ist ganz passabel. Und weil ich die Hoffnung hatte, nicht für mich alleine zu kochen, hat es direkt viel mehr Spaß gemacht!«

»So so, mit anderen Worten, du hast mich nur eingeladen, damit du mal wieder was Richtiges zu Essen bekommst!«

Da war er wieder. Dieser dunkle Blick, die Funken, die zu sprühen begannen. »Penny, Penny, Penny. Du willst es wirklich wissen heute, oder?«

Nervös biss ich mir auf die Lippen. Ich wusste ganz genau, worauf wir zusteuerten, und ich wusste ganz genau, dass ich es nicht stoppen wollte. »Oh ja, das will ich.«

Noch immer standen wir im Flur. Nur die spärliche Beleuchtung brannte. Jonahs Körper war lediglich eine dunkle Statur, die auf mich zukam. Ich wich einen Schritt nach hinten, prallte gegen die Wand, doch ich spürte keinen Schmerz. Das Einzige, was ich spürte, war das heiße Blut, das durch meine Adern rauschte. Das Einzige, was ich hörte, war unser lautes Atmen. Und das Einzige, was ich fühlte, war unbändige Lust, als Jonahs Mund hart auf meinen prallte. Wir hatten uns inzwischen schon oft geküsst und er war mir näher als nah gekommen, doch das hier war eine neue Stufe.

Seine Hände waren überall und trotzdem war es nicht genug. Sie vergruben sich in meinem offenen Haar, zogen mich enger an ihn, während meine Finger wie von selbst unter seine Fleecejacke schlüpften. Mein Mantel lag bereits am Boden, ich hatte keine Ahnung, wie er dorthin gekommen war, doch es war mir egal. Auch wenn mich meine Gedanken überraschten, wäre es mir recht gewesen, der Rest meiner Kleidung hätte auch bereits dort gelegen.

Irgendwie schaffte ich es, dass Jonahs Jacke neben der meinen landete. Wir ließen kurz voneinander ab, entledigten uns unserer Schuhe, keine Sekunde länger als nötig, und unsere Lippen fanden wieder zueinander.

Plötzlich merkte ich, wie ich den Boden unter den Füßen verlor, im wahrsten Sinne des Wortes. Ich schlang meine Beine um seine Hüften, während er zielsicher die nächste Tür anstrebte. Er stolperte nicht, er zögerte nicht, er küsste mich einfach immer weiter und legte mich schließlich vorsichtig auf die weiche Matratze. Ich hörte ein leises Klicken und eine Lichterkette erleuchtete in warmen Farben den Raum.

Das Schlafzimmer war urgemütlich, doch es hätte mir in diesem Moment nicht egaler sein können. Jonah beugte sich über mich und begann erneut, mich zu küssen. Ich wollte nicht nur seine Lippen fühlen, ich wollte alles von ihm.

Atemlos schob ich meine Hände unter seinen Hoodie und gab ihm zu verstehen, dass zu viel Stoff zwischen uns war. Es dauerte gefühlte Ewigkeiten, bis er sich seines Pullovers entledigt hatte, obwohl es nur ein Bruchteil von Sekunden war. Er schmiegte sich an mich, küsste mich erneut, ließ seine Hände quälend langsam unter meinen Pullover gleiten. Hatte ich mich vorhin aufgrund der Kälte verflucht, kein Unterhemd zu tragen, so dankte ich es mir nun, als ich seine kühlen Finger auf meiner erhitzten Haut spürte. Wie sie langsam über meinen Bauch strichen, sich zu meinen Brüsten vorarbeiteten.

Ein gequälter Seufzer kam über meine Lippen. Er schmunzelte. Es nahm unserer Nähe jedoch nicht die Tiefe, sondern brachte ihr neue Leichtigkeit. Zentimeter für Zentimeter schob er meinen Pullover nach oben und streifte ihn schließlich über meine Arme, bis ich im BH vor ihm lag. Er kniete zwischen meinen Beinen und nahm sich meinen Rock vor. Mitsamt der Strumpfhose rollte er ihn nach unten. Obwohl mir unsäglich heiß war, spürte ich, wie meine Nippel sich unter dem schwarzen Spitzenstoff aufrichteten. Ich lehnte mich ihm entgegen, setzte mich hin, stieß ihn ein Stück zurück, bis er vor mir stand. Wenig galant rutschte ich an die Kante des Bettes und öffnete den Knopf seiner Jeans.

Bereits jetzt spürte ich die Erregung in seiner Hose, die sich nur noch durch den dünnen Stoff seiner Trunks drückte. Seine Jeans, die locker auf den Hüften saß, rutschte nach unten. Danach war seine Boxershorts dran. Und dann war es nur noch er selbst, der vor mir stand.

Unwillkürlich hatte ich die Luft angehalten. Ich wusste nicht, ob man einen Mann als schön bezeichnete, aber das war er. Die Haut leicht gebräunt und von feinem blonden Haar überzogen, der Bauch trainiert, aber nicht stahlhart, die Beine muskulös, aber nicht dünn. Jonah ragte vor mir auf und blickte zu mir herab, als hätte er nie etwas Wundervolleres gesehen. Ich ließ mich zurück auf die Matratze sinken, wartete, dass er über mir war, seine Lippen erneut hungrig die meinen trafen.

Mit einem Ruck drehte er sich zur Seite, sodass ich plötzlich auf ihm saß. Seine Finger streichelten meine Arme, berührten meine Schultern, liebkosten meinen Rücken. Er öffnete meinen BH und befreite meine Brüste, die sich nach seiner Berührung sehnten. Er strich mit seinen Fingern über meine halb entblößten Pobacken, hakte sie in meinem Slip ein und zog die dünne Spitze nach unten. Mit einer letzten Bewegung half ich nach und hörte, wie der zarte Stoff auf dem Boden landete.

»Penny, ich will dich.« Seine Stimme war ein raues Flüstern. »Ich will alles von dir.«

Ich schluckte. »Das will ich auch. Schlaf mit mir, Jonah.« Vorsichtig ließ ich mich neben ihm gleiten, während er die Schublade des Nachttischs öffnete. Ich blickte zu seinen Händen, die nun ebenso zittrig wie meine waren, wartete, dass er endlich über mir war. Das Knistern einer Folienpackung ließ mich aufgeregt erbeben. Gleich war es so weit. Jonah sank vorsichtig auf mich hinab und dann gab es nichts mehr, was uns trennte, als er mit einem quälend langsamen Stoß in mich eindrang, mich dehnte, mich völlig ausfüllte. Seine Hände streichelten meinen Körper, während er zum nächsten Stoß ansetzte, heftiger, fester, genau richtig.

Seine Hand wanderte zwischen uns, umkreiste meine Perle, seine Zunge kitzelte meine Lippe, neckte meinen Mund, während er wieder in mich stieß. Ich wusste nicht mehr, ob mir kalt war oder heiß, ich wusste nur, dass ich ihn in mir spüren wollte. Wieder und wieder und wieder. Ich drückte mich ihm entgegen. Drückte meine Klit gegen seine Hand, umschloss ihn mit meinem Inneren, während er in mich eindrang. Ein unbeschreibliches, schmerzhaft schönes Ziehen schoss durch meine Mitte, verweilte dort bis zum nächsten Stoß. Mein Atem wurde lauter, als seine Finger unaufhörlich auf dem Zentrum meiner Nerven auf und ab tanzten. Alles in mir zog sich zusammen, bäumte sich auf wie eine Welle, die kurz davor war zu brechen.

Und dann brach sie. Über mir, über ihm, über uns. Unsere Körper verschmolzen zu einem aufgewühlten See, dessen Oberfläche sich nach und nach glättete. Die Wogen flauten ab, doch das Glück blieb, als wir schließlich schwer atmend nebeneinander lagen, meine Hand in seiner, die Augen in die Unendlichkeit gerichtet.

Ein lautes Grummeln durchbrach die Stille. Jonah drehte sich zu mir, ein Lächeln, das bis in mein Herz drang, auf seinen Lippen. »Ich glaube, es ist Zeit für die Lasagne.«

Kapitel 22

Jonah

Ich schaltete den Motor aus und zog die Handbremse an. Der Himmel war von einem blassvioletten Schimmer durchzogen und die ersten Sonnenstrahlen brachen durch die Dämmerung.

»Also dann ...« Penny knetete ihre Hände und rutschte unruhig auf ihrem Sitz hin und her. Nachdem wir uns gestern Abend noch ein zweites Mal geliebt hatten, waren wir nebeneinander eingeschlafen, bis uns schließlich heute Morgen, viel zu früh, der Wecker aus dem Land der Träume gerissen hatte.

Ich hatte Penny angeboten, sie nach Hause zu fahren, damit sie sich vor der Arbeit umziehen konnte. Wäre es nach mir gegangen, hätte sie in den zerknautschten Klamotten des gestrigen Tages bleiben können, wenn wir dafür ein paar Minuten mehr zusammen gehabt hätten. Davon abgesehen sah Penny auch ungeschminkt mit zerwühlten Locken, die daran erinnerten, was wir gestern getan hatten, wunderschön aus.

»Also dann ...«, antwortete ich mit den gleichen Worten. Ich beugte mich zu ihr herüber, drückte einen Kuss auf ihre Lippen, aber irgendwie kam es mir so vor, als wäre sie noch nicht ganz da.

»Jonah ...«

»Ja?« Meine Stimme klang erwartungsvoll, zu erwartungsvoll. Ich wollte sie endlich allen als meine Freundin vorstellen, was sie im Grunde genommen schon war, aber auf der anderen Seite wollte ich sie nicht überrumpeln, ihr die Zeit geben, die sie brauchte.

»Ich werde dich vermissen.« Nicht ganz das, worauf ich gehofft hatte, aber mir würde es definitiv nicht anders ergehen. Ich war sowas von am Arsch ...

»Spätestens am Montag sehen wir uns wieder. Ich weiß, es ist viel, aber ...«

»Du musst dich nicht für deinen Beruf entschuldigen, Jonah, ich wusste ja, worauf ich mich einlasse.« Sie lächelte. Diesmal war ihr Lächeln echt, genau wie die Ehrlichkeit, die in ihrem Kuss steckte.

Sie schnallte sich ab und öffnete die Tür, dann drehte sie sich nochmal zu mir. »Und wehe, du machst kein Tor für mich.« So kannte ich sie.

»Eins? Ich schieße so viele Tore für dich, dass du gar nicht mehr mitzählen kannst!«

Sie lachte, stieg aus und schloss die Autotür. Ihr melodisches Lachen hallte immer noch in meinem Wagen wider, als ich schon längst auf dem Weg zum Flughafen war. Ich würde es vermissen. Mehr als mir klar war.

Kapitel 23

Penny

Mein Leben war genau wie immer, genau wie es die letzten sechs Jahre gewesen war, doch plötzlich störte es mich. Ich war nicht mehr zufrieden damit, ausschließlich Pénélopéeeeee, die Untergebene von Madame Hiver zu sein, oder Penny, die gutherzige Freundin und Tochter.

Natürlich war ich das immer noch, aber nicht mehr einzig und allein. Ich hatte Gefallen daran gefunden, jemanden in meinem Leben zu haben, mit dem ich nicht nur meine Gedanken teilen konnte, sondern jemanden, der mich darin bestärkte, etwas aus mir zu machen. Jemanden, der mich auffing, um mich anschließend auf Händen zu tragen, nachdem er mich mit diesen berührt hatte. Zwar war ich gerne Freundin und Tochter, aber genauso gerne war ich die Frau, für die das Herz eines Mannes höherschlug, und gerade deshalb vermisste ich Jonah umso mehr.

Gestern hatte ich das Spiel der Silver Crows im Fernsehen geschaut, zum großen Erstaunen meiner Eltern, die jedoch mindestens genauso fasziniert neben mir gesessen hatten. Aber Jonah im Fernsehen zu bewundern war eben nicht das Gleiche wie neben ihm zu sitzen und mich an ihn zu kuscheln. Immerhin hatte Jonah selbst zwei Tore gegen die Grizzlies erzielt und bei dreien assistiert. Es war ein spannendes Spiel gewesen, aus dem die Crows jedoch verdient als Sieger hervorgegangen waren.

Und heute würde ich als Siegerin hervorgehen, was das Kleid von Addison Hobbs betraf. Kurzerhand hatte ich es noch um ein paar weitere Zentimeter beraubt und stattdessen einen dünnen Rock aus glitzerndem Tüll über dem Minirock angebracht. So war das Kleid deutlich verspielter und raffinierter als die ursprüngliche Variante. Inständig hoffte ich, dass es Addison so gut gefallen würde, dass ihre Mutter und Madame Hiver es nicht wagten, mich einen Kopf kürzer zu machen.

Unruhig wippte ich vor meiner Nähmaschine auf und ab, ohne etwas von dem zu schaffen, was ich zu erledigen hatte, bis mich endlich das erlösende Klingeln der Türglocke erlöste. Das mussten sie sein.

Drei, zwei, eins … »Pénélopéeeeeee!« Wie auf Kommando schallte Marguerite Hivers Stimme zu mir herüber. Ich sprang auf, richtete meine pinke Marlene-Hose und freute mich innerlich auf Mrs Hobbs' entsetztes Gesicht, wenn ich ihre Augen mit meinen grellen Oberschenkeln quälte.

Ich wurde gerade noch rechtzeitig Zeugin davon, wie Ariana Hobbs meiner Chefin zwei spitze Luftküsschen auf die Wange hauchte und flötete: »Marguerite, wie schön, dass wir uns schon wiedersehen, ich bin ja schon sooo gespannt auf Addisons Kleid!«

Addison hingegen wirkte deutlich weniger gespannt. Verschüchtert stand sie neben ihrer Mutter und blickte zu Boden, als wäre sie auf der Suche nach einem riesigen Loch, das sie verschlingen würde.

»Sie wird aussehen wie ich damals beim Winterball! Nun ja, fast«, ergänzte sie und schaute abfällig zu ihrer Tochter, die im Gegensatz zu ihrer Mutter kaum geschminkt war. Ihre Haare waren ebenso wenig aufwendig gestylt, sondern zu einem lockeren Dutt frisiert. Und dennoch, oder gerade deswegen, war sie ein wunderhübsches Mädchen. Ein ganz normaler Teenager, der ganz offensichtlich von seiner Mutter zu einem Konkurrenzkampf verdonnert worden war, von dem er kein Interesse hatte, ihn auszufechten.

Ich begrüßte Mrs Hobbs knapp und wandte mich dann schließlich an Addison. »Na, sollen wir uns dann mal dein Kleid anschauen?«

Sie wirkte unentschlossen, folgte mir jedoch in Richtung der Umkleidekabine, wo ich ihr Kleid, sicher in einem Kleidersack verstaut, platziert hatte.

William brachte derweil der aufgeregten Mrs Hobbs einen Prosecco und sie ließ sich auf einem der Cocktailsessel nieder, um Madame Hiver von den geschmacklosen Abendkleidern der Nachbarstöchter zu berichten. Glücklicherweise waren beide durch ihre Lästereien so abgelenkt, dass sie nicht mitbekamen, wie ich Addison in die Umkleide folgte. Nicht nur um ihr ins Kleid zu helfen, sondern um sie auf die kleine außerplanmäßige Änderung vorzubereiten.

Als ich das Kleid schließlich aus seiner Schutzhülle befreite, begannen Addisons große blauen Augen zu leuchten, als hätte ich sie ebenfalls von ihrer Schutzhülle befreit.

»Oh, Penny«, keuchte sie. Im Gegensatz zu ihrer Mom und Madame Hiver wusste sie, wie ich hieß, was sie mir noch sympathischer machte. »Das Kleid ist so schön geworden! Ich weiß nicht, wie ich dir jemals danken soll!«

»Wahrscheinlich gar nicht, da deine Mom mich einen Kopf kürzer machen wird.« Addison riss entsetzt ihre Kulleraugen auf, die mich an die einer Babypuppe erinnerten.

Sie drehte sich vor dem Spiegel, ihre Sneaker blitzten unter dem Tüllstoff hervor und ihre Augen hatten einen entschlossenen Ausdruck angenommen.

»Nein, das wird sie ganz sicher nicht!« Und damit trat sie aus der Kabine, während ich die Luft anhielt.

Ein spitzer Schrei dröhnte in meinen Ohren. Das war eindeutig Addisons Mom. Vorsichtig schlüpfte ich hinter dem Vorhang hervor, sah Mrs Hobbs' entsetztes Gesicht und Madame Hiver, die mit offenstehendem Mund dasaß.

»Pénélopéeeee!« Doch weiter kam sie nicht, denn Addison schnitt ihr mutig das Wort ab.

»Oh, Mom, es ist so schön geworden! Genauso, wie ich es Penny beschrieben habe! Madame Hiver, tausend Dank, es ist mir so eine Ehre, dass ich ein Kleid aus Ihrem Haus tragen darf! Sie haben so eine talentierte Mitarbeiterin!«

Der Mund meiner Chefin klappte wieder zu und ich musste mir ein Grinsen verkneifen, weil Addison so dermaßen dick auftrug.

»Darling, wir haben doch etwas ganz anderes vereinbart!« Ariana Hobbs' Stimme war nur ein Zischen, doch Addison hatte anscheinend beschlossen, dass dies der

Tag war, an dem sie sich aus den Fängen ihrer Mutter befreite.

»Nein, Mom, nicht *wir* haben das beschlossen, *du* hast das beschlossen. Und ich habe Penny gebeten, ein paar Änderungen an meinem Kleid vorzunehmen.«

Mrs Hobbs musterte mich abfällig und öffnete ihren Mund – also eigentlich starrte sie auf meine Oberschenkel –, doch ihre Tochter stellte sich schützend vor mich. Sie war ein verdammt mutiges Mädchen, und obwohl ich sie nur vom Sehen kannte, bewunderte ich sie für ihre Stärke.

»Entweder ich trage dieses Kleid, Mom, oder ich kaufe mir eins bei Target. Oder vielleicht gehe ich auch gar nicht auf den Ball, dann hast du auch keinen Grund, Aufsicht zu machen.«

Mrs Hobbs hielt die Luft an, ihre Tochter hatte ganz offensichtlich einen wunden Punkt getroffen. »Schön, wir nehmen das Kleid.«

Addisons Grinsen sprach Bände und so sehr ich mich auch bemühte, ich konnte meines ebenso wenig verbergen. Selbst in den Augen meiner Chefin sah ich ein dezentes Funkeln und plötzlich fragte ich mich, ob sie Mrs Hobbs wirklich so bewunderte, wie sie es vorgab.

***

Den nächsten Tag verbrachte ich damit, Hosen zu kürzen, Jacketts enger zu nähen und Cocktailkleider anzupassen. Wahrscheinlich war dies Madame Hivers Form meiner persönlichen Bestrafung, denn auf den Vorfall mit Addison Hobbs kam meine Chefin nicht nochmal zu sprechen.

Umso erleichterter war ich, als ich endlich hinaus in die Abenddämmerung trat und bereits eine Nachricht von Jonah auf mich wartete. Er grinste in die Kamera, im Hintergrund der Flughafen von Salt Lake City, von wo das Team weiter nach Lake Tahoe fliegen würde, wo das morgige Spiel stattfand. Unter dem Foto war ein klopfendes pinkes Herz-Emoji, das das Herz in meiner Brust ebenso zum Beben brachte.

Grinsend hob ich meinen Kopf, um in dieselben grünen Augen zu sehen, die mich gerade noch von meinem Handydisplay angeschaut hatten. Nun durchbohrten sie mich allerdings von einer riesigen Plakatwand, die gegenüber des Silverstuffs angebracht war. Doch es war nicht nur Jonah, der mir verführerisch entgegenblickte. Hinter ihm stand eine Frau. Viel war von ihr nicht zu sehen, lediglich die Hände, die auf seine Schultern gelegt waren, und ihre lockigen schwarzen Haare, die über seine Seite fielen, als sie sich zu ihm beugte, um ihm etwas eindeutig nicht Jugendfreies ins Ohr zu flüstern.

Holy Shit, wann war dieses Foto entstanden? Und noch viel wichtiger war die Frage, wieso zur Hölle war ich auf dem Foto mit drauf?

Was hatte Lisa gesagt? Ich sollte ihm helfen, ein wenig lockerer zu werden. Sie hatte allerdings nichts davon gesagt, dass ich Teil der Kampagne werden würde. Tatsächlich störte es mich gar nicht, dass ich auf dem Foto zu sehen war, schließlich war ich kaum zu erkennen. Was mich störte, war die Tatsache, dass es ohne meine Einwilligung geschehen war. Hatte Jonah davon gewusst? Mein Herz, das eben noch vor Freude geklopft hatte, raste nun vor Unsicherheit.

Tief atmete ich durch, bevor ich mich umdrehte und meinen Rückweg ins Silverstuff antrat. Hatte ich eben noch geglaubt, meine Arbeitsstätte vor Montag nicht mehr betreten zu müssen, hatte ich mich nun umentschieden.

Madame Hiver selbst stand im Showroom und hantierte an einer Büste herum. »Pénélopéeeee?«

Mir fiel es verdammt schwer, meine Chefin nicht anzuschreien. »Madame Hiver, die ersten Werbeplakate für die Kampagne hängen ja schon.«

Sie grinste milde und antwortete spitz: »Ja, ich hatte auch gar nicht damit gerechnet, dass wir diese Woche noch starten können.«

Sie wirkte in keinem Maße erstaunt, dass ihre Schneiderin sich mit auf dem Foto befand. »Haben Sie die Fotos gesehen?« Ich hatte Mühe, die Worte zwischen meinen fest zusammengebissenen Zähnen hervorzupressen.

»William hat sich darum gekümmert. Er hat die letzten Absprachen mit Monsieur Ustavovich getroffen. Geht es dir nicht gut, Penélopéeee?« Meine Chefin wirkte ernsthaft besorgt, was mich fast ein wenig rührte.

Ohne lange zu zögern, nahm ich sie bei der Hand, ihr lautes Schnauben sorgte dafür, dass ich sie sofort wieder losließ, bedeutete ihr jedoch, mir nach draußen zu folgen.

Ebenso überrascht wie ich starrte sie auf die Plakatwand, auf der nicht nur Jonah, sondern auch ich zu sehen war.

Sie räusperte sich und schaute mir direkt in die Augen. »Nun, Pénélopéee, davon wusste ich nichts, ich bin mir auch nicht sicher, was ich davon halten soll, aber ich muss zugeben, Mademoiselle Loom hat wie immer den perfekten Moment eingefangen.«

Und dann zwinkerte sie mir zu. Madame Hiver zwinkerte mir zu und ließ mich stehen, während sie zurück ins Innere stöckelte, als hätte es den Moment nie gegeben. Vielleicht wurde ich doch langsam verrückt. Doch der Beweis, dass dem nicht so war, hing nur wenige Meter entfernt.

Ich schoss ein Foto und schickte es an Jonah.

Wusstest du davon?

Ich sah, dass er tippte, tippte, tippte. Warum dauerte das denn so lange?

Nein. Glaubst du das wirklich?

Augenblicklich überkam mich das schlechte Gewissen. Er war nicht mehr der Jonah von früher, das hatte ich begriffen, also wieso misstraute ich ihm?

Er tippte erneut.

Penny, ich wusste nichts davon. Aber ich finde, dass es ein wunderbares Foto von uns ist. Ich muss jetzt mein Handy ausschalten, wir starten gleich.

Dann war er offline und ich wollte mir in den Arsch beißen, dass ich mich so aufgeregt hatte. Das Foto war traumhaft, Jonah war traumhaft, so manche Frau würde davon träumen, mit Jonah Bennett auf einem

Werbeplakat abgelichtet zu sein. Und trotzdem konnte ich mich nicht so recht freuen.

Kapitel 24

Penny

Das ganze Wochenende hatte ich mich zu Hause einge-igelt. Ich hatte mich vor meiner Nähmaschine verkro-chen, während im Hintergrund das Spiel der Silver Crows gegen die *Tahoe Night Monsters* lief, ein Team, das ebenfalls neu im Geschäft war. Und ich? Ich machte das, was ich gut konnte: Ich versank in kuscheligen Stoffen, raffinierten Schnittmustern und nähte, was das Zeug hielt.

Die Glückssträhne der Crows hielt nicht an und auch Jonah legte kein sonderlich gutes Spiel hin, wofür ich mich zum Teil aufgrund meiner Anschuldigungen mit-verantwortlich fühlte. Umso wichtiger erschien es mir plötzlich, das Kleid fertig zu schneidern, das ich am Montag beim Heimspiel der Silver Crows tragen wollte. Dem Tag, an dem ich Jonah wiedersehen und das Miss-verständnis endgültig aus der Welt schaffen würde. Ich könnte ihm endlich sagen, dass ich bereit für den nächsten Schritt war. Eine offizielle Beziehung.

Ich war überzeugter denn je, dass er es auch wollte – eine Beziehung mit Penny Fernandez, der kurvigen Maßschneiderin aus der amerikanischen Kleinstadt

Mount Silver. Mit mir. Er hatte mir bewiesen, dass mehr in ihm steckte als damals vor sieben Jahren.

***

Ich schlüpfte in den seidigen eisblauen Stoff, dessen Bündchen in anthrazitgrau gehalten waren. Als Knöpfe hatte ich funkelnde Eisblumen gewählt, die dem Blusenkleid einen besonderen Touch verliehen. Dazu kombinierte ich natürlich meine Docs, die den Look auflockerten. Mein Haar ließ ich einfach so, wie es war. Wild und frei.

»Ich bin dann weg!« Meine Eltern winkten mir nur grinsend hinterher. Sie hatten sich damit abgefunden, dass ich plötzlich zum Eishockeysuperfan mutiert war.

Da ich nicht wusste, wie spät es heute Abend werden würde, hatte ich einen kleinen Notfallbeutel in meiner Handtasche verstaut, in dem sich nicht nur ein frisches Höschen, sondern außerdem Zahnbürste und Mascara befanden. So konnte ich morgen direkt zur Arbeit aufbrechen – ohne Zwischenstopp zu Hause.

Jonah und ich hatten die letzten Tage nur belanglose Nachrichten ausgetauscht und ich spürte, dass die Werbekampagne immer noch zwischen uns stand. Ich hoffte jedoch, dass heute Nacht gar nichts mehr zwischen uns sein würde.

Beschwingt hüpfte ich durch den kühlen Novemberabend. Ich war froh, noch ein bisschen frische Luft zu bekommen, bevor ich gleich in der stickigen Arena sitzen würde, wo die Stimmung zum Bersten gespannt wäre. Umso wichtiger war es, mir jetzt nochmal den Kopf freipusten zu lassen.

253

Je näher ich der Arena kam, umso mehr Autos fuhren an mir vorbei. Das heutige Spiel gegen die *Idaho Steelheads* war als Derby bei den Fans heiß begehrt, und nach der Pleite im Testspiel schien ganz Mount Silver auf den Beinen zu sein. Bei jedem Blick, der auf mich fiel, fragte ich mich, ob die Leute in mir das Mädchen erkannten, das mit Jonah Bennett auf einem Werbeplakat zu sehen war.

Jeder zweite Rücken, der sich vor mich schob, war mit der Nummer fünfzehn bedruckt, und ich hoffte so sehr, dass Jonah nun endlich seinen Platz gefunden hatte, jetzt, wo die sportliche Berichterstattung der Mount Daily auf einmal wieder positiv ausfiel.

Ich kam jedoch nicht dazu, mir weitere Gedanken zu machen, da mir bereits eine mir nur allzu bekannte Gestalt wild zuwinkte. Sashas helle Haut und ihr noch helleres Haar strahlten wie ein Stern in der Dunkelheit und ich musste grinsen, als ich ihre wilden Verrenkungen bemerkte, mit denen sie versuchte, auf sich aufmerksam zu machen.

Damit sie endlich aufhörte, die Augen aller Anwesenden auf sich – auf uns – zu ziehen, legte ich einen Zahn zu und fiel ihr um den Hals. Wie zwei alte Freundinnen, die sich seit Jahren nicht gesehen hatten, begrüßten wir uns.

»Na, du Model, willst du mir vielleicht was erzählen?« Sie deutete auf das Werbeplakat des Silverstuffs, das auch gut sichtbar an den Türen der Arena angebracht war.

Schon wieder glaubte ich, von allen Seiten Blicke auf mir zu spüren. Deswegen winkte ich einfach nur ab.

»Lange Geschichte ... jetzt will ich das Spiel genießen und hören, was du die letzte Zeit so getrieben hast.«

Während Sasha mir für mich unverständliche Dinge von Computern und Programmierungen erzählte, denen ich trotzdem gerne lauschte, machten wir uns auf den Weg zu unseren Plätzen. Wie immer dröhnte bereits laute Musik durch die Arena und wie immer waren es die gleichen Titel, die jedes Mal rauf und runter liefen. Es fühlte sich so vertraut an.

Das Aufwärmtraining war bereits im vollen Gange und die Silvercrows rauschten in ihren silbergrauen Trikots über das Eis. Ich sah Henri, Mikkel, Danny, doch wo war die Nummer fünfzehn? Ein Rums nicht weit von uns entfernt ließ mich aufschrecken. Da war er, Jonah Bennett. Er stand breit grinsend vor der Plexiglasscheibe und strahlte mich an. Alles würde gut werden.

***

Heute genoss ich besonders die Einlaufzeremonie, den Feuerschwall, der aus dem Maul der Krähe geschossen kam, die klirrenden Töne von *Cold as Ice*. Ich war ein Teil dieser kleinen Welt, die es kaum erwarten konnte, dass die Crows unsere Nachbarn aus Boise zerlegten.

Obwohl ich es liebte, wenn das Publikum die Namen der Spieler rief, so wünschte ich mir heute, die Zeit vorspulen zu können, damit ich mich endlich in Jonahs Arme werfen konnte.

Als der Schiedsrichter den Puck fallen ließ, war die ganze Arena schon völlig aufgedreht, jedoch wohl aus anderen Gründen als ich.

Auch diesmal war Jonah Teil der Starting Six und ich beobachtete gespannt, wie die Crows über das Eis flitzten. Im Tor stand Lester Thompson, wenigstens im ersten Drittel, wie Sasha mir flüsternd berichtete. Auch wenn ich nicht wirklich Ahnung davon hatte, wie viel Sinn das machte, gefiel es mir, dass Julien Decoup auch neueren und jüngeren Spielern eine Chance gab. Ein Jubelschrei ging durch die Reihen und ich zuckte zusammen, als plötzlich das Stadion eskalierte.

»Tor für unsere Lieblingsmannschaft, die Silver Crows! Der Assistent mit der Nummer fünfzehn, Jonah ...«

»Bennett«, schrie ich förmlich, sodass Sasha neben mir zu grinsen begann.

»Und der Torschütze mit der Nummer siebenunddreißig, Brad ...« »Adams!«, grölten die Zuschauer. Der Coach hatte die Reihen für das heutige Spiel neu zusammengesetzt, und sein Plan schien nach dem verlorenen Auswärtsspiel zu funktionieren.

Ich erhaschte einen kurzen Blick in Jonahs strahlende Augen und lächelte. Es war nur ein winziger Moment, und doch hatte ich das Gefühl, wir wären alleine in der Arena.

Die nächste Reihe kletterte über die Bande und ich versuchte, mich auf das Spiel zu konzentrieren, anstatt die ganze Zeit zur Bank zu schauen, auf der Jonah sich Wasser in den Mund kippte, als würde er gerade für eine trendige Getränkemarke vor der Kamera stehen – nur dass er dafür eindeutig zu viel am Körper trug.

Schnell konzentrierte ich mich wieder auf das Spiel. Ein schriller Pfiff ertönte, noch während der Puck unaufhaltsam über die gegnerische Torlinie segelte, ohne dass ein Spieler ihm folgte.

»Icing«, murmelte Sasha neben mir, während wir darauf warteten, dass es zum erneuten Bully kam.

Als endlich das erste Drittel beendet war, stand es unentschieden und ich war sowas von reif für eine Pause vor lauter Mitfiebern, Jonah Anschmachten und fehlgeleiteter Aufmerksamkeit.

»Ich brauch dringend was zu trinken.« Fragend schaute ich Sasha an, die ähnlich geplättet wirkte.

»Bringst du mir was mit?« Sie klimperte mit ihren farblosen Wimpern. »Ich fühle mich nach den zwanzig Minuten, als hätte ich selbst gespielt.«

Mitfühlend tätschelte ich ihre Schulter. »Coke?«

Sie schüttelte mit dem Kopf. »Ich nehme ein Light Beer. Hab morgen erst spät Uni.«

Ich nickte und machte mich an den Aufstieg durch die Sitzreihen. Noch immer wurde ich das Gefühl nicht los, ungeniert angestarrt zu werden, aber ich streckte den Rücken durch, strich mein Kleid glatt und trat ins Foyer, wo sich bereits die üblichen Schlangen vor den Getränkeständen gebildet hatten.

Erfolglos versuchte ich, mir ein wenig kalte Luft zuzufächeln. Mit Blick auf die herunterlaufende Pausenzeit beschloss ich, kurz an die frische Luft zu gehen, um durchzuatmen, bevor ich rund weitere sechzig Minuten im Inneren der Halle verbringen würde.

Ich trat in den abgetrennten Außenbereich, in dem einzelne Grüppchen plaudernd standen und lachten. Neben mir glomm eine Zigarette in der Dunkelheit.

»Guten Abend, Pénélopé.« Erschrocken drehte ich mich um und schaute in Leonard Ustavovichs Gesicht, das im Schein der künstlichen Beleuchtung rötlich glänzte.

»Oh, hallo, Mr Ustavovich. Gar nicht am Arbeiten?« Etwas Originelleres fiel mir nicht ein, aber ehrlich gesagt hatte ich auch nicht wirklich Lust, mich mit dem Pressereferenten der Crows zu unterhalten. Er hatte jedoch leider kein Gespür dafür, dass ich lediglich höflich war.

»Die Bilder für die Kampagne sind wirklich fabelhaft geworden.« Ich zog die Augenbrauen nach oben, gerade hatte ich meine Anwesenheit auf diesen Plakaten erfolgreich verdrängt.

»Seitdem die Kampagne läuft, ist der Ticketverkauf steil nach oben gegangen. Und zwei Jungs aus unserer Jugend überlegen sogar, ob sie vielleicht doch die örtliche Kooperation mit dem Community College nach der Highschool wahrnehmen sollen, anstatt am Programm einer anderen Uni teilzunehmen.«

Abwesend nickte ich und blickte unauffällig auf die Uhr, schließlich wollte ich noch etwas zu trinken kaufen. Doch als Repräsentantin des Silverstuffs – im weiteren Sinne – wollte ich auch nicht unfreundlich wirken.

»Und Sie glauben gar nicht, wie oft sich auf einmal die Trikots mit der Nummer fünfzehn verkaufen. Die Leute lieben es, dass Jonah nun einer von ihnen ist, ein waschechter Junge aus Mount Silver. Dank Ihnen kommt er einfach viel glaubwürdiger rüber und sogar die negative Berichterstattung gehört der Vergangenheit an.« Das hatte jedoch andere Gründe, von denen

Mr Ustavovich nichts zu wissen schien. »Eure gemeinsamen Fotos für die Kampagne waren ein wirklich kluger Schachzug.« Er schaute mich direkt an, als würde er das erste Mal mich als Person wahrnehmen, und ich zwang mich zu einem Lächeln. »Also nochmal vielen Dank, Pénélopé, dass Sie nun doch eingewilligt haben, Jonahs Freundin zu spielen, es kommt ja nicht nur dem Verein zugute ...« Doch ich hörte schon gar nicht mehr zu. »Ich muss dann mal wieder rein.« Leonard Ustavovich verabschiedete sich mit einem schiefen Lächeln, aber ich stand immer noch da, unfähig mich zu bewegen.

Nach und nach begaben sich die Menschen nach drinnen, ich hörte den ersten Gong, der signalisierte, dass das Spiel gleich weiterging, aber ich konnte mich nicht rühren. Immer wieder geisterten Ustavovichs Worte durch meinen Kopf. *Danke, dass Sie nun doch eingewilligt haben, Jonahs Freundin zu spielen.*

Einen Scheiß hatte ich! Ich spürte, wie meine steifen Beine zu kribbeln begannen und ich aus meiner Starre erwachte. Ein Puzzleteil nach dem anderen schob sich an die passende Stelle. Jonah, der auf einmal Interesse daran hatte, mich besser kennenzulernen. Jonah, der sich richtig ins Zeug gelegt hatte. Jonah, den am Anfang niemand hier haben wollte und der nun ein beliebter Spieler war, gefeiert als heimischer Star von Mount Silver.

Er hatte sich mit mir seinen Platz in der Mannschaft erkauft, nachdem er festgestellt hatte, dass es in Mount Silver doch gar nicht so übel war. Und ich war einfach nur eine Möglichkeit, die sich im bot und die er dankend genutzt hatte. Wie verdammt naiv ich doch gewesen war!

Ich schnaubte und versuchte, die Tränen zu unterdrücken, die sich nun doch langsam ihren Weg an die Oberfläche bahnten, aber ich würde nicht weinen. Ich würde verdammt nochmal nicht eine einzige Träne wegen dieses Kerls vergießen. Leider interessierte das meinen Körper herzlich wenig.

Ohne lange zu überlegen, schlüpfte ich unter der Absperrung hindurch. Sasha ... ich hatte sie völlig vergessen, aber ich konnte da nicht wieder rein. Während ich hinaus in die Dunkelheit rannte, wo meine Tränen ungestört fließen konnten, schickte ich Sasha eine Sprachnachricht, in der ich ihr in wenigen Worten erklärte, was passiert war. Als ich das Gefühl hatte, dass ich kaum noch den Weg erkennen konnte, weil es immer dunkler und meine Augen immer verquollener wurden, wählte ich Kims Nummer. Ich brauchte meine beste Freundin. Dringend.

***

Als ich endlich auf dem Sofa in Kims kleinem, aber schmucken Ein-Zimmer-Appartement saß, brachen alle Dämme. Meine Freundin wiegte mich hin und her, während ich unkontrolliert schluchzte.

»Alles wird gut.« Sie tupfte meine stetig laufenden Tränen vorsichtig mit einem Taschentuch ab, aber der laufende Strom wollte einfach nicht versiegen.

»Ich war von Anfang an nur Mittel zum Zweck!« Meine Stimme war nur noch ein Krächzen, und jedes Wort auszusprechen tat entsetzlich weh.

Kim schob mich eine Armeslänge von sich weg und musterte mich durchdringend. »Du weißt, dass ich kein großer Fan von Eishockeyspielern bin, insbesondere nicht von Jonah Bennett, aber meinst du nicht, du urteilst vielleicht etwas vorschnell und alles war nur ein blödes Missverständnis?«

Ich schniefte und zuckte mit den Schultern. Dann griff ich nach meinem Handy, öffnete Instagram und hielt Kim die neusten Ergüsse der Mount Daily unter die Nase, die zwar nun nicht mehr über Jonahs sportliches Versagen schrieben, dafür ungemein positives Interesse an seinem Privatleben hatten. Sie schielte kurz auf den Bildschirm, bevor sie das Smartphone falschherum auf den Tisch legte.

»Und wenn schon. Das ist ein blöder Artikel. Der beweist gar nichts. Du bist eine tolle Frau und er hat jeden Grund, dich zu mögen, egal ob es nun seiner Karriere förderlich ist oder nicht.« Sie raufte ihre Haare und gestikulierte wild mit den Armen. »Du beruhigst dich jetzt erstmal, und wenn er sich morgen meldet, dann klärt ihr das in Ruhe. Ich bin mir sicher, es gibt für alles eine logische Erklärung!«

Kapitel 25

Jonah

Völlig verschwitzt ließ ich mich auf die Bank in der Kabine fallen. Nach der regulären Zeit hatte es nicht nur eine Verlängerung gegeben, es war sogar noch zum Penalty-Schießen gekommen, aus dem wir schließlich mit einem Tor Vorsprung als Sieger des Spiels hervorgegangen waren.

Während die anderen johlend unter die Dusche hüpften, war mir nicht wirklich nach Feiern zumute. Ich hatte mehrfach mit meinem Blick das Publikum abgesucht, aber irgendwie hatte ich Penny im Anschluss ans erste Drittel nicht mehr entdecken können. Dabei war ich mir sicher gewesen, dass wieder alles in Ordnung zwischen uns war und sie mir geglaubt hatte, dass ich von dem Bild für die Kampagne nichts gewusst hatte.

Auch wenn ich das Foto von uns wunderschön fand, war ich selbst auch nicht erpicht darauf, mein Privatleben in der Öffentlichkeit auszubreiten. Auf der anderen Seite konnte ruhig jeder wissen, dass es nun eine Frau an meiner Seite gab.

Seufzend beeilte ich mich, in die Dusche zu kommen. Je schneller ich fertig wäre, umso schneller würde ich sehen, dass Penny zusammen mit Sasha auf mich wartete.

Als Marc, Henri, Mikkel und ich schließlich draußen ins Freie traten, bestätigte sich jedoch die böse Vorahnung, die mich bereits beschlichen hatte. Lediglich Sasha lehnte an der Fassade der Silvarena. Sie gab Marc einen schnellen Kuss, ehe sie die anderen Jungs begrüßte und mir einen langen, zweifelnden Blick zuwarf.

»Sasha, wo ist Penny?«

Sie funkelte mich böse an, was sie ein wenig wie ein gruseliges Fabelwesen wirken ließ. »Das Gleiche wollte ich dich gerade fragen.«

Verständnislos blickte ich sie an, während Sasha verächtlich mit dem Kopf schüttelte. »Ist das dein beschissener Ernst? Der Deal mit Ustavovich … klingelt da vielleicht was in deinem hübschen Köpfchen?« Nein, das tat es nicht. Ich war völlig verwirrt. »Die Fakebeziehung, damit du als Sauberjunge in der Presse dastehst?«, half sie mir entnervt auf die Sprünge. Langsam schoben sich die Teilchen an ihren Platz. Fuck. Stöhnend schlug ich die Hände vors Gesicht.

»Ist das wahr? Mann, Jonah!« Sashas Stimme klang aufgebracht, lustigerweise war es Henri, der mir zur Hilfe eilte.

»Siehst du denn nischt, wie verliebt er ist? So ein guter Schauspieler ist er nischt.« Angesichts seines französischen Akzentes war mir eigentlich nach Lachen zumute, doch das war auch schon alles, was mich an dieser abstrusen Situation zum Schmunzeln brachte.

»Natürlich habe ich Penny nichts vorgespielt! Das war Ustavovichs ach so toller Einfall!« Die anderen musterten mich erschrocken, bevor ich mich weiter erklären konnte. »Aber ich bin natürlich nicht darauf eingegangen. Er war der Meinung, dass ich mit Penny an meiner Seite die Leute hier überzeugen kann, dass ich nicht so schnell wieder weggehe. Völlig abstrus, fragt mich nicht, wie der Kerl auf diesen Quatsch gekommen ist. Als wenn die Ticketverkäufe und unsere Beliebtheit nur mit mir zusammenhängen würden. Auf jeden Fall habe ich ihm ganz klar gesagt, dass ich bei sowas nicht mitmache. Ich habe Penny schon zu Schulzeiten verletzt und der einzige Grund, warum ich sie näher kennenlernen wollte, ist, weil ich schon damals in sie verliebt war.«

Marc und Mikkel nickten synchron und Sasha grinste erleichtert. Anscheinend glaubte sie mir.

»Ich konnte doch nicht damit rechnen, dass sich Ustavovich irgendeinen Blödsinn zusammenspinnt, aber in Kombi mit dem Kampagnenfoto kann ich mir schon denken, wie das auf Penny wirken muss.«

»Und hiermit.« Mikkel hielt mir nun auch sein Handy unter die Nase. Die Mount Silver hatte auch ohne die Hilfe vom Harlow mal wieder ganze Arbeit geleistet.

Der verlorene Sohn ist zurückgekehrt

Jonah Bennett scheint nun endgültig in Mount Silver heimisch geworden zu sein. Ist die Frau an seiner Seite verantwortlich dafür, dass aus dem überheblichen AHL-Player ein zahmes Schmusekätzchen geworden ist?

In letzter Zeit wurde Bennet häufig in Begleitung einer hübschen Latina gesichtet, die dem Eishockeystar den Rücken stärkt. Ganz offensichtlich ist es der aus Mount Silver stammenden jungen Frau zu verdanken, dass unsere Nummer 15 endlich die Leistung abrufen kann, für die er zurück in die Heimat geholt wurde.

Nicht nur wir mögen den neuen Jonah, auch ein Fan verriet uns, dass er Bennetts Veränderung bewundere. »Endlich brauchen wir uns nicht mehr dafür zu schämen, dass Bennett Teil der Crows ist. Vielmehr bin ich stolz darauf, dass mein Lieblingsteam einen so am Boden gebliebenen Spieler hat.«

Jetzt wurde mir so einiges klar. Sasha neben mir klapperte mit den Zähnen. »Marc, können wir nach Hause? Mir ist kalt.«

Er nickte und Sasha drückte aufmunternd meinen Arm. »Das klärt sich schon alles.« Sie warf mir noch einen ermutigenden Blick zu, bevor sie mit Marc von dannen stapfte.

»Na los, ruf sie schon an, Alter.« Mikkels Stimme war eindringlich.

»Isch bin mir nischt sischer, ob das reischt«, unkte Henri, der sich in einer Umgebung, in der er sich wohlzufühlen schien, immer redseliger zeigte. Und er behielt recht. Pennys Handy war ausgeschaltet.

»Du musst ein Zeichen setzen!«, rief Mikkel, während wir zu meinem Auto schlenderten, und auch Henri nickte begeistert über Mikkels Vorschlag. Ich musste ein für alle Mal das Misstrauen zwischen uns aus der Welt schaffen.

Kapitel 26

Penny

Es wäre die Untertreibung des Jahrhunderts, wenn ich behauptete, dass ich mich wie durch den Fleischwolf gedreht fühlte, als ich am nächsten Tag aus dem Bett kroch. Mein sonst so ebenmäßig gebräuntes Gesicht war aufgedunsen und fleckig und meine verquollenen Augen erinnerten an die eines adipösen Ferkels.

Kurz überlegte ich, ob ich einfach liegenbleiben sollte, doch der Blick auf mein Handy überzeugte mich vom Gegenteil. Jonah hatte gestern noch versucht mich anzurufen, doch danach hatte er sich nicht mehr gemeldet. Also würde ich wahrscheinlich den ganzen Tag nichts anderes tun, als auf mein Display zu starren.

Nein, das kam nicht in Frage. Jonah würde mich später noch einmal anrufen und mir alles erklären, und bis dahin würde ich mich ablenken. Selbst wenn das bedeutete, dass ich den ganzen lieben langen Tag um Mrs Hobbs herumscharwenzeln müsste. Alles war besser als die Warterei.

***

Geduscht und angezogen kam ich in die Küche. Meine Eltern saßen bereits am Frühstückstisch, und als meine Mamá die dicke Make-up Schicht in meinem Gesicht bemerkte, die alles übertraf, was ich üblicherweise auftrug, betrachtete sie mich besorgt. »Querida, was ist los? Wirst du krank?«

»Bestimmt hat unsere Kleine gestern ein Bier zu viel gehabt, so ist das bei diesen Sportveranstaltungen, Schatz.« Dad zwinkerte Mamá zu und sie kicherte, doch ich reagierte nicht.

Sehr wohl sah ich jedoch die besorgten Blicke, die sie sich nun zuwarfen, aber nach Reden war mir nicht zumute. Stattdessen nahm ich mir einen Thermobecher aus dem Schrank, füllte Kaffee hinein und suchte das Weite, bevor meine Eltern mich mit weiteren Fragen löchern konnten, auf die ich keine Antwort hatte.

Dankbar dafür, dass ich den warmen Becher in den Händen hielt, stapfte ich durch die morgendliche Kälte. Vor lauter Eile hatte ich nach der erstbesten Jacke gegriffen, was nun zur Folge hatte, dass ich in meinem blauen Cape schrecklich fror. Doch es war mir egal, nach dem gestrigen Abend war mir alles egal.

Madame Hiver strahlte über beide Ohren, als ich mit geducktem Kopf ins Silverstuff huschte. Ich wollte keinen Blick in die nähere Umgebung riskieren. »Penéeeelopéeee! Wie gut, dass du hier bist!«

Ich kleisterte mir ein Fünfhundert-Watt-Lächeln ins Gesicht, das in etwa so falsch war, wie meine gutgelaunte Stimme. »Guten Morgen, Madame Hiver.«

»William hat die Bennett-Suits aus der Näherei geholt und wir haben schon so viele Anfragen bekommen, dass bereits nachgefertigt werden muss!« Welch

Freude, am diesjährigen Winterball würden also alle Jungs wie kleine Jonahs herumlaufen.

Jonah, ich hatte nicht einmal die Möglichkeit, ihm in meinen Gedanken aus dem Weg zu gehen. »Das sind ja tolle Neuigkeiten!«

Ich rang mir ein verkniffenes Lächeln ab und fragte mich, wer unseren neuen Zweiteiler überhaupt Jonah-Suit getauft hatte.

Während ich den ganzen Vormittag damit beschäftigt war, kleine Schönheitsoptimierungen an besagten Anzügen vorzunehmen, hatte ich genug Zeit, zwischendurch immer wieder auf mein Handy zu lugen. Doch er versuchte nicht erneut, mich zu kontaktieren. Ich wartete vergebens. Und mein Glaube daran, dass alles nur ein riesiges Missverständnis war, schwand.

Seufzend griff ich nach meinem Smartphone, öffnete den Chat mit Jonah, starrte auf die Tastatur. Wütend schüttelte ich den Kopf und ließ mein Handy zurück in meine Tasche fallen. Ich hatte mir geschworen, mich nie wieder für einen Mann zum Affen zu machen.

***

Meine Mittagspause verbrachte ich bei Barb. Ihr Geschäft boomte und ich freute mich für sie, wo sie sich neulich solche Sorgen gemacht hatte. Lustlos stöberte ich durch die neubestückten Kleiderstangen, während Barb eine Kundin nach der anderen versorgte, doch nichts wollte mir so recht gefallen. Ich sehnte mich nach einem Kaffee aus dem Cosy's, aber der Gedanke an Salty-Hazlenut-Latte und mit wem ich ihn zuletzt getrunken hatte, ließ mein Herz bluten.

Eine Viertelstunde zu früh, noch bevor meine Pause zu Ende war, beschloss ich, mich auf den Weg zurück ins Silverstuff zu machen. Madame Hiver hatte bestimmt nichts dagegen, wenn ich meine Mittagspause damit verbrachte, weitere Bennett-Suits anzupassen.

Mit bestimmten Schritten marschierte ich zurück zum Geschäft. Holy Shit. Natürlich schaute ich mitten in Jonahs tiefgrüne Augen, die mich verführerisch von der Werbetafel anblitzten. Da passte man einen Moment nicht auf … Schnell wandte ich mich ab, stolperte und prallte gegen einen warmen Körper. Erschrocken blickte ich auf, mitten in die gleichen grünen Iriden, die mich eben noch vom Plakat aus durchbohrt hatten. Ein Keuchen entwich meiner Kehle.

»Penny.« Er klang niedergeschlagen, dunkle Ringe waren unter seinen Augen.

»Jonah«, schwer schluckte ich, bemüht, das Zittern in meiner Stimme zu verbergen, »was willst du?«

»Was ich will?«, brachte er atemlos hervor. »Denkst du wirklich nach all den letzten Wochen, dass ich dich nur als Push für meine Karriere gesehen habe?«

Das was er sagte, war logisch und doch wollte mein Gehirn die eingehende Information nicht verarbeiten. Bilder von damals blitzten in meinem Kopf auf, Bilder, wie ich in meinem Prinzessinnenkleid im Marshmollys saß und mir vorgekommen war wie die größte Idiotin auf Erden. Weil ich Jonah Bennett vertraut hatte.

»Ich weiß es nicht, Jonah.« Meine Worte waren ehrlich. Sie spiegelten das wider, was ungefiltert durch meinen Kopf rauschte. »Ich habe dir damals vertraut, doch das war ein Fehler. Und doch hast du, haben wir, eine zweite Chance bekommen und –« Ein Klicken, dann ein greller Blitz ließen mich innehalten und ehe ich die Chance hatte zu begreifen, was hier vor sich ging, legte Jonah seine Hand auf meinen Rücken und schob mich hinter das Gebäude. Aus dem Augenwinkel nahm ich einen jungen Mann wahr, der eine professionell wirkende Kamera um seinen Hals trug. So war das also. Jonah seufzte erleichtert, doch ich merkte, wie das Blut in meinen Ohren rauschte. Das Pulsieren meines Herzens machte der Fassungslosigkeit Platz, die in einer stillen Ecke meines Verstands darauf gewartet hatte, hinausgelassen zu werden. »Ist das dein beschissener Ernst, Jonah? Damals war es dir peinlich, mit mir gesehen zu werden, dann stellst du plötzlich fest, dass ich förderlich für deine Karriere sein könnte, und sobald es Ärger im Paradies gibt, willst du mich verstecken? Wirklich, Jonah? Langsam weiß ich nicht mehr, was ich noch glauben soll! Was ich *dir* noch glauben soll.« Hatte ich die letzten beiden Sätze förmlich ausgespuckt, so wurde meine Stimme jetzt leise. »Ich weiß nicht, ob ich dir noch vertrauen kann, Jonah. Bitte geh.«

»Penny!« Ich sah die Verzweiflung in seinen Augen, hörte den flehenden Ton in seiner Stimme, aber ich hatte genug für heute gehört. Bevor unser Gespräch weiter eskalieren konnte, drehte ich mich um und rannte zum Eingang des Silverstuffs. Ohne zu zögern, riss ich die Tür zum Laden auf, doch Jonahs trauriger Blick folgte mir. Er wollte einfach nicht aus meinem Kopf verschwinden.

Kapitel 27

Jonah

Verdammt, verdammt, verdammt! Ein stechender Schmerz fuhr durch meine Brust und ich schlug die Hände vors Gesicht. Wie hatte das Gespräch nur so in die falsche Richtung laufen können? Und wieso hatte ich Penny nicht längst erzählt, was damals wirklich passiert war? Klar, mit Ruhm bekleckert hatte ich mich trotz allem nicht, aber vielleicht hätte sie mir dann jetzt wenigstens geglaubt. Wenn ich diesen Reporter in die Finger bekam, konnte er was erleben! Als wenn es zu viel verlangt wäre, zumindest in solch einer Situation meine Privatsphäre zu wahren, aber der Zug war definitiv abgefahren.

Grimmig blickte ich mich um, bevor ich die Straße überquerte. Henri hatte Recht. Ich musste größere Geschütze auffahren. Für Penny würde ich verflixt nochmal alles auffahren, was ich finden könnte.

Die Wut auf Ustavovich, auf den Reporter und vor allem auf mich selbst trieben mich an, sodass ich nach nur wenigen Minuten mein Auto erreichte. Der Wagen wackelte – das bildete ich mir zumindest ein -, als ich auf den Fahrersitz sprang und der Motor heulte auf. Dann gab ich Gas.

Wenige Augenblicke später fuhr ich vor der Silvarena auf den Parkplatz. Glücklicherweise stand Leonards schicker SUV bereits in einer der Lücken und ich zwang mich, tief durchzuatmen. Würde ich völlig unkontrolliert an die Decke gehen, wäre keinem geholfen.

Energiegeladen stapfte ich zur Tür. Der Himmel war wolkenlos und tiefblau und die Luft knisterte bei jedem Atemzug, doch ich spürte die Kälte kaum. Zu heiß war die Wut, die durch meine Blutbahnen schoss. Ein letztes Mal sog ich die eisige Luft ein, dann stieß ich die Tür zu unserem Teameingang auf. Noch herrschte Stille auf dem Korridor, nur das kaum hörbare monotone Fiepen der Neonleuchten war zu hören. Zielsicher steuerte ich das Büro unseres Pressechefs an und klopfte. Dumpf hallte das Geräusch in den leeren Gängen wider und eine Gänsehaut breitete sich auf meinem Rücken aus. Vorsichtig drückte ich die Klinke hinunter und schob die Tür auf.

Leonard schaute auf seinen PC, drehte jedoch den Bildschirm zur Seite, als er mich hörte. Ein freundliches Lächeln lag auf seinem Gesicht, das ich jedoch nicht erwidern konnte. Ich hatte genug damit zu kämpfen, nicht einfach seinen Kopf auf die Tastatur zu drücken. »Leonard, hast du einen Moment?«

»Für dich immer, Jonah. Was kann ich für dich tun?« Am besten gar nichts, zumindest wenn es dann in einem zerbrochenen Herzen endete, dessen Scherben ich mühsam wieder zusammensetzen musste.

Er deutete auf den Stuhl vor seinen Schreibtisch und ich ließ mich in die abgewetzte Sitzschale fallen.

»Penny ist meine Freundin. Na ja, zumindest war sie es.« Die Worte purzelten aus meinem Mund und Verwirrung breitete sich über Leonards Gesicht aus, während er die Augenbrauen fragend zusammenzog. »Wir sind wirklich zusammen, es war nicht nur ein Gag für die Zeitung.«

»Oh.« Ja, oh, er sagte es. Zum ersten Mal seit ich denken konnte, erkannte ich Mitgefühl in seinem solariumgebräunten Gesicht. Seine Schultern sackten nach unten, machten dem Menschen Platz, der sich hinter der stets professionellen und charmanten Fassade verbarg. Er war nicht nur unser Öffentlichkeitsreferent. Er war Teil der Familie, denn das waren die Silver Crows für mich. »Wie kann ich helfen?«

Die Anspannung verließ meinen Körper, sorgte dafür, dass ich erschöpft auf meinem Stuhl zusammensackte und mir müde durchs Gesicht rieb. »Als aller Erstes wäre ich dir wirklich dankbar, wenn du bei der Mount Daily anrufst und deinen Charme spielen lässt.«

»Nichts leichter als das«, flötete Leonard amüsiert, als ich ihm von den übergriffigen Reportern berichtet hatte.

»Ich hätte da noch ein kleines Anliegen, wobei ich deine Hilfe gebrauchen könnte.« Seine Augen wurden groß, als ich ihn in meine Pläne einweihte, die gar nicht mal so klein waren. Um genau zu sein, es würde das größte Spektakel werden, was je in Mount Silver stattgefunden hatte.

Zufrieden streckte ich meine Hand aus, um die von Leonard zu schütteln. Sein kräftiger Händedruck besiegelte meinen Plan. Unseren Plan. Vielleicht würde doch noch alles gut werden, doch dafür brauchte ich Hilfe, und ich hatte auch schon eine Idee, wen ich darum bitten würde. Es sollte nicht nur ein Neuanfang für Penny und mich werden.

Die ersten Wagen meiner Teamkollegen rollten bereits auf den Parkplatz, aber Ustavovich höchstpersönlich würde mich heute fürs Training entschuldigen. Von neuer Energie durchflutet schwang ich mich in meinen Jeep und brauste vom Gelände, ein wild winkender Mikkel samt einem schief grinsenden Henri im Rückspiegel. Die beiden würde ich später einweihen. Jetzt musste ich mich sputen, um pünktlich vor Schluss die Redaktion der Mount Daily zu erreichen.

Nervös tigerte ich vor dem Gebäude auf und ab, bis das steinerne Haus endlich einen Schwall Mitarbeitende ausspuckte. Lange musste ich nicht suchen, bis ich den blonden Haarschopf entdeckte, den ich gesucht hatte.

»Harlow!« Sie hielt inne, drehte sich auf dem Absatz ihrer schwindelerregend hohen Highheels um, die völlig deplatziert an diesem Ort wirkten. Ihr Blick war skeptisch, doch sie blieb stehen. Zielsicher stolzierte sie auf mich zu und warf ihre Haare schwungvoll nach hinten. Dann bohrte sie ihren Zeigefinger mitten in meine Brust, ihr Gesicht nur eine Handbreit von meinem entfernt.

»Jonah, was willst du? Reicht es dir nicht, dass Danny mich hasst? Hast du immer noch nicht genug?« Tränen sammelten sich in ihren Augen und mit einem Mal sah ich das gebrochene Mädchen, das sich hinter der Fassade aus Arroganz und Make-up verbarg. Eine junge Frau, die sich danach sehnte, glücklich zu sein.

»Ich möchte mich bei dir entschuldigen und um deine Hilfe bitten.« Der harte Zug um ihre Lippen wurde weich.

»Trinken wir einen Kaffee? Ich wohne direkt da vorne.« Sie deutete auf einen hübschen Altbau und setzte sich in Bewegung. Offensichtlich bemerkte sie mein Zögern und verdrehte die Augen, ein winziges Lächeln auf ihren Lippen. »Keine Sorge, Jonah, ich hab keinerlei Interesse mehr an dir. Also, kommst du jetzt?«

Kopfschüttelnd folgte ich ihr. Schweigend liefen wir die wenigen Meter zu ihrer Wohnung, doch es war keine unangenehme Stille, die zwischen uns herrschte. Harlow fischte einen Schlüsselbund aus ihrem Designshopper und schloss die Haustür auf. »Meine Wohnung ist direkt im Erdgeschoss.«

Ich nickte und zusammen betraten wir die helle Wohnung. Die Decken waren hoch und im Gegensatz zu meinen eigenen vier Wänden gab es keinerlei Kitsch. Die Möbel waren allesamt cremefarben oder aus weißem Holz und wirkten neu und unbenutzt.

»Setz dich, Jonah, ich mache uns Kaffee. Immer noch mit viel aufgeschäumter Milch und Zucker und so wenig Kaffeegeschmack wie möglich?« Unwillkürlich musste ich grinsen, auch wenn ich keine Ahnung hatte, woher sie das wusste, wobei ... war das nicht der Grund, warum ich hier war?

»Harlow ...« In aller Seelenruhe befüllte sie den Wassertank des Vollautomaten, als wäre es nicht völlig absurd, dass sie und ich uns gemeinsam in ihrer Wohnung befanden. »Es tut mir leid. Ich wusste nicht, dass du damals in mich verliebt warst. Dich zu verletzen, hatte ich nie im Sinn.«

Sie lachte auf, doch es klang bitter. »Nein, das hattet ihr alle nicht. Trotzdem hat es keinen von euch gestört, sich mit mir als hübsches Accessoire zu schmücken. Ich war früher der festen Überzeugung, dass du auch in mich verliebt seist und dann tauchte plötzlich Penny auf.« Sie schnaubte. »Damals vor dem Winterball, ich dachte, das würde unser Tag werden. Aber du hattest die ganze Zeit nur Augen für Penny. Glaubst du, ich hätte nicht gemerkt, wie du sie in der Schule angesehen hast? Ich habe alles getan, um deine Aufmerksamkeit zu bekommen, ich war hübsch, intelligent ... und du warst immer so nett zu mir, zu nett! Ich dachte, du würdest dich letztendlich für mich entscheiden und dann stand sie plötzlich da. Von da an habe ich sie wirklich gehasst. Sie hat mir meine erste große Liebe genommen und du hast nicht einmal gemerkt, was ich für dich empfunden habe.« Der bittere Zug um ihre geglossten Lippen war einem müden Lächeln gewichen. »Und dann habe ich Danny getroffen und mich auf den ersten Blick verliebt. Alles war perfekt. Bis du aufgetaucht bist. Den Rest der Geschichte kennst du.« Ihr Seufzen klang so schmerzerfüllt, dass es selbst mich schmerzte.

»Ich habe es nicht nur damals verbockt.« Während ich ihr erzählte, was vorgefallen war, stellte Harlow schließlich zwei dampfende Tassen vor uns ab. »Hilfst du mir, Penny zurückzugewinnen?« Langsam nickte sie. »Und Harlow? Sprich mit Danny. Hätte ich Penny von Anfang an alles erzählt, ihr von Leonards Vorschlag berichtet, von Anfang an Klartext mit ihr geredet, dann ...«

»… Jonah, es ist, wie es ist. Betrachte es positiv. Anders wäre dir vielleicht nie bewusst geworden, wie sehr du sie wirklich liebst.« Das tat ich.

Kapitel 28

Penny

Völlig gerädert öffnete ich eine halbe Stunde vor Schichtbeginn die Tür des Silverstuffs. Jonahs Worte hatten mich bis in den Schlaf verfolgt. Ich hatte einfach keinen blassen Schimmer, was ich noch glauben sollte und was nicht. Oder ob ich mir in Wirklichkeit nur selbst im Weg stand, aus Angst, verletzt zu werden. Umso mehr freute ich mich, als ich direkt in Madame Hivers blassgeschminktes Gesicht schaute, die nervös im Showroom auf und ab trippelte.

»Pénélopéeeeeeeeeee.« Ihre Stimme war schrill, vielleicht hätte ich mich doch lieber ein paar Minuten länger im Bett herumgewälzt. »Ich habe einen neuen Auftrag für dich: Ein Kleid für den Winterball.«

Fragend blickte ich sie an, während sie immer noch wie ein aufgeregtes Vögelchen hin und her flatterte.

Verhalten räusperte ich mich. »Ich kann gerne direkt loslegen, was genau wünscht die Kundin denn?«

Sie gab einen seltsamen Ton von sich. »Ja, du müsstest in der Tat direkt starten.«

Seit wann musste ich denn meiner Chefin alle Informationen einzeln aus der Nase ziehen?

»Die Kundin hat ausdrücklich gewünscht, dass du ihr Kleid nähst, da sie eine ähnliche Statur hat, jedoch nicht mehr in der Stadt ist, um eine Anprobe wahrzunehmen.«

Das wurde ja immer seltsamer. Skeptisch zog ich meine Augenbrauen in die Höhe und ließ mein Cape über die Schultern gleiten, da mir langsam warm wurde angesichts Madame Hivers Gestammels. »Und was genau möchte die Kundin haben?«

Meine Chefin atmete schwer. »Sie lässt dir vollkommen freie Hand. Hauptsache, es ist zum Ende der Woche fertig.« Es schien sie wirklich Überwindung zu kosten, das zu sagen.

»Aber ...«

Sie blickte mich streng an. »Pénélopéeeee, ich dachte, du wünschst dir mehr Verantwortung, da hast du sie.«

Verdattert ließ sie mich stehen und stöckelte ins Büro. Und ich, ich wusste nicht, ob ich Luftsprünge machen oder schleunigst das Weite suchen sollte, weil Madame Hiver nun völlig durchgedreht war.

Ich zuckte mit den Schultern und machte mich auf den Weg in meine Kammer. Ein plötzlicher Anflug von Schwermut legte sich auf meine Glieder und ich spürte, wie die Traurigkeit versuchte, sich ihren Weg in mein Herz zu bahnen. Bestimmt schob ich einen Riegel davor, denn jetzt hatte ich die Chance bekommen, meine Karriere voranzutreiben, und die würde ich mir nicht entgehen lassen.

Rasch zückte ich einen Bleistift und zog mein zerfleddertes Notizbuch aus meiner Tasche, das mir nicht nur als Organizer diente, sondern in dem ich auch meine

Ideen notierte und aufzeichnete - Zeichnen war vielleicht nicht das richtige Wort, aber immerhin verstand ich, was meine Skizzen bedeuteten.

***

Wenn ich nicht gerade Anzüge und Kleider für die zahlreichen Schüler anpasste und änderte, die ob des bevorstehenden Winterballs zuhauf das Silverstuff stürmten, tüftelte ich an der Abendrobe für die Unbekannte. Sie sollte den Ball erleben, den ich nie erlebt hatte.

Ich stellte mir vor, wie alle Augen auf ihr ruhten und ein Raunen durch den Saal ging, während die Menge sich teilte und sie wie durch einen langen Gang auf ihren Prinzen zuschritt, der auf sie wartete. Es war der Traum von meinem eigenen Märchen, der mich dazu brachte, zu funktionieren, anstatt in Selbstzweifeln, dass ich nie genug sein würde, zu versinken.

Am Freitag war es schließlich so weit. Während draußen die ersten zarten Schneeflocken vom Himmel rieselten, die so fein waren, dass man sie kaum mit bloßem Auge erkennen konnte, drehte ich mich im Kleid der Unbekannten vor dem Spiegel, als wäre es mein eigenes.

Kapitel 29

Jonah

»Dann wollen wir mal ausprobieren, ob wir alles richtig gemacht haben.« Danny betätigte den Schalter und die Silvarena erstrahlte unter abertausend Lichtern. Harlow fiel ihrem Freund aufgeregt um den Hals und die beiden küssten sich innig. Schelmisch grinste ich in mich hinein, glücklich darüber, dass die beiden sich verziehen hatten.

Alle begannen gleichzeitig zu johlen und trotz des rührseligen Anblicks klatschte ich in die Hände. »So, jetzt, wo das Wichtigste funktioniert – weiter gehts!«

Mikkel seufzte, begab sich aber sofort daran, zusätzliche Stehtische im Eingangsbereich aufzustellen, während Kim und Sasha deren Dekoration übernahmen - zumindest versuchten sie es, wahrscheinlich würde ich später selber nochmal Hand anlegen müssen, wenn ich wollte, dass alles perfekt war. Danny und Brad standen je auf einer Leiter und befestigten das riesige Banner, auf dem das Motto des Abends stand. *Nights on Ice* – genau wie damals.

Die Mitarbeiter aus dem Cosy Coffee, die sich darüber freuten, auch zukünftig bei unseren Spielen ihre Heißgetränkespezialitäten anbieten zu dürfen, waren bereits dabei, die Stände mit allerlei Tassen und Zutaten zu bestücken. Das Beste war allerdings Marguerite Hiver. Sie stand wie eine Göttin an der Seite von Leonard Ustavovich und überwachte das Spektakel. Immer wenn die beiden dachten, dass niemand hinschaute, berührten sich ihre Hände wie zufällig und ich grinste in mich hinein.

Es war unglaublich, was wir trotz eines weiteren Heimspiels innerhalb weniger als einer Woche auf die Beine gestellt hatten. Und es rührte mich, dass ich Teil dieses wunderbaren Teams – nein, Bürger dieses wunderbaren Ortes – sein durfte. Nicht nur meine Teamkollegen hatten alles Menschenmögliche getan, um mich bestmöglich zu unterstützen, auch Pennys Freundinnen hatten an meiner Seite gestanden, und ich war mehr als froh gewesen, dass sie mir geglaubt hatten.

Decoup und Carter waren von meiner Idee, einen riesigen Winterball zu planen, begeistert gewesen und hatten gefunden, dass es die perfekte Gelegenheit war, um auch die Jungkrähen und Spieleranwärter von uns zu begeistern.

Marguerite Hiver hatte beschlossen, die Silver Crows zukünftig zu sponsern, um so über die Grenzen hinaus mit ihrem Modelabel zu wachsen. Harlow hatte dank ihrer Connections über die lokale Zeitung kurzfristig ebenfalls einige wichtige Geschäftskunden für den Ball engagieren können, die über eine Sponsorschaft nachdenken wollten.

Jetzt fehlte nur noch eins. »Dustin, kommst du bitte mal?«

Der blonde Junge, der im vorletzten Jahr der Highschool war und in der U18 der Crows spielte, ließ von den Schlittschuhen ab, die er gerade polierte, und stellte sie neben die anderen zahlreichen Paare, die morgen für alle willigen Eisläufer zum Einsatz kämen. »Ja, Chef?«

Er sah mich belustigt an und wartete auf meine Anweisung. »Die Adresse?«

»Rocky Avenue siebenundsechzig.« Er rollte mit den Augen.

»Um wie viel Uhr sollst du dort sein?«

»Ich klingle um fünf Uhr dreißig.«

Ich nickte. »Und was machst du dann?«

»Weglaufen!« Nun grinste er über beide Ohren und ich hielt ihm meine Hand zum Check hin.

Perfekt. Penny hätte dann noch eine gute Stunde Zeit. Genug, um sich umzuziehen, aber zu wenig, um zu viel nachzudenken. Es würde alles gut werden.

Kapitel 30

Penny

Niedergeschlagen lümmelte ich auf dem Sofa und zappte durch das Fernsehprogramm. So einen frustrierenden Samstag hatte ich schon lange nicht mehr verbracht. Die Jogginghose, die ich trug, war nicht nur alt und extrem hässlich, sondern müffelte wie ein alter Turnschuh, obwohl sie frisch gewaschen war. Mit meinem Pullover sah es nicht viel besser aus. Das Sweatshirt war drei Nummern zu groß und ich konnte sogar noch meine Knie darunter vergraben. Die Schüssel mit Popcorn stellte ich in die Mulde vor meiner Brust, die dabei entstand. Doch nicht einmal die karamellig duftenden gepufften Maiskörner konnten mich aufmuntern.

Frustriert stellte ich die Schüssel auf dem Sofatisch ab und griff nach der Wasserflasche, um den pappig-süßen Geschmack hinunterzuspülen, der meine niedergeschlagene Stimmung verhöhnte.

Ich hatte zu nichts Lust. Meine Nähmaschine stand abgeschaltet in meinem Zimmer, die Liebesromane in meinem Schrank deprimierten mich und an das Makrameegarn, was ich zu einer anderen Zeit in meinem Leben gekauft hatte, wollte ich erst gar nicht denken.

Bis gestern hatte ich eine Aufgabe gehabt, doch nachdem die Abendrobe für die Unbekannte abgeholt worden war, war ich in ein tiefes Loch gefallen und hatte es bisher nicht geschafft, wieder hinauszuklettern.

Ich konnte mich zwischen Selbstmitleid, Frustration, Wut auf mich selbst und vor allem schrecklichen Liebeskummer nicht entscheiden, wie ich fühlen sollte. In einem Moment trauerte ich um die Zeit mit Jonah, die vorüber war, im nächsten Moment wurde ich furchtbar wütend, dass er mich ausgenutzt und hintergangen hatte. Dann wieder versank ich in fürchterliche Selbstzweifel, warum es einfach nicht den Richtigen für mich zu geben schien.

Erschrocken zuckte ich zusammen, als ich plötzlich die Hand meiner Mamá auf meiner Schulter spürte. »Querida, willst du nicht langsam mal duschen und dir was Vernünftiges anziehen? Kimmi kommt doch nachher vorbei.«

Ich warf einen missmutigen Blick auf meine Uhr. »Kim kommt um acht«, nuschelte ich, »außerdem wollen wir sowieso einen gemütlichen Mädelsabend machen. Es gibt also keinen Grund, warum ich mich umziehen sollte.«

Meine Mutter rümpfte die Nase und schnupperte an mir. »Darum, Querida, darum. Deine schlechte Laune ist kaum zu ertragen und dieser Nasse-Hund-Geruch, der an dir haftet, erst recht nicht.«

Sie grinste und auch mir huschte ein Lächeln übers Gesicht. Das war das höchste aller Gefühle, was ich heute zu Stande bringen würde.

Trotzdem erhob ich mich seufzend und stiefelte in Richtung Bad, um meine Familie von mir und meinem Duft zu erlösen.

Als ich schließlich frisch geduscht in Leggings und Shirt samt Turban um den Kopf aus dem Bad schlich, fühlte ich mich tatsächlich besser. Zwar nicht gut, aber immerhin nicht mehr ganz so elendig. Vielleicht könnten Kim und ich sogar spontan auf die Piste gehen und Mount Silver unsicher machen. Ja, das wäre doch ein Plan.

Entschlossen betrat ich das Wohnzimmer, um mir noch ein paar ruhige Minuten auf der Couch zu gönnen. Es klingelte.

»Querida, machst du auf? Ich stecke gerade kopfüber in der Spülmaschine.« Das hoffte ich zwar nicht, dennoch schlurfte ich zur Tür, um zu schauen, wer uns beehrte. Für Kim war es definitiv ein paar Stunden zu früh.

Ich öffnete die Tür, sah mich um, doch da war niemand. Wahrscheinlich ein paar Jugendliche, die sich einen unoriginellen Scherz erlaubt hatten. Mein Blick fiel nach unten. Ein Paket. Vor der Haustür lag eine flache Pappschachtel und darauf stand in geschwungenen Lettern:

Penny Fernandez.

Das Paket war für mich.

Noch einmal drehte ich mich um, aber konnte niemanden entdecken. Seltsam. Dafür, dass die Schachtel wirklich groß war, wog sie fast nichts. Ich ließ die Tür ins Schloss fallen und trug das sperrige Ungetüm vor mir haltend in Richtung Küche, wo meine Mutter sich inzwischen aus der Spülmaschine befreit hatte.

»Oh, was ist das denn?« Sie kratzte sich am Kopf und schaute neugierig auf die Verpackung. Zu neugierig. Als würde sie ganz genau wissen, was sich darin befand.

»Ich weiß es nicht.« Skeptisch musterte ich sie. Ihr Augenaufschlag war der eines Unschuldslamms.

»Na los, mach schon auf.«

Kurz überlegte ich, die Schachtel mit in mein Zimmer zu nehmen, doch meine zittrigen Finger begannen bereits, die Klebestreifen zu lösen.

Mit einem leisen Knistern klappte ich den Deckel nach oben. Obendrauf lag eine Karte, auf der filigran gezeichnete Schneekristalle abgebildet waren. Ich drehte sie um. Dort stand nichts weiter als:

Trag mich.

Daneben lag ein Blumenbouquet. Der Duft der weißen und hellblauen Blüten strömte mir entgegen und ich atmete tief ein, bevor ich mich dem restlichen Inhalt zuwandte.

Er war in dunkelblaues Krepppapier geschlungen, das geheimnisvoll raschelte, als ich es zur Seite schob. Und da lag es. Silbrig schimmernd, seidig. Die Träger hauchzart, das Dekolleté fließend wie ein Wasserfall. Der freiliegende Rückenausschnitt bedeckt durch glitzernden Organza.

Es war das Kleid. Das Kleid, an dem ich die ganze Woche für die unbekannte Märchenprinzessin gearbeitet hatte. Ich war sie. Meine Mutter lächelte gerührt. »Na los, Querida. Zieh es schon an.«

***

Immer wieder drehte ich mich vor dem großen Spiegel im Flur, während Mamá wie ein Honigkuchenpferd grinste und Dad sich unauffällig eine Träne aus dem Augenwinkel wischte. Meine Haare fielen lockig und wild über meinen Rücken. Meine Augen wurden von silbrig dunklem Lidschatten umrahmt und betonten meine dunklen Iriden. Der glänzende Stoff des Kleides fiel an meinem Körper hinab, schmiegte sich an meine Kurven wie eine warme Umarmung. Der geschlitzte Saum gab den Blick frei auf meine Beine, die in hauchzarte Spitzenstrümpfe gehüllt waren, und auf die glitzernden Pumps – als hätte Barb gewusst, dass der Tag kommen würde. Ich fühlte mich wirklich wie Cinderella, aufgestanden aus der Asche, nicht wissend, was auf sie wartete. Mein Herz pochte wie verrückt, doch ich wagte es nicht zu hoffen.

Draußen hörte ich das Geräusch eines ersterbenden Motors, Schritte, die näherkamen, dann klingelte es. Mamá lächelte mich aufmunternd an und Dad drückte meine Hand. Dann schritt ich zur Tür und die beiden folgten mir. Ich spürte, dass sie nicht nur jetzt, sondern immer bei mir wären, wenn ich sie brauchte, als ich öffnete.

Eine dunkle Stretchlimousine hatte vor unserem Haus gehalten, doch alles, was mich interessierte, war die Person, die davor stand. „Harlow?"

Kapitel 31

Penny

Unruhig rutschte ich auf der dunklen Lederbank hin und her, erhaschte einen Blick durch die verdunkelten Scheiben in die Dämmerung. Ich hatte mit vielem gerechnet, aber nicht damit, dass Harlow vor meiner Tür stehen würde. Nur der ermutigende Blick meiner Eltern hatte dafür gesorgt, dass ich in das noble Gefährt gestiegen war.

Das Knallen des Korkens, der direkt aus der Champagnerflasche gegen das Dach der Limousine prallte, ließ mich schreckhaft hochfahren. Harlow musterte mich, in ihrem Blick lag jedoch nicht die Verachtung, die ich von früher kannte. Stattdessen streckte sie mir nun versöhnlich eines der mit blubbriger Brause gefüllten Gläser entgegen. »Wir hatten keinen sonderlich guten Start, Penny.«

»So kann man es auch nennen.« Skeptisch beäugte ich die aufsteigenden Bläschen des prickelnden Champagners. Harlow nahm ihrerseits einen großen Schluck, sodass ich beschloss es ihr gleich zu tun. Sie lachte, ein bisschen rau, weniger aufgesetzt.

»Lass es mich erklären, Penny. Ich war eine verdammte Bitch.« Angesichts ihrer ungewohnt ordinären

Wortwahl verschluckte ich mich beinahe an meinem Getränk. »Doch Jonah war dir immer ehrlich gegenüber. Zwar etwas unbeholfen, aber er hatte immer nur Augen für dich, auch wenn ich das lange Zeit nicht wahrhaben wollte. Erinnerst du dich an unseren letzten Winterball, damals in der Highschool?«

Meine Kehle war trocken und mühsam schluckte ich. »Nights on Ice.« Meine Stimme war nur ein Flüstern. Wie hätte ich diesen Abend jemals vergessen können?

»Ich hatte keine Ahnung, dass Jonah dich eingeladen hatte. Noel und Joel wussten aber sehr wohl Bescheid.« Beim Gedanken an die Zwillinge lief mir auch heute noch ein eisiger Schauer den Rücken hinunter. Halleluja, war ich froh gewesen, als die beiden nach den Exams das Weite gesucht hatten und sich seitdem kaum noch in Mount Silver blicken ließen. »Die beiden hatten einen ganz besonderen Plan für dich ausgeheckt. Sie wollten dir Abführtropfen unterjubeln und Jonah sah in dem Moment wohl keine andere Lösung, als dich von sich zu stoßen.«

Jonah. Er hatte wirklich vorgehabt, mich auf den Winterball einzuladen. Ein seliges Lächeln breitete sich auf meinem Gesicht aus, dann drangen Harlows anderen Worte in mein Bewusstsein. Panisch blickte ich auf meinen Schampus und Harlow gluckste amüsiert. Ein ungewohntes Geräusch.

»Heiße ich Noel oder Joel? Ja, ich habe mich dir gegenüber wirklich beschissen verhalten.« Angesichts ihres unfreiwilligen Wortwitzes schlug sie sich die Hand vor den Mund, was nun auch mir ein Grinsen entlockte.

»Ich war neidisch, du warst so unbeschwert, hast einfach dein Leben gelebt, einen Fick darauf gegeben, was andere gedacht haben.«

Bitterkeit stieg in meiner Kehle empor, bahnte sich ihren Weg in Form eines traurigen Lachens nach draußen. »Das glaubst du wirklich, Harlow? Ich war unsicher, jeden Tag habe ich gehofft, nicht aufzufallen. Jonah war der erste Junge, der mir Selbstvertrauen geschenkt hat, der mir gezeigt hat, dass ich perfekt bin, so wie ich bin. Oft habe ich mir gewünscht, dass mir das Lernen so leichtfällt wie dir, dass ich so beliebt bin wie du, so hübsch bin wie du.«

Entsetzt schaute Harlow mich an. »Aber das bist du, Penny. Schau dich doch an, du bist wunderschön, nein, du bist verdammt hot und Jonah hat nur Augen für dich.«

Bevor ich mir ihres Kompliments gewahr wurde, drangen Lichter durch die Scheiben der Limousine. Wir standen mitten vor der Silverena. »Wollen wir?« Harlow streckte mir ihre Hand entgegen und ich legte meine hinein. Zwei ungleiche Frauen, die Frieden geschlossen hatten. Miteinander und mit sich selbst.

Mein Herz klopfte ungebremst in meiner Brust, als wir aus dem Wagen kletterten. Ein langer Teppich führte direkt ins Innere der Arena, von wo gedämpfte Musik und fröhliche Stimmen drangen. Vorsichtig betraten wir den Teppich, der nicht rot, sondern eisblau war. Mit jedem Schritt, den wir uns dem Eingang näherten, schlug mein Herz lauter. Kurz war ich überlegt, einfach kehrtzumachen, wegzurennen, doch Harlow zog mich weiter mit sich.

Als wir das Gebäude betraten, blieb mein Blick an dem riesigen Banner hängen, das sich quer durch die Eingangshalle spannte. Die Buchstaben glitzerten wie Schneekristalle. *Nights on Ice.* Da war ich wieder. Ich war sieben Jahre zurück in die Vergangenheit katapultiert worden.

Noch immer spürte ich Harlows warme Hand in der meinen, als die Gespräche um uns verstummten und eine weitere Person an meine Seite trat. Kimmi. Die beiden durchquerten mit mir das geschmückte Foyer, gaben mir Kraft. Plötzlich ging Danny neben Harlow, lächelte sie warmherzig an und als ich mich zur anderen Seite drehte, blickte ich mitten in Sashas Gesicht. Marc, der an der Tür zur Tribüne stand, stieß sie auf, bevor er die Hand seiner Freundin nahm.

Das Licht im Zuschauerraum war diesig, als wir die Treppen hinunter marschierten. Mikkel und Henri schlossen sich unserem Zug an und dann war da plötzlich noch Barb. Immer mehr der festlich gekleideten Besucher folgten uns hinunter zur Eisfläche. Mein Herz hatte begonnen zu rasen, doch meine Freunde waren an meiner Seite.

Dann plötzlich ging das Licht aus. Stille.

It's my life, and it's now or never. Die Torhymne der Silver Crows tönte durch die Halle, wurde lauter und ein einziger Scheinwerfer erhellte langsam die Dunkelheit. Er war mitten auf die glänzende, unberührte Eisfläche gerichtet. Ein Raunen ging durch den Saal. Unwillkürlich hielt ich die Luft an, als plötzlich eine Person aus dem Nichts geschossen kam, über das Eis wirbelte und mit einer Drehung mitten im Lichtkegel zum Stehen kam. Dann verebbte die Musik. Ein weiteres Raunen ging durch die Menge und alle Blicke richteten sich auf den Mann, der nur wenige Meter von mir entfernt auf dem Eis stand. Jonah. Sein silbergrauer Anzug saß wie angegossen, seine blonden Haare waren verstrubbelt wie eh und je. Und an seinem Hemdkragen – war das etwa die Fliege, die ich genäht hatte? Seine tiefgrünen Iriden richteten sich auf mich. Sie fanden ihren Weg mitten in mein klopfendes Herz.

»Guten Abend, es freut mich, Sie alle heute Abend hier in der Sivarena begrüßen zu dürfen, dem Zuhause der Silver Crows. Mein Zuhause. Unter dem Motto *Nights on Ice* möchten wir nicht nur unser Team feiern, sondern alle, die dazu beigetragen haben, dass wir zu denen geworden sind, die wir sind. Dass ich zu dem Jonah Bennett geworden bin, der heute hier vor Ihnen steht, habe ich jedoch einem ganz besonderen Menschen zu verdanken.« Kim drückte meine Hand und Wärme breitete sich in meinem Körper aus. Kurz hob ich den Blick. Waren das etwa Mr Ustavovich und Madame Hiver, die dort oben auf der gegenüberliegenden Tribüne standen und Hänchen hielten? Oh mein Gott, hatte meine Chefin mir gerade etwa zugezwinkert? Völlig überrumpelt schaute ich zurück zu Jonah, dessen Blick sofort wieder den meinen fand. Ein unsicheres Lächeln umspielte seine Lippen und er räusperte sich. »Penny Fernandez, du hast mir nicht nur gezeigt, wie wichtig Freundschaft im Leben und im Sport ist, du hast mir gezeigt, was es heißt, ein Zuhause zu haben. Penny, du bist mein Zuhause und ich liebe dich. Verbringst du diesen Abend mit mir, den wir schon vor sieben Jahren gemeinsam hätten verbringen sollen?«

Um mich herum waren die lächelnden Gesichter meiner Freundinnen und Freunde und vor mir stand der Mann, der mir gezeigt hatte, was Liebe heißt.

»Ja, Jonah Bennett, ja!«

Epilog

... 12 Monate später ...

Jonah

»Jonah, bist du soweit?« Ich korrigierte ein letztes Mal den Sitz meiner Fliege, auf die feine Eishockeyschläger gestickt waren. Heute vor einem Jahr hatte alles ein gutes Ende genommen. Oder sollte ich eher sagen Anfang?

Der Winterball in der Silverena war eingeschlagen wie eine Bombe, sodass wir beschlossen hatten, *Nights on Ice* von nun an jedes Jahr zu organisieren. Die Veranstaltung hatte unserem Team nicht nur einige namhafte Sponsoren verschafft, sondern auch den Nachwuchs beschert, den wir suchten. Doch das Wichtigste: Er war ein voller Erfolg für die Liebe und das Leben gewesen.

In den letzten zwölf Monaten hatte mein Leben eine völlige Kehrtwendung hingelegt. Ich hatte nicht nur die Erfüllung an meinem Beruf auf einer völlig neuen Ebene gefunden, sondern tolle Freunde und Teamkollegen gewonnen. Ich war endlich angekommen – in meiner Heimat, die zu dem Zuhause geworden war, das sie früher nicht hatte sein können.

Mein Dasein bestand nicht nur aus Eishockey. Zwar nahm der Sport immer noch einen großen Platz in meinem Leben und meinem Herzen ein, aber er stand nicht mehr an erster Stelle. Denn dort stand Penny Fernandez, die Frau, die vor rund einem Jahr mein Herz im Sturm erobert hatte.

Es war Penny zwar schwer gefallen, doch dank ihrer neuen Position im Silverstuff war es ihr endlich möglich gewesen, das elterliche Heim zu verlassen – mit einem weinenden und einem lachenden Auge.

Nach dem Ball hatte Madame Hiver endlich gemerkt, welch talentierte Mitarbeiterin sie in Penny hatte, und da Marguerite immer häufiger an Leonard Ustavovichs Seite glänzte, hatte sie Penny zum Kopf des wachsenden Kreativteams befördert. Nachdem das Kleid meiner Freundin seinen Weg in die Mount Daily gefunden hatte, waren die Anfragen nach Abendmode aus dem Silverstuff so stark gestiegen, dass ihre Chefin beschlossen hatte zu expandieren.

Auch William schien froh, nicht mehr jeden Tag mit seiner Mutter zusammenarbeiten zu müssen, und man munkelte, dass er bereits eine weitere Geschäftseröffnung in Boise und Nampa plante.

Zwei Hände schlangen sich um meine Taille und ich drehte mich um. Da stand sie. Eisblauer Spitzenstoff zog sich über ihre Brüste, ihre Taille und floss in zartglitzerndem Tüll bis auf den Boden. Noch immer klopfte mein Herz wie verrückt, wenn ich in ihre dunklen braunen Augen blickte, noch immer rauschte das

Blut heiß durch meine Venen, wenn ich ihre Berührun-
gen auf mir spürte.

»Ich liebe dich, Penny Fernandez«, flüsterte ich.

»Und ich liebe dich, Jonah Bennett.«

Danke ...

Als erstes möchte ich dem KEC danken, denn ohne ihn wäre wahrscheinlich nie meine Liebe zu Eishockey erwacht!

Das gleiche gilt für Patrick – danke, dass du dich mit mir – nicht nur im übertragenen Sinne – aufs Eis begeben hast!

Danke an Sandra, Solly, June und Leni, dass ihr mit mir überlegt habt, wenn ich mal nicht weiterwusste, und ihr auch vor Dirty Talk nicht zurückgeschreckt seid.

Mama, danke, dass du mein lebender Duden bist!

Ein großes Dankeschön geht natürlich auch an den dp Verlag und an alle, die an diesem Buch gewerkelt haben – vom Cover bis zum Lektorat! Danke Kerstin, dass wir zusammen das Beste aus meinem Roman herausgeholt haben! Liebe Ina, danke, dass du dich immer so gut um mich und meine Buchbabys kümmerst!

Zu guter Letzt gilt mein Dank euch, liebe Leser*innen. Es ist der pure Wahnsinn, dass ihr mich überall hin begleitet, egal ob ans Meer oder aufs Eis! Ich bin gespannt, wohin uns der Weg als Nächstes führt!